Deadly Night-Cap
1953
by Harry Carmichael

目次

主要登場人物

ジョン・パイパー……………アングロ・コンチネンタル保険会社の調査員
クイン…………………………新聞記者。パイパーの旧友
クリストファー・ペイン……小説家
エスター・ペイン……………クリストファーの妻
アリス…………………………ペイン家の家政婦
フォールケンハイム…………ペイン夫人の主治医
ライオネル・ドーリング……フォールケンハイムの共同経営者
リタ・バーネット……………フォールケンハイム医院の薬剤師
スチュアート・ヴィンセント……保険会社社長
ホイル警部……………………ロンドン警視庁《スコットランドヤード》の警部
リン・キャッスル……………ペインの知人
ハリー・マッケヴォイ………ライゲートのホテルの主人
ヴァルター・ステファネク……ライゲートのホテルの従業員

ラスキン・テラスの亡霊

第一章

三月十一日、午後十一時四十分。エスター・ペイン夫人は、ラスキン・テラス十六番地にある屋敷のドアにキーを差し込んだ。邸内は静まり返り、ホールに灯る明かり以外、闇に包まれている。激しい雨が窓を打っていた。雪を運んできそうな冷たい風が、大波のように屋根にぶつかっている。雨に濡れた広い庭では、葉を落とした木々が、三月の手ひどい鞭打ちに悲鳴を上げるかのように軋んでいた。

ペイン夫人は玄関に入り、後ろ手にドアを閉めた。ホールは明るくて暖かく、大きな平炉で燃える薪の香りで満ちている。磨き上げられた建材と厚い絨毯が、暖かさと色調のハーモニーを織り成していた。夫人はコートのボタンを外し、暖炉のそばに近寄った。

階段の向こうでドアがあき、女性が姿を現した――部屋着を羽織った地味な女性で、布製のスリッパを履いている。丸みのある頑丈そうな体型。髪は灰色だが、顔には皺もなく肌も滑《なめ》らかで、年齢は特定できない。静かな眼差しには何の感情も窺えなかった。たとえトラブルに見舞われたとしても、心の動きは決して表に出さないよう訓練されてきたのだろう。

ペイン夫人が声をかけた。「お疲れ様、アリス。わたしの帰りを待っていなくてもよかったのに。もう、休んでいると思っていたわ」

「そうしようと思っていたところに、お帰りのタクシーの音が聞こえたものですから、奥様」女性は近寄って来て、両手を組み合わせた。「ひどい天気の夜でございましたね。お寒いんじゃありませんか？　何か温かいものでもお持ちしましょう――」

「いいえ。結構よ、アリス。もう、休んでちょうだい」ペイン夫人は暖炉のほうに顔を向け、だるそうに伸びをした。振り向きもせずに尋ねる。「主人はもう帰っているのかしら？」

「いいえ、奥様。九時過ぎまではいらっしゃったのですが」

「それなら、あなたがこれ以上起きている必要はないわ。今、思い出したの。今夜はとても遅くなるんだったわ。だから、玄関の鍵はあけておいて。わたしが明かりを消すから」

「かしこまりました。では、お休みなさいませ」

「お休み、アリス。それから――」ペイン夫人は肩越しにちらりと視線を投げ、慇懃な笑みを浮かべた。「待っていてくれて、ありがとう。気遣いに感謝するわ」

家政婦が姿を消しても、ペイン夫人はまだ暖炉のそばで煙草を吸っていた。図書室の時計が真夜中を告げる。彼女はホールの明かりを消し、二階に上がった。足音を忍ばせていたが、アリスには女主人が踊り場でしばし足を止めたのがわかった。それから夫人は自分の部屋に入り、ドアを閉めた。

笠で和らげられた読書灯の光の中で、ペイン夫人は服を脱ぎ、ナイトガウンに着替えると肩かけを羽織った。自分の部屋と夫の部屋をつなぐバスルームに入り、薬棚から睡眠薬の入った細長いガラス製のチューブを取り出す。チューブと水を入れたコップを手に自分の部屋へ戻り、ベッド脇のアームチェアにクッションを置いて寛いだ。

睡眠薬は二錠しか残っていなかった。その二錠を水で流し込み、コップと空《から》になったチューブを、ランプが灯る脇机に置く。

少ししてから、彼女は自分の部屋の二つのドアに鍵をかけ、ベッドの端に腰をかけた。時計が十二時半を告げたとき、彼女はまだ、部屋の隅の薄明かりの中で座っていた。

午前一時、クリストファー・ペインが帰宅する。自分のベッドへと向かう前に、彼は配偶者の部屋のドアをノックした。返事はない。もう一度ノックし、ノブを回してみる。鍵がかかっているのがわかったときには、思ったとおりだと感じただけ。三度目のノックを試みることはなかった。一時十五分、彼はベッドに入り、明かりを消した。

エスター・ペインには、夫が帰宅したときの物音は聞こえなかったかもしれない。そのころにはもう、ベッドから床へとずり落ち、絨毯に顔を埋めて横たわっていたのだから。意識が完全に遠のく前に、彼女は何とか腕を伸ばし、ベッドカバーの端をつかんだ。身体が弓なりに醜く硬直しても、彼女の指がカバーの端を放すことはなかった。

屋敷は眠り続けた。風と雨が激しく窓を打つ。新たな一日が始まる灰色の冷たい空気――エスター・ペインの顔を覆い、大きく見開かれた目に黒い影を落とす灰色の空気の中に、一条の光が差し込んだ。

斜めに打ちつける雨に、湿っぽい夜明けの光がきらめくころ――彼女はすでに息絶えていた。

第二章

スチュアート・ヴィンセントは、アングロ・コンチネンタル保険会社のビルの一階に執務室を構えていた。フレスコ画が描かれた高い天井に鏡板貼りの壁。大きな部屋には、どっしりとした家具が据えられている——年に五千ポンドもの金を稼ぎ出す男だけが、所有が許されるような部屋だ。ガラス戸の本棚の横にはジェームズ一世時代風のデスク。その上には、ほっそりとしたクリスタルの花瓶に水仙が生けられている。デスクの背後の薄暗い一角に、大きな革張りのアームチェア。もう一方の隅には、戸棚つきの木製の台座の上に、古びた緑色の金庫が据えられていた。赤々と燃える暖炉の向かい側にはスチームヒーター。それに並ぶ二つの窓から、鈍い陽光が差し込んでいる。室内の空気は暖かく、煙草の煙や家具のつや出し剤の臭いを消すための芳香剤がスプレーされていた。

パイパーがドアを閉めると、ヴィンセントはデスクから身を乗り出した。柔らかく湿った手を差し出し、歯を見せない笑みを浮かべる。「おはよう、ジョン。だいぶ春めいてきたんじゃないか?」

「また雪が降っていますよ」パイパーは答えた。「もし仕事をいただけるなら、この二、三カ月、カプリで過ごせるような仕事だといいんですけどね」

「それは残念だな。確かに頼みたい仕事はあるんだが、このロンドンでの仕事だ」ヴィンセントはパイパーに煙草と火を勧め、自分の横にある椅子を顎で示した。「コートを脱いで、かけてくれたまえ。

このところ調子はどうだい？　しばらく見かけなかったが」

「何とか生きていますよ。派手なお手柄はなくても、辛うじて首はつながっています」パイパーは暖炉の火に手をかざし、椅子の肘かけに腰を下ろした。「アングロ・コンチネンタルからは、ずいぶん長いあいだ、お声がかかりませんでしたね。あなたが調査の仕事を、山ほどいるライバルに切り替えてしまったのかと思っていました」

「まさか、ジョン」ヴィンセントは指先を押し合わせ、再び微笑んだ。「きみにライバルなどいないと、まだわかっていないのかね？　うちの客がお行儀よくしているのは、わたしのせいではないだろう？　押し込み強盗の偽装事件もなければ、都合のいい火事もなし。盗まれた宝石が質屋に持ち込まれることもなかった——きみに高い報酬を払っても妥当と思えるようなことは、何もなかったんだ。少なくとも——今週までは」丸々としたピンク色の顔から笑みが消えた。「ところがここにきて、きみに頼まなければならないことが起こった。かなりの大金が絡むケースだ。つまらないことをあれこれ要求するつもりはないよ。好きなだけ時間をかけてもらっていい」

「どのくらいの金が絡んでいるんです？」

「一万ポンドだ」ヴィンセントは重々しく答えた。「二、三週間前に亡くなったエスター・ペイン夫人の保険金として、当社は一万ポンドの請求に応じなければならなくなった。新聞で読んでいないのかい？　小説家のクリストファー・ペインの奥さんだよ」

「写真を見たような気がします。旦那のほうは、もちろん知っていますよ。夫人はどんなふうに亡くなったんです？」

　ヴィンセントは両手を擦り合わせ、顔をしかめた。「近いうちに、きみから説明を受けたいのが、その点なんだ。現時点で我々にわかっているのは、三月十一日の夜、夫人が〇・一五グラムほどのストリキニーネを呑んだということだけだ。彼女は翌朝、自分の寝室で寝巻姿のまま倒れているのを発見された」

「『呑んだ』というのは、それが何なのかをわかった上で摂取した、という意味ですか？」

「そうなのかもしれないし――」ヴィンセントは肩をすくめた。「そうではないのかもしれない。どちらにしても、可能性としては考えられる。もし、知っての上なら、警察はその入手先や自殺の動機について知りたがるだろう。ここだけの話だが、警察側ではほかの可能性についても考えていて、調査中なんだ」

パイパーが口を挟んだ。「もし、彼女に動機がないなら、旦那のほうにあったんじゃないかと警察は考えるでしょうね。自殺か他殺、そのどちらかのはずです。夫人が誤って、そんなに大量の毒物を呑むことはないでしょうから」

「それもまた、可能性の一つだよ」ヴィンセントは椅子に背中を預け、天井を見上げた。「もし、それが正解なら、フォールケンハイム医師は廃業しなければならなくなるかもしれない」

「どうして、その医者が関係してくるんです？」

「ペイン夫人の直近の主治医なんだ。時々、彼女に睡眠薬を処方していた」

「睡眠薬にストリキニーネなんか入っていないでしょう」パイパーが反論する。「その医者が、夫人に誤って薬を過量摂取させることなんてできないですよ」

「いやいや。ストリキニーネの錠剤をほかの錠剤に混ぜることはできたはずだ」ヴィンセントはゆっくりと視線を落とし、一人で頷いた。「警察もそう考えている。もちろん、フォールケンハイム医師は、否定しているがね」

「どんな医者でも否定するでしょうね。ストリキニーネは、医学的にはほんの少量でしか使われないものなんです。〇・一五グラムなんて量で使われることはありません。馬でも殺せるほどの量ですから」

「ペイン夫人を殺すにも十分な量というわけだ。それに、密やかに囁かれている話もある――」ヴィンセントは机の端に膝を押し当て、椅子の後ろ脚でバランスを取った。「単なる噂だがね。あの先生は二股をかけていると。つい最近まで、その医者と夫人は――非常に親密な仲だった、と言えばいいかな?」

「そんなばかなことをするなんて、よほどどうかしていたんでしょうね。毒物を溜め込んでいたことについては、何か説明しているんですか?」

「いいや、まったく。でも、ペイン夫人が厄介になり始めたなら、そんなこともしていたかもしれないね。緊急事態に備えて、と言うだけで、医者には薬を溜め込むいろんな方法があるんだ。心臓病患者に関わるたびに、処方薬にストリキニーネを加え、実際に渡す薬からは除外しておけばいいんだから。長年に渡って、記録には残らないように薬をストックしてきたんだろう」

「もし彼が、すべての調剤を自分でやっているなら可能でしょう――」パイパーが口を挟んだ。「従業員は使っていなかったんですか?」

「いいや、時々、若い女性が一緒に仕事をしている。しかし、その女性も、一週間びっしり働いているわけではないからね。彼女が夜間いないときには、フォールケンハイムが自分で薬を処方するのは周知の事実だった」

「なるほど」椅子の肘かけ部分はさほど快適ではなかったようだ。パイパーは立ち上がり、暖炉のそばに寄った。赤々と燃える石炭に背を向け、尋ねる。「お望みは、その医者を有罪にする証拠を見つけ出すことですか？」

「わたしの望み？」ヴィンセントはついと背筋を伸ばし、両手で机を叩いた。「おいおい、パイパー！　わたしの気が触れているとでも思っているのかね？　フォールケンハイムがペイン夫人を殺したとなると、我々にとっては非常にまずいことになる。一万ポンドの支払いをしなければならなくなるんだから。しかも、気持ちよく支出したふうに見えるように。しかし、当社の判断としては、まだその段階には達していない。自分の墓穴を掘るために、きみに高い報酬を払うつもりはないよ」ヴィンセントは苦々しい笑みを浮かべ、拳《こぶし》で顎を摩《さす》った。「我々の希望は、ペイン夫人の死が自殺だという証拠を見つけ出してくれることだ。自殺の場合、保険金の支払いをしなくてもいいという条項が保険証券に盛り込まれているんでね」

「もし、自殺ではなかった場合は？」

「配偶者について調べてもらいたい。重罪を犯した者が利益を得ることは、法律が認めていないからね。夫が夫人を殺したのか、夫人が自ら命を絶ったのか、そのどちらなのかは重要ではない。どちらの場合も、我々は支払いを免れることができる。フォールケンハイム医師のことを話したのは、きみに夫人の人物像についてのイメージを与えるためだよ」

「説明がお上手とは言えませんね」パイパーがヴィンセントに言う。「ペイン夫人はどんな女性だったんです？」

「どうして、そんなことをわたしに訊く？　まあ、我々の記録によると――」ヴィンセントは引き出しからフールスキャップ版（標準サイズは十七×十三・五インチ）のフォルダーを引っ張り出し、ページを開いた。「年齢は四十一歳。二年前、この保険契約のために健康診断を受けたときには、いたって健康。病気の兆候はなし。結婚して二十一年。我々の担当職員は、かなり高額な商品を勧めている」ページをぱらぱらとめくり、彼は先を続けた。「クリストファー・ペインは作家として有名で――」

「ということは、夫人はその後、睡眠薬を服用し始めた」パイパーが呟《つぶや》く。

「えっ？　何だって？」

「『ということは、夫人はその後、睡眠薬を服用し始めた』と言ったんです」パイパーは繰り返した。

「疑問を示す表現ですよ。すでにわかっていることを、質問の形で確認する方法」

「どうしてだろう？」

「どうして？――そこがポイントですね。夫人は健康だった。夫はちょっとした名士で、彼女は魅力的な女性――医者から薬を処方してもらっているが、その医者との関係について、非常に芳しくない噂が囁かれている。あなたの説明はそれだけだ。あまり役に立つ情報とは言えませんね」

　ヴィンセントは答えた。「彼女の個人的な人となりについて、質問するのが遅すぎるんだよ」そして、机の上でフォルダーを滑らせ、落ち着きなく肩を揺らした。「ペイン夫人についての情報ならその中に収められている。つけ足すものがあるとしても、ほんのお飾り程度だ。眠りにつくのに、薬を必要とする女性がいるのはなぜなのか？　二十一年も連れ添ったあとで、夫にうんざりするのはなぜなのか？　あるいは、どうしてまた、うんざりするような男を新たに追いかけ始めるのか？　もっとも、最後の二つは、単なる想像から生じた疑問だがね。ひょっとしたら、うんざりしていたのは夫のほうで、彼女はそのことで悩んでいたのかもしれない。それなら、睡眠薬の説明もつく。自分が主役でないことを認める妻などいないからね。そんなことは、プライドが許さないはずだ」ヴィンセントは問いかけるように眉を上げ、下唇を嚙んだ。「今、話しているようなことを、こちらが全部知っているんだときみが誤解する前に、こんなおしゃべりは止めたほうがいいな。わたしは何も知らないんだから」

「よく説明してくださっていますよ」パイパーは答えた。「エスター・ペイン夫人の実像が見えてきましたから――あなた方の書類にあるような、統計学的な記録の羅列ではなしに。彼女とフォールケンハイムが、患者と医者以上の関係だったというのは、誰の話なんです?」

「彼の奥さんだよ――ほのめかし程度だがね。夫とはすでに別れているんだ」

「最近ですか?」

「ああ、一週間ほど前に。表面上は、早めの休暇に出かけたということになっているが、実際には、自分の衣服や持ち物を全部持ち去っている。彼女が永遠に出て行ったことに、疑いの余地はないね」

「わたしを呼ぶ前に、ずいぶんご自身で調べ回ったようですね。そんなこと、どこから聞いてきたんです?」

「使用人たちが何でも話してくれるさ。彼らの目や耳を誤魔化すことなどできないんだ」ヴィンセントは、そこで言い淀んだ。少しばかり、決まりが悪そうな顔をしている。「きみには正直でいたいんだ、ジョン。実は昨日まで、ある代理店に調べさせていた。それで、これはきみのようなプロにまかせる仕事だという結論に達したんだ。どういうことか、わかってもらえるよな?」

「もちろん、わかっていますよ」パイパーは暖炉の炉棚に肩を預け、両手をポケットに入れた。「申し訳なく思ってもらう必要などありません。ずいぶん長いあいだ、フリーランスで仕事をしているんです。呼ばれるのは、内部の人間では歯が立たないときだけ、というのはわかっています。ぼくの生活にとっては有り難いことに、そういうケースのほうが多いんですけどね」彼は微笑みながら、ヴィンセントには自分の胸の内が見えているだろうかと考えていた。「さあ、教えてください。あれこれ話してくれたという使用人ですが――その一人が、フォールケンハイムのところで働いている女性薬剤師なんでしょうか?」

「うちの人間の話によると違うな。彼女はもっぱら、社会人が持つべき慎み深さを保ち続けたようだ。実際、あれほど無愛想でなければ、医者の利益にも、もっと貢献できただろうに」ヴィンセントは、塵一つない吸取紙台から、ありもしない埃を吹き払い、机の角に合わせてきちんと置き直した。「人間っていうのは、訊かれたことに憤慨しているときよりも、くだらないおしゃべりをしているときのほうが、秘密を漏らしやすいんだ。気づいたことはあるかい?」

「心理学者にでもなったほうが、よかったんじゃないですか」パイパーは答えた。「その若い女性というのは興味深いですね。彼女について知っていることは?」

「名前だけだよ。リタ・バーネット。独身で二十五歳くらい。ケンジントン辺りのサービス・フラット（食事、掃除などのサービスつきアパート）に住んでいる。例の医者のところで仕事を始めて四年近くだ。薬剤師としてはもちろん、受付係兼秘書としても働いているんじゃないかな。若い友人を共同経営者にして、フォールケンハイムはかなり大きな診療所を経営しているから。名前はライオネル・ドーリングだ」ヴィンセントは慎重な手つきで葉巻の透明な包みを剝がし、先を切り落とした。その葉巻の先を入念に濡らしながら続ける。「専門家に教えを施そうとしているなんて思わないでくれよ、ジョン。でも、きみがもっとペイン家の一件に集中してくれれば、安心できそうな気がするんだ。クリストファーなら、いつでも好きなときに、睡眠薬のチューブに細工をすることができた。夫人は、その薬をバスルームの薬棚に保管していたから」

「ペイン氏には、ストリキニーネを手に入れる手段はあったんですか？」

「警察が調べた限りではなかった。それでもまだ、調査を続けているよ。わたしが見る限りでは、堂々巡りをしているだけなんだがな。最初は、すべてが自殺を指し示していた。そのままにしておいてくれればよかったものを」ヴィンセントは葉巻を舐めるのをやめ、シャモア革のケースからライターを取り出した。炎越しに、不安げな目をパイパーに向ける。「夫との関係が怪しくなった女性がいる。彼女は夜、眠るために睡眠薬を服用し、医者を訪ねるたびに、もっと強い薬を要求しては医者を困らせていた。そして――」

「フォールケンハイムがそう言っているんですか？」

「審問で明らかになったんだ。警察が更なる調査のために審問の引き延ばしを要求しなかったら、評決は決定的だったんだがな」

「ペイン夫人が夫とうまくいっていなかったなんて、どうしてわかるんです？」

ヴィンセントは笑みを浮かべた。机の上にライターを立て、口から葉巻を離す。囁くような声で彼は説明を始めた。「ペインが検視官にそう話したのさ。配偶者が自ら命を絶った理由について心当たりはあるかと訊かれ、自分の妻は幸福ではなかったと答えたんだ。実際、何度も自殺をほのめかしては人を脅していたとまで言っている」

「言い換えれば、彼が自殺という評決を促したということですか？」

「つまりは、そういうことだ。わたしにはわからないがね、どうして彼が――」ヴィンセントの顔が、またどんよりと曇った。パイパーを見据えたまま、舌先から葉巻の残りかすを取り出し、親指と人差し指のあいだでこねくり回す。「どう思う？　そう考えれば、やつは得るものばかりで、失うものは何もない」

「一万ポンド以外は」パイパーが言った。「自殺だと保険金が支払われないことを、彼は知らなかったんでしょうか？」

二人は、しばし見つめ合った。暖炉の中で石炭が音を立てて崩れる。ヴィンセントは唇を噛み、あれこれと思いを巡らせるかのように指先を擦り合わせた。二度ほど咳払いをしてから、意を決したように話し始める。「そんなふうに考えたことはなかったな。あの男は、いかなる疑いも自分にかからないようにしているとばかり思っていたんだが――」声が先細りになり、ヴィンセントはまた葉巻をくわえた。顔の周りに煙が立ち込め、彼の目を見えなくさせる。「違う角度からペイン氏を見ることもできるな」弱々しく続ける。「手を伸ばせば届くはずの幸運をみすみす諦めるなんて、恐ろしく勇気がいるはずだ。審問の席で、どうしてやつはあんなにも急いで情報を明かしてしまったんだろう？　黙っていれば、警察の目はフォールケンハイムに向かったかもしれないのに。薬を処方する上での間違いなんて、あれが初めてでもなかっただろうに」

「あなたの理解力ときたら、たいしたものですね」パイパーが皮肉を言った。「ストリキニーネを〇・一五グラムなんて、とんでもない間違いですよ。過失にしろ、故意にしろ、そんな量を無頓着に周りに置いておく薬剤師なんて、いるはずがありません」彼は背中を向け、暖炉の火を見下ろした。

「その薬が、睡眠薬のチューブに混ぜられていたと確信しているんですか？」

「わたしは何も確信などしていないよ。しかし、警察の分析官が、空《から》の容器の中にストリキニーネの痕跡を発見しているんだ」

「空《から》？　そんなこと、言ってなかったじゃないですか？」

「それは、すまない。先に話しておくべきだったな」ヴィンセントは立ち上がり、背中の窪みを摩《さす》った。「フォールケンハイム医師は、ペイン夫人に十四錠の薬を処方していた。一錠ずつ縦に並ぶ細長いガラスチューブに入れて。それぞれの錠剤には〇・四八グラムのバルビツール酸塩系混合物が含まれている。就寝前にその程度の量なら、通常の人間にとってはまったくの無害だ。夫人は、必要なら一回に一錠ずつ服用するように言われていた。医者の記録によれば、その薬が三月十二日――夫人が亡くなった日の翌日――以前になくなるはずはなかった。ということは、彼女は明らかに、一度に二錠服用したことがあるという計算になる。夫人は十一日に死んでいるんだし、ベッド脇のテーブルの上からは空《から》のチューブが見つかっているんだから。ここまでは問題ないかい？」

「ええ、大丈夫です。そのガラスチューブには誰の指紋が残っていたんです？」

「さまざまな汚れを別にすれば――夫人の指紋だけだ。テーブルの上にあった水の入ったコップも同じだよ。そのガラスチューブに最後に触れたのが彼女だというのは、疑いの余地がない」

「でも、それは、事件当日前に、誰かが睡眠薬を抜き取って、底の一錠をストリキニーネ入りの錠剤と取り換える機会がなかったという証拠にはなりませんよね？」

「確かに。しかし、その場合、残りの薬とまったく同じように見える必要がある。そうなると、話はまたフォールケンハイムに戻ってしまうな」長くなった灰がヴィンセントの襟に落ちた。彼はその灰を払い落とし、上着を揺すった。「ペインに、偽の錠剤を作り上げるような技術はないだろう。それに、わざわざそんな手間をかける必要もない。彼ならいつでも、夫人が食べるものに薬を混ぜることができたはずだからね。そのほうが、ずっと簡単だ」

「同じように、もし、彼女が自殺しようと思っていたなら、どうしてわざわざ、そんなものを自分のチューブに混ぜたんでしょうね？」

「わたしに訊かないでくれ」ヴィンセントは不機嫌そうに答えた。「答えを探すのはきみの仕事だ。今のわたしは、絞り切ったオレンジのような気分なんだよ。これまでのところでわかっていることは、すべて話した――事実も、推測も、ただの当てずっぽうも。もうそろそろお引き取りいただいて、しばし、わたしにエスター・ペイン夫人のことを忘れさせてくれないかな？」

「もう一つだけ質問があります」パイパーはコートを着て帽子を被り、フォルダーを筒のように丸めた。「先ほど、ペイン夫人とフォールケンハイムは少しばかり親密すぎるとおっしゃいましたね。そのあとには、その交際が原因で医者の妻が出て行ったと。それは、信頼できる筋からの情報ですか？それとも、何の根拠もない噂でしょうか？」

苦虫でも嚙み潰したかのように、ヴィンセントは顔をしかめた。「噂だよ、ジョン君。単純で品のない噂だ」ドアに近づきながら彼は続けた。「奥方が家を出て行ったのは本当だがね。それは簡単に証明できる。しかし、残りの部分については――」そう言って、ぱちんと指を鳴らした。「何の根拠もないことかもしれない。ペイン夫人はここ数カ月、週に一、二度の割合で医者のもとを訪ねていた。病院に頻繁に電話を入れ、相手のことをファーストネームで呼ぶようになり、常に映画スターのように着飾って現れた――ほかに何が必要かね？　彼女の名前が新聞の見出しに踊るようになれば、当然、人々は噂を始める。フォールケンハイム夫人が荷物をまとめて出て行ったとなれば、たいていの人間がさもありなんと頷き合い、さらにいろんなことを囁き始めるだろう」

「いずれにしても」とパイパー。「医者の所業が悪かったようではないですね。夫人のほうが一方的に追いかけていたように聞こえる。仕事上の親切をほかのものと勘違いする女性はいますから。危険なサインを早いうちに見抜けなかったなんて、気の毒な医者だ。そのまま放置していたら、とんでもないトラブルになったはずだ」

意地の悪い口調でヴィンセントは尋ね返した。「一つ、頼みを聞いてもらえないかな？」ドアを押さえながら、上目使いにパイパーを見つめる。「彼女の代わりに、アングロ・コンチネンタルを気の毒に思ってもらえないだろうか。わたしたちこそ、とっくにトラブルに見舞われているんだから。それとも、我々が二年前の契約に、喜んで一万ポンドを支払うとでも思っているのかね？」ヴィンセントは、襟についた灰の汚れが、どうにも気になるらしい。話を続ける前に親指を唾で濡らし、その部分を擦《こす》った。「自殺か、夫による毒殺。完璧な証拠でも突きつけられない限り、それ以外の理由を認めるつもりはない。関係者のうちの誰に、ストリキニーネを手に入れる機会があったのかを突きとめてくれたまえ。そうすれば、我々の友情も永遠に続くよ。すべてはその点にかかっているんだ。すでにペインが、自殺という評決の基礎固めをしてくれている。きみの仕事は、それを決定的にする証拠を集めることだ。そうすれば、すべて――」

彼はそこで口をつぐんだ。廊下から誰かの咳払いが聞こえ、女の声がそれに続いたからだ。「すみません、ヴィンセント社長。お邪魔をしてもよろしいでしょうか？」

「まだ、客との話が終わっていないんだよ、ヒル君。あとではだめかね？」ヴィンセントは渋々パイパーから視線を外し、ドアを大きくあけた。「緊急な用件でなければ中断されたくないんだ。もう少し経ってからにしてくれないかな。そのころには話も聞けるから」

ドア口に立っていた女性は、小刻みに足を踏み変えた。「申し訳ありませんが緊急事態なんです。パイパーさんがお帰りになる前に、社長のお耳にも入れておいたほうがいいと思いまして」女性は困り切った顔で、しきりに両手を動かしている。中年で色白、化粧っ気はなし。地味に整えた髪に踵の低い靴――古い組織の裏方として、ひっそりと控えているのが似合いそうなタイプだ。毎日、同じことを繰り返す日々のうちに、彼女の若さは削り取られていったのだろう。来る日も来る日も、前の日と同じことの連続――そう、今日というこの日までは。今、彼女は、これまでのパターンを崩してしまうような出来事を前に困惑している。

ヴィンセントが答えた。「わかったよ、ヒル君。世界が終わったような顔をするものじゃない。パイパー君もまだ帰っていないことだし」彼は手招きをして、室内に一歩戻った。「さあ、入りたまえ」

女性はパイパーの傍らを通り過ぎながら、不安そうな目をちらりと向けた。ヴィンセントがドアを閉めるまで、何も言わずに二人と向き合っている。ヴィンセントが太鼓腹を叩き、踵に体重を乗せて身体を反らせた。「さあ、ヒル君、何をそんなに慌てているのかね?」

「昨日、おっしゃっていた契約の件なんです、社長。ある部分をタイプするように言われていた件なのですが――」彼女は、パイパーの脇の下で丸められているフォルダーを見つめ、唇を舐めた。

「それが?」

「細かい部分を打ち間違えていたことに気づいたんです。申し訳ございません。でも、数字が見えにくくて」

「謝る必要ないよ。どの数字のことを言っているんだろうか?」

「その――日付なんです、社長」女性は頭を反らせ、大きく息を吸い込んだ。「3という数字が5に見えたんです。今でも、５に見えたと言い切れます。でも、チェックをしてみると、五月ではありませんでした。正しい日付は三月六日です。書類をご覧いただければ、どうしてわたくしが間違えたのか、ご理解いただけると思います」

「書類を見る気などない」ヴィンセントは大声を出した。身体を揺らすのを止め、唇を引き結ぶ。「簡潔に説明したまえ。謝罪などいらん。どの日付が、五月ではなく三月だったんだ？」

女性の頬に赤みが差し、その目に一瞬、怒りが過《よぎ》った。「ペイン夫人の生命保険が有効になった日付です」硬い声で答える。「保険期間は二年前の三月七日から始まっているんです――五月七日ではなく。あの女性が――亡くなったとき、自殺に関する条項は、すでに有効ではありませんでした。彼女が亡くなる四日前に無効になっていたんです」

ヴィンセントは言葉もなく机に戻ると、どさりと腰を下ろした。耳たぶを引っ張ったり、喉奥から低い唸り声を漏らしたり。その間ずっと、彼の眼は何も見ていなかった。横柄な態度はすっかり消え失せている。そしてやっと、彼は声を絞り出した。「あとでその書類を持ってきてくれたまえ、ヒル君。必要になったらベルで呼ぶから」

女性は何か言おうとしたが、そのまま言葉を引っ込めた。ドアが閉まる。ゴム張りの廊下を女性の靴音が遠ざかっていくのを、パイパーは黙って聞いていた。両手をポケットに入れ、苛立つこともなく待つ。時間なら、たっぷりとあった。この一時間で変わることなどない。一日、いや、一年経ってもないだろう。エスター・ペイン夫人の死にどんな秘密が潜んでいようと、それが逃げ去ることはないのだから。彼女の夫やフォールケンハイム医師が消えることもない。殺人犯として疑われるのはどんな気分なのだろうかとパイパーは考えていた。いつまでもつきまとい、決して忘れることのできない事実に絶えず恐れ慄《おのの》きながら、人は眠れるものだろうか？　どれほどの抑えがたい欲望に駆り立てられて、一度は幸福だった人生を破壊してしまったというのか？　もう二度と味わうことのできない心の平和を、どれほどの額の金なら埋め合わせることができるだろう？

一陣の風が煙突に吹き込み、白っぽい灰が炉床に溢れた。抑え込まれていた火が、すぐにまた火花を散らして赤々と吹き上がる。ヴィンセントは暗い声で話し始めた。「クリストファー・ペイン氏があんなにも易々と情報を提供したのも、これで納得だな。彼に関する限り、得るものはあっても失うものはない。夫人の死因が事故だろうが自殺だろうが、あの男は傷心を癒すための一万ポンドを手に入れるんだ」

「彼が、妻を毒殺したのでなければ」

「うーむ……確かに。もし、あの男の仕業なら、それを証明するために、きみは大変な仕事をしなければならなくなるな」

「どうか、そんなふうには思わないでください」パイパーは返した。「真実を見つけるのがぼくの仕事ですから。もし可能なら、ですけどね。そして、あなたにはその真実がお気に召さないかもしれない」

「わたしが気に入るかどうかは心配は無用だ」ヴィンセントの葉巻は燃え尽きていた。彼はそれを灰皿で捻り潰すと、指先の汚れを払い落とした。「ただ一つ、気に入らないことがあるとすれば――必要のない金を払うのかもしれないということだ。クリストファー・ペインが毒殺などしていないなら、健闘を祈るだけだ」ヴィンセントは笑みを浮かべると、手を差し出してきた。「きみについても同様だよ。費用はこちらに請求してくれ。興味深い事実が出てきたら知らせてほしい」パイパーがドアを閉めながら振り向いたときにも、ヴィンセントはまだ、上辺だけの笑みを浮かべていた。

屋外に出る。どんよりと垂れ込めた雲が、冷たい風が吹くたびに押し流されていく。雪は、細い針のような雨に変わっていた。人影はほとんどなく、空車標示板を上げたタクシーがときおり通り過ぎるだけだ。百ヤードも歩かないうちに、パイパーは骨に浸み込むような寒さを感じていた。建物の出入口で雨宿りをしながらバスを待つあいだ、ヴィンセントと彼の暖かすぎた部屋のことを考えていた。そして、ヒル女史の目に浮かんだ表情のことを。ピカデリー・アンダーグラウンドでバスを降り、リージェント・ストリートから、ワンルームだけの事務所がある狭い通りへと進む。その間もまだ、彼は同じことを考えていた。

壁を伝い落ちる水滴で階段は湿っていた。事務所の窓も結露で曇っている。パイパーはドアに鍵をかけるとコートと帽子を脱ぎ、小型のガスストーブに火をつけた。そして、部屋の中を行ったり来たりしながら、ヴィンセントから預かったフォルダーの中身にじっくりと目を通していった——エスター・ペインについて、わかっている事実がすべて収められたフォルダー。十五分を要した作業だったが、もっと時間を節約できたかもしれない。読み終えたあとも、知識量としては最初とほとんど変わらなかったからだ。夫人には一万ポンドの保険がかけられていた。ストリキニーネの摂取によって死亡。以前から習慣的に睡眠薬を服用していた。夫は、彼女が幸福ではなかったと言い、主治医は、彼女が必要以上に自分の健康について心配していたと証言している。それが彼女の墓碑銘《エピタフ》だった——失意のどん底にあり、この世から消えるのに安易な方法を選んだ女性の墓碑銘《エピタフ》。

矛盾しているのは二点だけだ。ペイン家の家政婦が、女主人に自殺するほど差し迫った様子は見られなかったと証言していること。加えて、夫人のベッドに使用された形跡がないこと。彼女は服を脱ぎ、バスルームから水の入ったコップと錠剤入りのガラスチューブを持ってきている。それなら――普通はどうするだろう？　自殺しようとする人間が、どうして睡眠薬など呑んだりしたのか？　ベッドに入るつもりがないなら、なぜ服を脱ぐ必要があったのだろう？　ストリキニーネをガラスチューブに入れ、どうしてまた、わざわざ取り出すような手間をかけたのか？

疑問がもう一つ、パイパーの心に浮かんだ。一人で帰宅した夜、夫人はそれまでどこにいたのだろうか？　その夜、彼女は踊り場で一度足を止め、その後、自分の部屋に入って鍵を閉めている。その疑問に対する答えの中に、ひょっとしたら、彼女の死にまつわる謎を解くもう一つの答えが潜んでいるのかもしれない。

第三章

どんよりとした空の下のブロンプトン・ロードには、雨水が屋根を伝い落ち、雨どいにも水が溢れた古い家々が、窮屈そうに肩を寄せ合っていた。風は弱くなっていたが、絶え間なく雨が降り続いている。昼日中《ひるひなか》だというのに、肌を刺すような寒さが緩むことはない。

パイパーは電話ボックスに入ると音を立ててドアを閉め、かじかんだ指で小銭を探すあいだ、足踏みを繰り返した。帽子から水滴が滴り落ちてくる。靴の中にも雨水が浸み込んでいた。電話帳のページは湿気で貼りつき合い、壁にかかった鏡も窓ガラスのように曇っている。触るものすべてがじっとりと湿って冷たく、気を滅入らせるばかりだ。

先方は電話中だった。パイパーは棚に肘を預け、ハンカチで顔を拭《ぬぐ》った。小さな四角い窓から通りを眺め、ひたすら待つ。スローン・ストリートの角で排水溝が詰まり、道幅の半分が水溜まりになっていた。どの車も、前輪から船首波のような水しぶきを上げて、その水溜まりに突っ込んでいく。まるで、ミニチュアの海を苦労して進む、ずんぐりとした不格好な模型船のようだ。電話ボックスの屋根では、雨が鳴り止むことのないドラムロールを鳴らし続けていた。

再度、電話を試みる。今度は呼び出し音が聞こえた。その音は〝ブルル、ブルル〟と繰り返し、耳を傾けているうちにどんどん大きくなっていくような気がした。やがて、カチリという音。遠くから声が聞こえてきた。「フォールケンハイム医院でございます」

声を抑えてパイパーは尋ねた。「先生はいらっしゃいますか？　個人的にお話がしたいのですが」

「申し訳ございません。フォールケンハイム先生は往診に出ておりまして、一時半までは戻らない予定です」心地よくゆったりとした口調だった。教育のよさが窺える音楽的な抑揚と洗練された調子。外見も同じくらい素敵な女性だろうかと、パイパーは思った。性格も、声と同様、魅力的だろうか？

「先生とお会いするための予約を取っていただけるでしょうか？　今日の午後、都合のいい時間帯にでも」

「今日の午後ですか……？」電話には絶えずチリチリというノイズが混じり、相手の声を掻き消してしまう。そのせいで、彼女の言葉の後半は、ほとんど聞き取れなかった。雑音が途切れた隙間に聞こえたのは、「……お名前をいただけますでしょうか？」という言葉だった。

「アレンです。先生にお手間はかけません。以前にも診てもらったことがありますから」

「少々お待ちいただけますか、アレンさん。先生のご予定を確認してみます」

「ありがとうございます」相手が受話器を置く音が聞こえ、引き出しをあけたのか、擦《こす》るような音が続いた。同じ部屋にいるほかの女性の気配も伝わってくる。電話の相手が、予定表を調べながら小さく鼻歌を歌っている声も聞こえてきた。フォールケンハイムが抱え込んだトラブルがどんなものであれ、受付嬢の気分まで滅入らせるものではないようだ。

再び受話器から女性の声が聞こえてきた。「二時半から三時まででしたら空いています。三時にほかの患者さんの予約が入っていて、そのあともびっしり塞がっています。二時半ではいかがですか？」

「どうしても、それより早くならないなら仕方ないですね。もし――」彼はそこで躊躇《ためら》って見せた。「二時くらいにでも、順番を割り込ませてくれることが無理でしたら。わたしにとっては、そのほうが好都合なのですが」

「それは無理ですわ、アレンさん。あなただって、先生をお昼抜きで働かせようなんて思わないでしょう?」声音《こわね》をちょっと変えることで、見えない笑顔を伝える話し方を彼女は心得ていた。話し続ける彼女が微笑んでいることは、パイパーにも感じ取れた。「それだって、一時間もゆっくりできないんですよ。もちろん、ドーリング先生でしたら二時には空いています。代わりに、ドーリング先生とお会いになるのはいかがですか?」

「いいえ。フォールケンハイム先生を薦められているものですから。お心遣いをいただいて、ありがとうございます。少し早く伺ってもかまいませんか?」

「もちろんですわ、アレンさん」彼女はまだ微笑んでいるようだ。口調は滑《なめ》らかで忍耐強い。「当院には、豊富な雑誌と大きな暖炉を備えた、非常に快適な待合室がありますから。二時半前に先生に会えるかもしれないなんてお思いにならないのであれば、いつでもお好きなときにいらしてください」

「ご親切にありがとうございます」パイパーは答えた。「では、後ほど」

「それでは、また。アレンさん」

　電話が切れてからも、パイパーは長いあいだ立ったまま、雨の音を聞いていた。リタ・バーネット……魅力的な名前……魅力的な声……もし、外見も同じように魅力的なら……人は誤った判断へ引き込まれてしまうかもしれない。ひょっとしたら、フォールケンハイム夫人が家を出たのも、うるさくつきまとうペイン夫人より、もっと身近なところに原因があったのではないだろうか。……リタ・バーネット……物静かで、落ち着きがあって、職業人的な女性。成功を収めている男たちの多くが、如才なく自分の世話をしてくれる私設秘書のような人間を雇っている。大切に扱われたいという上司の欲望を、馴れ馴れしくならない程度に上手く充たしてやれる能力は、有能な秘書の商売道具だ。ただ、今回のケースは、それだけではないのかもしれない。資料によると、フォールケンハイム医師は五十三歳、妻は二つ年下。男にとっては危険な年代だ。夫婦に子供はない……子供というのは、ときに安定剤のような働きをする……夫婦のうちのどちらかが、何年も同じ部屋で、同じテーブルを挟んで、同じ顔と向き合うことの単調さから、束の間の逃避を試みようとしたとき、子供のいない結婚生活の多くが破綻する。

パイパーの心に、彼の夢の小箱をしっかりと守ってくれていた、決して色褪せることのない女性の面影が甦った。それが、彼の心を乱すことはもうない。アンは別の世界の住人だった――車が横転したときに、割れた窓ガラスや悲鳴のようなタイヤの軋みとともに砕け散った束の間の幸福。「残念ですが、奥さんはたぶん……」警官がそう口にしたときの絶望的な瞬間に、彼女は呑み込まれたままだ。彼の時間は、その夜で止まってしまった。それからはただ、苦い教訓をあまりにも早く知ってしまった男の、空しい日々が続いてきただけだ――未来のいいところは、一度に一日ずつしかやって来ないこと。

パイパーは肩をすくめて受話器を戻し、コートの襟を立てた。そして、電話ボックスのドアをあけ、雨の中へと踏み出した。

その建物はかつて、エドワード様式の大邸宅だったのだろう。葉の落ちたイチジクの枝が覆いかぶさる高い塀で、一階の窓は見えない。塀の端に二重の門があり、舗装された私道が正面玄関へと続いている。もう一方の端からは、砂利敷きの小道がぐるりと建物の背後へと回っていた。その小道が舗道と接する部分の門の上に、四角い白ガラス製の看板。黒い文字で『フォールケンハイム医師　内科医』と書かれていた。

急勾配の屋根を載せたガラス張りのポーチが建物の側壁に作られ、中央に木製の緑色のドアがある。そこには、真鍮のプレートが二枚、掲げられていた。大きいほうは、長年、磨かれ続けてきたせいで平面に近いほどに擦《す》り減り、古めかしいタイプ文字も、ほとんど消えかかっている――『M・フォールケンハイム医師。内科医及び外科医。診療時間――午前九時三〇分から午前十一時三〇分。午後六時三〇分から午後八時』。もう一方のプレートは、大きめの名刺ほどもないサイズで、まだ保護用のラッカーも剝げていない――『ライオネル・ドーリング。医学士及び理学士』。ドアにはエナメル加工の案内板がかかっていた。『待合室。どうぞ、お入りください』。ドアベルがあり、その下に『押す』という文字。

青みを帯びた煙が、からからと回る煙突帽から溢れ、庭へと漂っていた。荒れ狂う風でぼろぼろに裂けたマントのように見える煙は、建物の向こうへと続く小道沿いの常緑樹に絡みつき、やがて、ポーチという避難所で乱れ舞う枯葉や紙くずに紛れていた。

パイパーはベルを押し、中に入った。内ドアへと続くココヤシのマットで靴底を拭《ぬぐ》い、帽子から雨粒を払い落とす。どうして、よりによってこんな日に、自分の車は修理工場の中なのか？　そんなことを二十回も自分に問いかけながら。グレーター・ロンドンには三千台ものタクシーが存在すると、どこかで読んだことがある。もし、それが本当なら、リージェント・ストリートからブロンプトン・

ロードまで、たった一台のタクシーを拾うことが不可能だったはずがない。しかし、実際には不可能だったのだ。まるで、蛇口の下にでも立っていたかのように、彼はずぶ濡れになっていた。

しかし、リタ・バーネットの言葉は正しかった。待合室は、彼女が説明したとおりだった――タペストリーで覆われた年代物の椅子が六脚、チンツ地の長椅子、一般的な雑誌が置かれた木彫りのテーブル、そして、これまでに見たこともないような大きな暖炉。炉床には赤々と燃える石炭が山のように積まれ、ほの暗い部屋を、温かさと柔らかい光に満ちたオアシスに変えている。狩猟場面を描いた壁紙が特に気に入った。それに、天井まである本棚の奥、部屋の一角に置かれた、ネコヤナギが生けられた陶器の甕《かめ》も。アダム様式（十八世紀の英国で流行した、直線的で表面装飾を施した様式）の暖炉や、炉棚の上の十七世紀の置時計もいい。しかし、一番好ましいのは火そのものだ。コートのボタンを外し、身体が温まっていくうちに、パイパーの贅沢品好みも満たされ、ゆったりと気持ちが解けていった。

本棚の向かい側のドアがあき、若い娘が姿を現したとき、パイパーは満足げに背中を温めているところだった。すべての点で、予想したとおりの娘だった。ただ、心の中で描いていた姿とは少しだけ違う――一般的な意味での美人というだけではない。完璧な顔立ちと血色のよさから生まれる美しさ。三十前の女性にはめったに見られない落ち着き。それなのに、彼女はまだ二十代の前半でしかないのだ。大きめの口と、多少丸みを帯びた鼻。髪をお下げにしていたころには、そばかすがあったのに違いない。きめの細かい肌に、まだいくつか金色の小斑が残っている。頬の肉はかなり薄い。それが頬骨の高さを際立たせ、決断力の強さのようなものを醸し出していた。

しかし、そうしたものはさほど重要ではない。彼女の本質そのものが、ささいな欠点を温かみのある生命力に変え、肉体の強靭さとも言えそうなものを放出していた。ものを感じることができる男なら、誰しも彼女の目の魅力と笑顔の愛らしさに抗《あらが》うことはできないだろう。スリムだが曲線的で優雅。身だしなみは完璧だ。あとになってパイパーは、彼女がどんな服装をして、どんな髪型をしていたのか、思い出すこともできなかった。ただ、炎のきらめきに彩られた彼女をひと目見た瞬間から、自分の中で何かが渦巻き始めたのを感じただけだ。アンを失った夜から、眠ったように埋もれていた感情を伴って。両手は棒のようにぎこちなく、喉の奥にしこりができたような気がした。愚かだとは思いつつも、彼女に触れてみたいという欲求を強く感じていた。相手が話し出すまでの一瞬、この状況は前にも経験したことがあるというばかげた感覚に、パイパーは捕らわれていた。

「こんにちは。アレンさんですよね？」娘が口を開いた。暖炉に近づきながら、彼女はしっかりとパイパーを値踏みしていた。相手に顔を向けた瞬間、パイパーは自分の心が読み取られているのを感じた。微笑むばかりか、娘の表情はさらに輝いている。相手の称賛に応えるかのような親しみ深さで、目の光も強さを増していた。娘は、何気ない様子で自分の髪に手を当てた。指輪はしていない。挑発的な腕の上げ方だった。その動作で、小ぶりだが、つんと尖ったバストラインが強調される。彼女は腕を上げたまま、パイパーを見つめていた。まるで、自分が新しいおもちゃで、彼女に分解されているような気分だった。一瞬、怒りが身体を突き抜ける。そのほとんどが、自分に対する怒りではあったが。

声の調子をコントロールできるようになると、彼はやっと口を開いた。「こんにちは《グッド・アフタヌーン》――まあ、何かいい《グッド》ことでもあればの話ですが。ずぶ濡れの猫にでもなった気分ですよ」

「ええ、ひどい天気ですものね。遠くからいらしたんですか？」

「スローン・ストリートの角からなんですけどね。それでも、こんな天気では結構な距離でした。今日に限ってタクシーもつかまりませんでしたし」

「それって、わたしもいつも思っていることなんですよ」娘は足を揃え、小首を傾《かし》げてパイパーを見つめた。「どうしても必要なときに限って、一台も通らないんですもの。少なくとも、そんな感じだわ」娘は、細い指先で下唇を摩《さす》りながら、パイパーの向こうに視線を彷徨わせた。「コートをお脱ぎになったほうがいいんじゃありません？　湯気が立ち始めていますから。可哀そうに、すっかり濡れてしまったようですね」

奥ゆかしい気遣いが感じられる言葉だが、その裏には何か別のものが潜んでいるようだ。それほど柔らかい口調でもなく、歓迎しているふうでもなかった。何の前置きもなく、彼女は尋ねてきた。「警察の方なんでしょう、アレンさん？」〝アレンさん〟という言葉には、鋭く攻撃的な含みが感じられた。

「わたしがですか？」パイパーは不意に、肩の力が抜けたような気がした。相手が見せた新たな態度には、うまく扱えるかどうか、不安に思う要素はなかったからだ。「どうして、そんなふうにお思いになるんです？」

バーネット嬢は冷ややかな笑みを浮かべた。腰に手を当て、パイパーを見上げながら足を踏み変える。「そんなふうに見えるからです。大きくて力もありそうだし、ほかの警官たちと同じような目をしていますもの」

「これはこれは！　どこでそんなことを覚えたんでしょう？」

「すぐにわかるようになりましたわ。この数週間というもの、そうしたことを学ぶ機会なら、嫌と言うほどありましたから」彼女の声からは陽気な調子が消え、表情も強張《こわば》っている。「警察の方なんでしょう？」

「残念ですが、お嬢さん、あなたの思い違いですよ。フォールケンハイム先生の患者さんはみんな、こんな尋問を受けることになるんですか？」

「先生の患者さんはどなたも病人です」バーネット嬢は言い切った。「病人でなかったり、病気だと思い込んでいるだけの場合も、同じことになります。あなたは、わたしよりも健康そうですわ。先生に診てもらいたいなんて、まったく信じられません」

「そうですか？　それならなぜ、わたしはここにいるのでしょう？」

「先生の個人的な生活をあれこれと詮索するために」感情の混じらない話し方だったが、頬には赤みが差していた。「だから、先生の手が空く前からいらっしゃることにしたんだわ。どうして、そっとしておいていただけないの？　先生はずっと大変な思いをしていらしたんですよ、あの女が——」彼女は頭を振り、胸の前で両手を組み合わせた。「先生は知っていることを全部話したのに、まだこんなふうにつきまとうなんて、フェアじゃないわ。わたしが先生の立場だったら、こんなことは終わりにするのに。金輪際、きっぱりと」

「これはまた、とんだことになってしまいましたね」とパイパー。「あなたが考えているような警官じゃなくて、本当によかった」

「じゃあ、あなたは何者なんです？　普通の患者さんだなんて、わたしが信じるとは思わないでくださいね。違うのはわかっていますから。ひと目見た瞬間から、病人ではないのはわかっていました」

「仕事で女性の直感と向き合うのは、どんな男にとっても幸運ではありませんね。わたしの顔をひと目見ただけでわかったですって？　大変、結構」パイパーは湿ったハンカチで、襟の内側と首の後ろを拭った。片方の眉を上げ、相手に笑いかける。「信用に値する能力としては、あなたの得点は五十点ですね、バーネットさん。確かに、わたしは病人ではない。三十代半ばの男がときおり経験しても仕方のないリウマチの痛みを別にすれば、人生でこれほど快調だったことはないですからね——肉体的にはという意味ですが」彼はハンカチをしまい、真面目な顔で続けた。「精神的には、最初から警官と間違われて、あまりいい状態ではありません」

「あなたの職業が何であれ」とバーネット嬢は言い返した。「同じような訓練を受けていらした方だわ」そして、突然踵《きびす》を返し、ドアへと向かった。肩越しに冷たい視線を投げ、頷きかける。「出口はおわかりでしょう、アレンさん？　失礼させていただきますわ。しなければならない仕事が山ほどありますから」

「わたしが何を調べに来たのか、知りたくないのですか？」

「まったく。帰って、あなたのボスに、ただずぶ濡れになっただけだとお伝えなさいな」

「非常に残念ですね」パイパーは頭を振り、コートを着始めた。「あなたのようにお綺麗な方が、こんなに頑固だなんて夢にも思いませんでした。わたしと話したところで何の害があると言うんです？」

「たぶん、何も。でも、どうしてお話する必要があるんです？」ドアはすでにあいていた。バーネット嬢はくるりと身を返し、ドアの端に背中を預けた。その後ろに、大きな赤、白のタイル張りで、中央にイグサのマットが敷かれた長い廊下が見えた。左側の部屋から、足音と水を流す音が聞こえてくる。

「もし、あなたが、本当にフォールケンハイム先生の生活に関心がおありなら、わたしとの会話にほんの少し、時間を割いてくださることをお勧めしますけどね」

バーネット嬢は口元を歪め、ふわりと髪を膨らませた。もう、うんざりという表情だ。「一風変わったアプローチ方法ですね、アレンさん。ちょっと聞いてみようかなという気にさせますもの。ほかの方たちはみな、少しずつ入り込むための質問をしたがるばかりだったのに。とにかく、聞いてみたほうがいいのかもしれませんね」

「それで、あなたが損をすることはありませんよ」パイパーは請け負って見せた。「ご参考までに、わたしは警察とはまったく無関係ですし、先生を困らせるようなことをするつもりもありません。実際のところ――正反対です。先生がペイン夫人の死に関わっている証拠を見つけ出すことなど、最も避けたいことなんですから」

「どうしたら、そんなお話を信じられるのかしら？」

「さあ。でも、真実なのは間違いありません。座って、わたしに説明をさせてもらえませんか？」

「あなたのお話なら、ここでも十分に伺えますわ」少し前の作り笑いのときと同様、白い歯が垣間見えた。バーネット嬢はパイパーから目を離すことなくドアを閉め、ゆったりと背中を預けた。「続きをどうぞ、アレンさん。ただし、できるだけ簡潔に」

パイパーはチンツ地の長椅子にコートを置き、両手をポケットに入れた。「わたしはアングロ・コンチネンタル保険会社の外部調査員です。ペイン夫人に一万ポンドの生命保険がかかっていたとお話すれば、彼らがわたしを雇った理由もご理解いただけるでしょう。もし、支払い請求が認められれば、夫人の遺言検認が終わった時点で、保険金は彼女の夫に支払われます」

「クリストファー・ペイン氏にとっては、有り難いことね。でも、『もし』というのはどういうことなのかしら、アレンさん?」

「状況によっては、支払いがされない場合があるからです」

「まあ、そうなの」バーネット嬢はドアから離れ、数歩彼に近寄って来た。暖炉の火明かりの中、娘の目がかすかにきらめいている。「つまり、夫人の死が自殺だった場合ということ?」

「いいえ。あいにく、彼女の死の三、四日前に、契約の制限条項は失効していました。自殺だったとしても、会社は保険金を支払わなくてはなりません。同様に、フォールケンハイム先生の調剤室での手違いが原因だったとしても、支払いの義務は発生します。そんな間違いが起こっていた証拠を提出することに会社側が何の関心も持たないのは、そういうわけです」

バーネット嬢は再び「そうなの」と呟《つぶや》き、親指の先を自分の歯に押し当てている。「では、どんな状況なら、会社側は支払いをしなくても済むんでしょう?」

ゆっくりと、非常に慎重な口調でパイパーは答えた。「夫人の死に、ペイン氏の関与が証明されれば」

バーネット嬢の顔から血の気が引いた。息もできないようだ。しばらくして、囁くよりも低い声で彼女は答えた。「でも、それなら――」

「ええ、そうです。もし、彼の仕業だったなら」

二人は言葉もなく見つめ合っていた。時が経つにつれ、その沈黙が耐え難くなっていく。外では、ときおり激しくなる雨が、風でガラス張りのポーチに叩きつけられ、閉まりの緩いガラス戸をガタガタと揺らしている。暖炉の火が突然牙をむき、吹き込んで来た雨が煙突の中で虚ろな音を轟《とどろ》かせる。冷たく得体の知れないものが室内に忍び込み、目には見えずとも確かに存在する邪悪なもののように、二人のあいだに滑り込んだ。

　痙攣でも起こしたかのようにバーネット嬢は腕を摩《さす》り、ぎこちなく肩を揺らした。「そんなはずはないわ。ばかでもない限り、自分が真っ先に疑われることくらい、わかるはずですもの」

「ひょっとしたら、彼はその点を当てにしていたのかもしれませんよ。真っ先に疑いがかかるようなわかりやすい動機。それ自体が防御になることもありますから。どんな陪審だって、あなたと同じように考えるでしょうからね」

「独創的な考え方をなさるのね、アレンさん」

「わたしが闘わなければならないのは、ペイン氏の頭脳なんですよ。バイオレンス系のスリラー作家として、巧みな着想で評価を得ている人間が相手なんですから」

「わたしもその点については考えました。ただ、どうしてもわからないのは――」小さく身震いをして、バーネット嬢は暖炉に手をかざした。「たとえそう望んだとしても、どうしたらそんなことができたのか、ということなんです」

「どうしてです？　配偶者の睡眠薬に手を加えることなんて、彼にはいくらでも時間や機会があったじゃありませんか。これほど簡単なことはありませんよ」

「手段があれば、の話ですけど」彼女はパイパーを見上げ、唇を濡らした。「彼はどこで、あれほどの量のストリキニーネを手に入れたんでしょう？」

　パイパーが答える。「それは、わたしにもわかりません。でも、同じことがペイン夫人にも当てはまりますよ。もし、彼女が自殺を図ったのなら、発見されないように溜め込んでいたことになります。一方に当てはまることは他方にも当てはまる、というわけですね」彼は髪を掻き上げ、頭の後ろへと撫でつけた。「あなたは薬剤師だ。彼がどうやって薬を手に入れたのか、思い当たる節はありませんか?」

　彼女は再び腕を摩《さす》り、落ち着きなく足を動かした。「まったくありません。わたしたちが話しているのは毒物なんですよ、アレンさん。アスピリン錠なんかではなくて。薬局に行って、頭痛の治療薬を買うみたいに、ストリキニーネを買うことはできないんです」

「たぶん、そうでしょうね。でも、盗むことはできるんじゃないですか?」

「強力な動機があれば、何でも盗むことはできるでしょうね」彼女は認めた。「ただ、今回のような場合、薬剤師はもっと早い段階で、自ら進んで警察に報告していたはずです。〈薬物リストI〉に属する薬は、どの調剤室でも非常に厳しく管理されていますから」

「こちらでは、どのように管理しているんですか?」

「たいていの調剤室と同じように、鍵のかかる戸棚に保管しています。わたしが管理する薬は、持ち出す際に詳細な記録を残しているんです。定期的に、持ち出した薬の量と手元に残っている薬の量もチェックしていますし」バーネット嬢の顔に、初めて反抗的な表情が浮かんだ。「数字が合わなかったことなど、一度もありません」

「数字というものは、いくらでも細工できますからね。不一致が見つかった場合、どういうことになりますか?」

「すぐにフォールケンハイム先生に報告することになるでしょうね」バーネット嬢はかすかに眉をひそめ、頭を後ろに反らした。「ほかにどうしろと言うんです?」

「おっしゃるとおりですね。どうか、怒らないでください。ただ、訊いているだけなんですから」

娘の髪から漂うほのかな香りが、パイパーの身体にも思考にも、絶えずまとわりついていた。それは、温かな空気や赤々と燃える火、室内の静けさと溶け合っている。黄色っぽい外の光は、雨粒が流れ落ちる窓からは差し込めないようだ。煙突に突風が吹き込むたびに、二人の周りで影が動く。パイパーは、とんでもない秘密の戸口に差しかかっているような気がしていた。変わらぬ口調で彼は続けた。「フォールケンハイム先生に報告しなければならないようなことは、かつてありましたか？」

「ばかばかしい」と、バーネット嬢。「こんな状況で、わたしが忘れてしまったとでもお思いなんですか？　警察よりも、もっと質《たち》が悪いわ。いずれにしても、ペイン夫人の死が何かの手違いによるものだと都合が悪いって、あなたがおっしゃったんじゃありませんの？」

「手違いだなんて言っていませんよ。あなたは、先生のことがお好きなんじゃありませんか？」

彼女は唇を引き結び、両手を脇に下ろした。「これはまた、おかしなことをおっしゃるのね、アレンさん。わたしが先生を好きかどうかなんて、何の関係があるんですか？」

「たぶん、大いに関係していますよ。まあ、どんなふうにお思いになろうと、もう少し辛抱してくださいませんか。わたしはただ、真実が知りたいだけなんですから。わたしに協力してくだされば、あなたも先生を助けることになります。もし、わたしの直感が的外れだったとしても、あなたが失うものは何もありませんし」

「そのようね。先をどうぞ」

「あなたは先生のことがお好きなんだと仮定しましょう。わたしがやって来たときから、あなたの態度はそう示していたんですけどね。問題は――」パイパーは言い淀み、顎先を掻いた。「もし、必要となった場合、あなたは彼のために嘘をつくことも辞さないでしょうか？」

「ここで働き始めてから四年、先生がそんなことを頼んだことは一度もありません」

「彼が頼んだなんて、一言も言っていません。先生は、うっかりすることがよくありますか？」

バーネット嬢の顔に戸惑いが浮かぶ。目の奥には苛立ちがちらついていた。「どんどんひどくなっていくのね。いったい、何が知りたいんです？」

「辛抱してください、バーネットさん。直《じき》にわかりますから。先生は、病院の記録に関して――ここでは、その点に絞りましょう――あなたほど細かくはないのでしょうか？」

「事務的なことはすべて、わたしに任せていらっしゃいますから。もし、そういう意味でお訊きになっているんでしたら」

「あなたが管理する劇薬棚の記録についても？」

「先生がご自分で調剤することはめったにありません。わたしが、フォールケンハイム先生とドーリング先生の処方箋をすべて調剤するんです。それが、わたしの主《おも》な仕事ですから」

「でも、先生が自分で調剤したときには、どうなるんです？」

「わたしが戻ってきたときに、先生の処方箋がファイルの上に置いてあります」彼女は腕をほどき、大きなため息をついた。「ほかにいい方法がありますか？　それに、問題の核心にはいつたどり着くんでしょう？」

「例えば、単に例えばの話ですよ――」不安がどんどん大きくなっていく。パイパーの心を占めているのは、不用意な一言ですべてを台無しにしてしまうことへの恐れだった。真っ暗な地雷原を手探りで進むように、一歩踏み出すごとに細心の注意が必要だった。すべてが、立ち位置の調整にかかっている。

パイパーが言い淀んでいると、バーネット嬢が口を挟んだ。「それで？　例えば、どんな話なんです？」苛立ちが怒りに変わっていた。しかし、その奥には、隠しようのない恐れが垣間見える――彼女を緊張させ、身構えさせる恐れが。

「例えば、こんな感じです」パイパーは答えた。「先生が処方箋を一、二枚なくしてしまって、あなたのファイルの上には置かれていなかった。それで、在庫が品切れになってしまうとか？」

「そんなことはあり得ないって申し上げましたでしょう？　それがあなたの直観だと言うなら、別のパターンを捻り出したほうがよさそうですね」恐れの気持ちが膨れ上がっているようで、バーネット嬢はパイパーをろくに見ることもできないでいる。「そんなことになったら、わたしは自分の身を守るためにも、フォールケンハイム先生に報告しなければならなかったはずです。薬が足りなくなったからと言って、わたしがその責任を取るとでも思っているんですか？」

「まさか。まともな感覚の持ち主であれば、そんなことはしないでしょう」パイパーは、相手がほっとした目を向けてくるまで待ち、先を続けた。「あなたのお話はすべて、先生が裏づけてくれると思いますよ。ありがとうございました、バーネットさん。もうこれ以上、お邪魔はしません。まあ――」彼は微笑んで見せた。「先生からお話を伺ったあとで、またお会いできなかった場合は、もっと快適な状況で再会できることを期待しましょう。あなたは、ご自分で思っている以上に、貴重な情報を提供してくれたんですよ。本当にありがとうございました」

バーネット嬢はまだ立ち去ろうとしない。心に沸き起こった苦闘が、その顔に現れている。目の中で暗い影が揺らぎ、喉元がぴくぴくと引きつっていた。とうとう彼女は口を開いた。「わたし、とても愚かでしたわ、アレンさん。怖くて仕方がないんです」

「何が怖いんですか、バーネットさん？」

「何もかもです。わたしがばかだったんです」彼女は息を吸い込み、やっとの思いでパイパーを見上げた。「嘘をついていました。それだけです」ひどく簡潔に、彼女はそう認めた。

パイパーのほうは長々と息を吐き出した。「それは、お互いにわかっていたことですよ。そんなに心配することはありません。あなたには、それなりの理由があったのでしょう。それを、お話しいただけませんか？」

「おわかりのはずですわ。隠し通せると思っていたんです。でも、あとになって明るみに出れば、事態はもっと悪くなるだろうと気づきました」バーネット嬢は力なく腕を動かし、椅子の一つを手繰《たぐ》り寄せた。腰を下ろして先を続ける。「これ以上隠そうとしても無意味ですわね。あなたでなければ、ほかの誰かが調べに来たんでしょうから。遅かれ早かれ、警察が嗅ぎつけたはずです。どうして、もっと早くにそうならなかったのか、不思議なくらい」

「どうして最初に話していただけなかったんです？」

「そんなことをしたら、フォールケンハイム先生が破滅してしまいますもの」乾いた声だった。「先生は何も悪いことなどしていません。でも、あの女のせいで、誰も信じてはくれないでしょう。調剤室からストリキニーネがなくなっていたと、ひとたび知られてしまったら――」

「それがなくなっていることに最初に気づいたのはいつですか？」

「四週間――くらい前です。休みを取った日の翌朝に。ほかの薬品でも、在庫がわずかに合わないことは以前にもあったんです。そんなに深刻な量ではありませんでしたが。でも、今回は――」バーネット嬢の目は痛々しいほどだ。「かなりの量の違いでした」

「何が原因だと思いましたか？」

「見当もつきませんでした。先生に報告すると、わたしの計算違いだろうから、もう一度チェックするように言われました」

「それだけですか？　あなたと一緒に調べてみようとはしなかったんですか？」

「はい。その日、先生はとてもお忙しくて、患者さんがまだ何人も待っていらしたんです」

「そんなことにかまっている余裕もないほど忙しかった？」

「わたし――」バーネット嬢は膝をつかみ、身を固くしている。「あなたは、フォールケンハイム先生のことを知らないんです。先生は、診察時間中に気を散らされることを嫌がります。調剤室はわたしの責任領域で、先生はめったに口出しされません。発注はすべてわたしが行い、在庫管理と必要な記録もすべて任されています」彼女は腹を立てたかのような口調で締めくくった。「先生はビジネスマンではないんですよ、アレンさん。それに最近は、心配事が山ほどあって」

パイパーが割って入った。「わたしたちはみな、心配事を抱えていますよ。彼は当時、何を悩んでいたんです？」

「奥さんとのことで問題を抱えていました。立ち聞きするつもりはなかったのですが、ある晩、忘れ物を取りに戻ったときに、二人が言い争っているのを聞いてしまいました」

「何についての口論なのかはわかりましたか？」

「わたしには関係のないことです。わかりません」バーネット嬢は一瞬、口ごもった。やがて、ひどく幼く見える、おどおどとした態度で彼女は続けた。「わたしがまだその場にいることを知ったら、先生はとても恥ずかしかっただろうと思います。尊敬している先生に、そんな気まずい思いをさせたくはありません」

「ペイン夫人に関する口論だった可能性はありますか？」

「もし、そうだとしたら、フォールケンハイム夫人は間違っています。先生がペイン夫人に割いていた時間は、ほんのわずかだったんですから。先生にとって、ペイン夫人は患者さんの一人に過ぎませんでした――ある意味、とても厄介な」

「それは、あなたの個人的な意見に過ぎませんね、バーネットさん。先生の奥さんには、違うふうに感じる理由があったのかもしれない。その前後にも、二人が言い争っているのを聞いたことがありますか？」

「ときどき」バーネット嬢はもぞもぞと身動きし、唇を濡らした。「フォールケンハイム夫人は、とても興奮しやすい質《たち》なんです。彼女を苛立たせるのに、さほどの手間は要《い》りません」

「感情的な女性がもう一人、ですか。どうやら、先生には運がなかったようですね？」パイパーには質問の意図などなかった。相手に話を続けさせるためなら、どんな言葉でもよかったのだ。

「女性はみな感情的ですわ」バーネット嬢は答えた。「先生の奥さんが、ほかの女性たちよりも感情の起伏が激しかったというわけではありません。少なくとも、ペイン夫人のような男狂いではありませんでしたわ」感情を交えない声で彼女はつけ加えた。「尋ねられれば、こう答えるでしょうね。自分がどれだけラッキーなのか、クリストファー・ペイン氏は知らないんじゃ――」彼女はそこで口を覆い、無言でパイパーを見つめた。

「どうやら、話がひと回りしたようですね。また、クリストファーに戻ってしまった。教えてください。彼が奥さんと一緒にここに来たことはありますか？」

「わたしが覚えている限りでは、一度だけです。それも、かなり以前に」

「どんな感じの人物ですか？」

バーネット嬢は衣服の襟元を引っ張り、皮肉っぽい笑みを浮かべた。「まあ、ハンサムでしょうね。とてもお洒落ですし。魅力的なんでしょうけれど、目を見れば正体がわかります。あの方がわたしを見た瞬間に、どんな人間なのか、わかりましたわ」

「あなたの直観的な判断は役に立ちそうですね。どんな人間だと思いましたか？」

「自分勝手な自惚《うぬぼ》れ屋。わたしなら絶対に信用しないタイプです」バーネット嬢の声は不機嫌そうで、目には冷たい光が宿っていた。「あの方は『こんにちは』としか言いませんでしたけれど、わたしは自分が裸でいるような気がしましたわ」

「なるほど。サヴィルロー（ロンドンの一流紳士服の仕立屋が多い街路）から来た狼ですか。夫人が先生の診察を受けているあいだ、彼はどこにいたんでしょう？」

「ここにいらっしゃいました。あとで、診察室からも声が聞こえてきましたけれど。その後、二人が立ち去るまで、彼の姿は見ていません」

「彼が呼ばれたのは、そのときだけですか？　間違いなく？」

「はい。あの方にお会いしたのは、そのときだけです。よく覚えていますから――」バーネット嬢は不意に口をつぐみ、遠い目をした。「いいえ。ちょっと待って……ほかにもまだあるわ。そう……一カ月くらい前に。でも、そのとき、わたしはお会いしていないんです。彼が来ていたと教えてくれたのはドーリング先生でした。わたしがスリルを逃したとか、そんな冗談を言って。くだらないことなんですけど。わたしがペイン氏をどう思っているか、先生にはお見通しなものですから。そのせいで

——」

「ちょっと待って」パイパーが割って入った。「その二度目の来院の日、あなたは休みだったんですか?」

「たぶん。そうでなければ、わたしがいなかったはずはありませんから」

凄まじい勢いで、切迫感がパイパーの中を駆け抜けていった。口が乾き、手が強張《こわば》って動かない。単なる偶然ということもあり得る。しかし、一カ月前とは……。乱暴とも言える口調で彼は尋ねた。

「思い出してください、バーネットさん。しっかりと思い出して。その日、調剤室のドアの鍵はかかっていましたか?」

「考える必要などありませんわ。わたしはいつも——」バーネット嬢もハッとしたようだ。彼女は、喉にものでも詰まらせたかのように、大きく息を呑み込んだ。そして、低い声で続ける。「ドアに鍵をかけることはありません。もし、そうしようと思えば……」

「劇薬棚のほうは?」

「そちらには施錠します。でも、鍵は——」彼女は立ち上がり、片手を頰に押し当てた。「鍵は、そばに打った釘にかけておきます」

ただ一つの疑惑が、ほかの考えを追い払ってしまった。パイパーが尋ねる。「どの部屋が調剤室ですか?」そう問いかけた彼の耳に、壁の向こうから、足音やエナメルびきの皿が触れ合う音が聞こえてきた。「彼には可能だったんでしょうか……?」

「ええ」消え入るような声で彼女は答えた。目には嫌悪感が浮かんでいる。「可能です。調剤室はこの隣ですから、人に見られることはなかったはずです」

第四章

〈ハンテッド・フォックス〉のプライベートバーは、新聞関係者たちがよく集まる店と似たような雰囲気だった――混雑していて騒がしく、煙草の煙が厚くたちこめている。誰もが一斉《いっせい》にしゃべっているような感じだ。低く落とされた照明の下で男たちの声がわんわんと響き、笑い声がどっと沸き起こるたびに、食器棚に並んだ座りの悪いピューター製のマグカップがカタカタと鳴る。火力の弱いストーブの熱で湯気を上げる濡れた衣服。窓は水滴で曇り、誰かが壁にある錬鉄製の電灯受けに引っかけた傘から、雨水が滴り落ちていた。

クインは一人、陰気なサテュロス（酒神バッカスに従う半人半獣の怪物）のような顔で、ストーブに背を向けて立っていた。一パイント（〇・五七リットル）用マグカップの取っ手をしっかりと握り、口の端には湿った煙草の吸い差しをぶら下げている。雨粒で光るぼさぼさの髪に、超然とした侮蔑の色を浮かべた目。形の崩れた帽子を頭に載せ、着古したレインコートの胸元からネクタイをヒラヒラさせている。舞台や映画担当の新聞記者というよりは、風刺漫画の登場人物にずっと近い。パイパーは、そのコートを着ていないクインを見たことがなかった。夏でも冬でも年がら年中、彼はそのコートを着ていた。襟を立て、一番上のボタンだけを留めて。長い年月のうちに、ほかのボタンはいつの間にか彼を見限り、ぼろぼろになったボタン糸が残っているだけだ。かつては外套だったものが、今では、煙草の焦げ跡やビールの染み、数え切れないほどの食べこぼしの跡がついた容器と化している。

パイパーの姿を見つけると、クインはにやりと歯を見せ、頭の上にグラスを掲げた。「私立探偵様の登場だ。でも、いつもの完璧な着こなしにはほど遠いな。行ないの正しき者の上にも悪しき者の上にも、雨は等しく降り注ぐというわけか？」

「きみには、雨に濡れる心配などいらないからな」パイパーがやり返す。「きみの内部は、長きに渡って波に洗われ続けてきたんだから」

「即座に気の効いた言葉を返す才能は相変わらずだな」クインは煙草の吸い差しを吐き出した。大真面目な顔で、グラスの縁越しにパイパーを見つめ、ゆっくりとビールをすする。「アルコール漬けの友情に満ちた心の底から、このイングランドが形成されて以来、綿々と引き継がれてきた古き問いを汝に向ける——何を飲む？」

「マイルド（ビターよりホップの香りが弱い黒ビール）を。ありがとう。小さいのにしておくよ」

嫌悪に満ちた口調でクインは返した。「女々しい奴だな」それから、もうひと口煽《あお》り、混み合った客たちのあいだを横歩きで抜けて、カウンターに向かった。戻って来ると、ビールをパイパーに渡し、空いた手をけなすように振る。「持って帰ったらどうだ、相棒。ここはちょっとした地獄絵図になるからな——煙と、情けない記憶にのたうつ不信心者たち。〝卑猥な笑い話に突進するノアの方舟〟さ」

クインは、長い鼻をグラスに突っ込み、音を立てて酒をすすると満足げに唇を鳴らした。酒の飲み過ぎで顔色は黒ずんでいるが、目は明るく輝き、機敏に動いている。「あんたがこんなスラムまでやって来たのは、どういうわけだ？」

「きみを探していたんだよ」パイパーは答えた。「ちょっとした情報が欲しいんだ。それに多分、ちょっとした手助けも。最近は忙しいのかい？」

「いつだって忙しいさ。おれの中に、決して止まることのない、轟音を上げ続ける印刷機の魂が見えるだろう？　この三日間、寝るときも服を着たままだよ」

「そのコートからすると、三年間かと思ったけどね」

「おやおや、言ってくれるじゃないか！　あんたときたら、おいしい台詞を全部持って行くんだからな」クインはポケットの中を手探りし、中身が半分なくなったような、しわくちゃの煙草を取り出した。別のポケットからはマッチ棒。長く伸びた、とても清潔とは言えない親指の爪で、そのマッチを擦《す》ろうとする。二度目でついた火が指先を焼く。彼はマッチ棒を口の中に放り込むと、もぐもぐと口を動かした。「一、二、三……十。こんちくしょう！　お気に入りの手品なんだが、人前で披露すると必ず失敗するんだ……それで、どんな情報だって？　おれに何の旨《うま》みがある？」

「きみが働いているらしいトイレットペーパー製造会社の資料室には、クリストファー・ペインという男に関する記事の切り抜きが、山ほど保管されていると思うんだが。一連の小説を書いている作家で――」

「――世間の注目という甘い汁を吸ったばかりの男」クインが言葉を引き継ぐ。「家族との悲しい死別は、数千ポンドの利益になったんじゃないのか――『有名作家の妻、服毒死』……『ミステリー作家の家で本物の事件』……『高名なスリラー作家の妻、審問延期』……エトセトラ、エトセトラ」クインは別のマッチをストーブに差し出し、煙草に火をつけた。口から少しずつ煙を吐き出し、ビールをグラスごとくるくると回しながら、悲しげな視線をパイパーに向ける。「幸運はみんな、ろくでもないやつらのところに行っちまうんだ！　最新の本が出版されるまさにその週に、都合良くこんなことが起こるんだからな。自分でやるんじゃなければ、これほどうまくタイミングが合うわけないよ」

パイパーが囁く。「ここだけの話、彼が自分でやったのかもしれないとしたら、どう思う?」

クインは目をすがめてパイパーを見つめ、煙草を口の端からもう一方の端へと移した。「気をつけたほうがいいぞ、相棒。あんたがそんなことを言っているのをペイン君が聞きつけたら、ご機嫌を損ねるかもしれない」考えながら先を続ける。「でも、それが本当なら、面白いことになる。これは、これは!　そいつが明るみに出たときに、最初からわかっていたのに利用しない手はないよな!」

パイパーが返した。「それが、ちょっとばかり手を貸してくれることに対する、きみの取り分だ。興味はあるかい?」

「たぶん。まあ……そうだな」パイパーはまた、無言でグラスを回していたが、やがて咳払いをした。

「からかっているわけじゃないよな?」

「冗談じみた殺人なら、とっくに起きているんだよ。もし、ぼくの考えがそんなに的外れでないなら、エスター・ペイン夫人の死は、自殺でも事故でもない」

「知り合って七、八年になるが、あんたが間違っていると思ったことはほとんどないよ。でも、これはわけが違う。それに……」クインはビールを飲み干し、グラスをひっくり返した。「最後にもう一杯ずつ飲んで場所を変えよう。同じのでいいか?」

「ぼくはやめておくよ」パイパーは答えた。「今度、互いに一、二時間、時間が取れるときにしよう。そのときにはぼくが、好きなだけおごってやるから。今は、急いで新聞の切り抜きに目を通したいんだ」

「おれの好きなだけって言うのは、ずいぶん向こう見ずな約束だな。ここでもう一杯やるほうが、ずっと安上がりなのに」クインは誘うようにグラスを揺らした。「どうだい？　ほんの一分かそこらだ。ビールの一気飲みに関しては記録保持者なんだよ」

「たぶん、そうなんだろうな。でも、今は、きみの飲酒上の離れ業には何の興味もない」パイパーは一刻も早く、湿った衣服と煙草の煙、くだらないおしゃべりに囲まれた場所から逃れたくて仕方がなかった。フォールケンハイム医院の待合室での記憶が、まだ鮮明に残っている。リタ・バーネットと一緒に、また火明かりの中に立っているかのように、調剤室から聞こえた皿の音や、パタパタという足音まで思い出すことができた。あの瞬間の緊張感のようなものが甦ってきて、パイパーは苛立たしげに言った。「ぼくなら完全にダウンしそうなものを常にがぶ飲みしていて、よく仕事ができるな」

いやに気取った甘ったるい声でクインは答えた。「才能なんだよ。長年の鍛錬の賜物《たまもの》なのさ」

「やめればもっと長生きができるだろうに」

「みんな、そう言う。だが、何だって、長生きのために目の前の好物を諦めなきゃならないんだ？」

パイパーの表情を見てクインは諦めたように微笑み、空《から》のグラスを手に取った。バーのほうへと人混みを押しのけ、グラスを片づけると、やっと相手に頷きかける。「わかったよ、奴隷監督官殿。行こうじゃないか」

暑苦しく混み合った店から出てみると、外の空気は骨身に滲みるほど冷たかった。クインは身震いをし、レインコートをきつく身体に巻きつけた。「人生なんて厄介なものだな！　義務のためにこんなことをしなきゃならないなんて。もし、おれがくたばったら、墓碑銘《エピタフ》にはこんな言葉が刻まれるんじゃないか？『彼は、大義のために人生を捧げた』なんて。もちろん、あまり下品に見えないように、二十四ポイントくらいの大きさの字でさ……」そう言うと彼は頭を上向け、か細い裏声で歌い始めた。「このおれが死んだときには、どうか埋めないでほしい。ただ、この骨を酒に漬けて……」

パイパーが遮る。「少し黙って聞いてくれよ」そして、クインのオフィスへと向かう数百ヤードのあいだ、彼はクインが知っておいたほうがいいと思える情報を、できるだけ多く話して聞かせた。「今のところは、このくらいで十分だろう」最後にそう締めくくる。「ひょっとしたら、すべて偶然なのかもしれない。でも、ストリキニーネがなくなった日の前日、ペインはそこにいたんだ。そして、この事件から彼は、一万ポンドを受け取ることになる」

「黒幕と知恵比べをするには、ちと飲みすぎだな」クインは答えた。「でも、あえてアドバイスをするなら、お忙しいフォールケンハイム先生のおかしな態度のことを忘れるな。施錠されていないドアだの、休暇日だの、クリストファーの落ち着かない視線だの、受付嬢のそんな話はどうでもいい。しかし、ボスの話となると、ちょっと綺麗事すぎるな。その娘、医者のことを庇《かば》っているんじゃないのか？　ペインは十分に、人の注意を反らす動きをしている。でも、結局のところ、ストリキニーネを盗む一番いい機会を持っていたのは誰だ？　フォールケンハイムさ。エスター・ペイン夫人のことで奥方と口論していたのは？　フォールケンハイム。彼一人を残して出て行くよう、気の毒なご婦人を説得できなければ、離婚訴訟と向き合うことになっていたのは？　これもフォールケンハイムだ」大真面目な低い声でクインはつけ加えた。「患者の一人とばかな過ちを犯した医者がどういう立場に立たされるか、みんなが知っていることだ」

「そのとおりだな」パイパーが答える。「でも、きみのアドバイスは不要だよ。フォールケンハイム医師のことは忘れていない。たぶん、警察も。差し当たり、クリストファー・ペインの経歴について、ちょっと調べてみたいんだ」

「ボスはあんただ」照明が灯ったドア口に近づくと、クインはパイパーの腕をつかんだ。「着いたよ。上階《うえ》に上がったら、余計なことはしゃべるな。資料室にいる男はおれのダチじゃない。いつも何だかんだと、遠回しに小言じみたことを言ってくるんだ。こっちも目のつぶり方っていうものを教え続けているんだがな。もし、やつが、あんたの声を聞いた日には、あんたに対しても何か言ってくるに違いない。そしたらあんたも、マイルドの小ジョッキに耽《ふけ》らざるを得なくなるから」

二人は、天井から下がる裸電球に照らされた、石貼りの狭い玄関に入った。片側の壁に、タイムレコーダーと出勤カードのラックが並んでいる。向かい側には、薄汚れた石造りの螺旋《らせん》階段。上階《うえ》に向かって回り込み、先が見えなくなっている。その横では、赤錆びた鉄格子がついたエレベーターシャフトが暗い口をあけていた。辺りは印刷インクと熱せられた油の臭いで充ちている。二人を取り巻く空気が、印刷機の轟音でぶるぶると震えていた。

ドアのすぐ内側に、番小屋ほどの大きさもないガラス張りの小部屋があり、白くなった口髭をまばらに生やした年配の男が座っていた。短くなった鉛筆をくわえ、銀縁の眼鏡に頼りながら新聞を読んでいる。前を通り過ぎようとすると男は小窓をあけ、声をかけてきた。「こんばんは、クインさん。誰かがあんたを捜していたようだが」

クインは言葉を返した。「やあ、ジョー。四七二五回目のことだよ」

「何ですって、クインさん？」

「いつだって、誰かがおれを捜しているのさ」彼は、自分の衣服をあちこちと探し回り、「チッ」と舌打ちをした。「何てこった。買うのをすっかり忘れてた……」

パイパーが煙草を差し出した。クインはポケットからマッチ棒を取り出し、親指と人差し指で摘まんでみせた。「こんな手品は見たことがあるかい、ジョー？」

「ええ、ありますとも、クインさん。パイプをやり始めたころ、ある船乗りが見せてくれましたよ……」老人は手を伸ばして、マッチ棒を取り上げた。親指の爪で擦《す》って火をつけ、クインに差し出す。

「こんなのは手品とは呼べないでしょう。この辺りの若い者なら、誰でもできますから」

畏れ入ったような口調でクインが答える。「おやおや、あんたがご存知だったとはねえ！　ありがとう、ジョー。こっちは使える指がなくなってきたところだったんだ。そのうち、船乗りさんともお近づきにならなきゃな。おれの特別上等でちゃちな手品と引き換えに、何か教えてくれるかもしれないし……」

エレベーターが下りて来て、格子戸ががたがたと開いた。クールカットにあばた顔、大きめのスポーツ・ジャケットを着込んだ若者が頭を突き出す。「上がりますか？　ああ、こんばんは、クインさん。確か、もう――」

「ああ、そうだよ」クインは答えた。「でも、司教様が女優のベッドの下から這い出して来たときに言ったように――今は、ここにいるんだ」パイパーを狭いエレベーターの中に押し込み、自分も身をねじ入れる。「図書室だ、ジョー。心配するな。突然、成層圏に打ち上げられるには、おれは年を取りすぎているから」

頭上からガタゴトと鈍い音を響かせ、引きつるような動きを繰り返しながら、エレベーターは四階分を上昇し、やがて、ひと震えをして止まった。L字型廊下のちょうど角の部分、人気《ひとけ》のない通路に降り立つ。向かい側のドアには〈暗室――立ち入り禁止〉と注意書き。廊下のはるか先が、曇りガラスから漏れる光で明るく照らされていた。クインはそこを指差し、厳かに首を傾《かし》げた。「あそこだ。

偉人たちの墓場。あの壁の中に、この五十年で物議をかもしたすべての人間の記録が眠っている——男爵様からごみ収集人、首相からポン引きに至るまで。帽子を取って、靴を脱ぎたまえ。神聖な場所だからな」

エレベーター係はにやりと笑い、パイパーに向かって片目をつぶった。「仕事があまり進んでいないんじゃないでしょうかね？　彼の話では——」格子戸が閉まりかけたころになって、若者は無駄話を止め、パイパーの後ろ姿に声をかけた。「そうだ、クインさん、言うのを忘れていました。誰かが——」

「わかってるよ」クインが答える。「誰かがおれを捜していたって言うんだろう？　いつものことさ。いつでも誰かがおれを捜しているんだ。頼むよ、カローン（ギリシア神話に登場する三途の川の渡し守）、我に平和を。汝がおりし深みに再び下りよ。立ち去るがいい！」

若者はもう一度ウィンクをすると、格子戸を閉めた。エレベーターが下がって見えなくなる。ケーブルがガタゴトと音を立て、やがて静かになった。明るい光を通す曇りガラスのドアに近づくにつれ、エレベーターシャフトから聞こえていた地中の囁きのような印刷機の唸りも、遠のいていった。パイパーが尋ねる。「ここでは、みんながジョーっていうのかい？」

「いいや、おれが命名したのさ」とクイン。「名前を思い出す手間が省けるだろう？　それが受けて広がったんだ。我らが畏れ多き経営者殿は、今ではもっぱらジョゼフ上院議員として知られている。政治的には、そいつが正しい肩書きだ。もっとも彼には、自分の兄弟の手で家族からはじき出されて地獄に落ちた男よりも、はるかにいろんな側面があるようだがね」クインは言い訳がましく咳払いをすると、自分の鼻をつまんだ。「これは、一九一五年出版の『虹』（D・H・ロレンスの小説）からのパクリ」

ドアの向かい側には、長い壁に沿って金属製のキャビネットが並んでいた。緑色の反射材を背にした蛍光管の、白々とした冷たい光に照らされている。部屋の中央には、電話帳や参考図書が散らばった大きなテーブル。そのテーブルと壁のあいだで、こざっぱりとしたグレーのスーツに身を包み、襟元をきつく締め上げた男が、しかめつらしい顔で机に向かっていた。一人トランプでもしているように神経を集中し、新聞の切り抜きを選り分けている。クインが軽く机の端を叩いても、ちらりと視線を上げただけだ。「ああ、あなたでしたか」眉間の皺を深め、目には敵意さえ浮かべて。

クインが声をかけた。「調子はどうだい、ジョー。外部の文芸評論家に会ってもらいたいんだ。こちらは、ええと――」彼は再び咳払いをし、パイパーに弱々しく微笑みかけた。「失礼。お名前を失念してしまいました」

「アレンです」パイパーは机の上に身を乗り出して、片手を差し出した。「ジョー・アレン。お忙しいところ、お邪魔でなければいいのですが」

机の向かい側に座る男はパイパーの手を取り、きつく握りしめた。「ちっとも邪魔などではありませんよ、アレンさん。大歓迎です」相手の腕を上下させるうちに、男の眉間から皺も消えた。「大所帯にようこそ。七百五十人の従業員がみな、ジョーと呼ばれているんです――編集者に経営者、受付係にエレベーター・ボーイ、議会記者――みんな、ジョーです。そこに、もう一人増えたわけだ。クインがお話していませんでしたか?」

「すみません。意味がよくわからないのですが」パイパーは答えた。

「気にしないでください。わたしでお役に立てることがあれば、何なりとどうぞ。それとも、今回はご挨拶だけですか?」男は、なかなかパイパーの手を放そうとしない。「ジョー・アレン。ほほう、ジョー・アレンですか。嬉しい驚きだな」

「でも、わたしのことなど、ご存知ないでしょう？」

「この男は面白がっているんですよ」クインが口を挟んだ。「みんな、あなたの〝ジョー〟という名前のせいなんです」パイパーに向かって顔をしかめ、煙草の灰を吹き落とす。「急かすつもりはありませんが、アレンさん、確か、クリストファー・ペインについての記事を探しにいらしたのではありませんか？　もし、いい、ヘンダーソンさんがご面倒でなければ？」

「どうして面倒なことがあります？」ヘンダーソンは椅子から立ち上がり、窓際のキャビネットに足を向けた。「パ……ピ……プ……ペ……ああ、ここだ」彼は引き出しをあけ、インデックスラベルに指を走らせながら、ぶつぶつと呟《つぶや》いた。

待っているあいだ、クインはパイパーににじり寄って囁いた。「何だって、ジョーだなんて名乗ったんだよ？　もし、あいつが、新顔の評論家についてあちこちでしゃべり出したら、おれがお偉いさんに呼びつけられるだろうが」

「ずっと前に――」パイパーは説明を始めた。「ぼくのことをジョーと呼んでいた女性《ひと》がいたんだ。でも――」自分をからかうアンのハスキーな声が、また聞こえたような気がした。まるで、彼女が同じ部屋の、自分のすぐ脇にでもいるかのように。味気ない別居生活を終えて家に戻って来たとき、二人で二度目のハネムーンに出かけたことがあった。静かな月夜の道をドライブしているあいだ、彼女はハンドルを握るこの手に自分の手を重ねて歌っていた。「ジョー、マイ・ジョー」反射するヘッドライトの光の中、彼女の眼は、来たるべき幸福を約束する星のように輝いていた――今にも完成しようとしていた二人の生活から、突然奪い取られた幸福。

追憶の暗雲を通して、ヘンダーソンが引き出しを閉める音が聞こえてきた。堅く白い蛍光灯の光が、男の薄くなりかけた髪の上で輝き、時代遅れのタイピンの石から色とりどりの閃光をきらめかせている。ヘンダーソンは、タイプ打ちのラベルが貼られたマニラ封筒を抱えていた。「これが、我々の持っている情報のすべてです、アレンさん。もし、お望みでしたら、写真部に一、二枚の写真もあるでしょう。でも、まずはここで資料をお調べになって――」

「いろいろとありがとうございます。でも、写真のほうは結構です」パイパーはテーブルに向かって頷きかけた。「切り抜きを調べるあいだ、こちらに座っていてもよろしいですか?」

「もちろんですとも。どうぞ、ごゆっくりと、アレンさん。メモを取るなら用紙もあります。封筒から出したものを失くさないでいただければ、それで十分です」ヘンダーソンはテーブルの上を片づけ、パイパーが腰を下ろすまであれこれと歩き回っていたが、やがて自分の机へと戻った。電話が鳴る。男が答えた。「うん……うん……大変、結構……。ところで……わかった」そして、「ちょっと失礼」と、心ここにあらずという様子で部屋を出て行った。

十五年前からの日付が付された切り抜きは、ロンドンのある夕刊紙のゴシップ記事の一節から始まっていた――『無名作家、突然の成功。ハムステッド出身のクリストファー・ペイン氏により一カ月前に出版された初のスリラー小説『死は二つの顔を持つ』が昨日、コメット・ピクチャー・コーポレーション社と高額契約を締結。同社は、その小説を原作とする作品を六月の初めには上映すると発表。出演予定者は……』

半年後には二冊目の作品が発表され、翌年中ごろには三冊目が出版。そのころまでには、『死は二つの顔を持つ』の売り上げも二十万部を越え、五カ国語に翻訳されていた。評論家たちはこの新人作家を、文学界の地平線上に輝く綺羅星と評した。『……ダシール・ハメットの偉大なる伝統を受け継ぎ……米国風の語法とテクニックを有する英国作家、大西洋の向こうのベストセラー作家に引けを取らず……スピード、力強さ、最後の一行まで続く凄まじい緊張感』クリストファー・ペイン、大ブレイク。

何年ものあいだ、定期的な間隔をおいて、人目を引く話題が彼の名前を人々の口に上らせていた。『著名な作家、交通事故』……『クリストファー・ペイン、著作権訴訟を起こす』……『有名な小説家、雄々しく水難救助』……。

パイパーの頭越しにクインが言った。「世間の注目を集めることにかけては、本物の猟犬なんじゃないか？　新しい本が出るたびに——大当たりだ！　ペイン氏の名前が必ずヘッドラインに踊っている」

「商売上のうまい作戦の一つなんだろうな」パイパーは答えた。「どうしても話題に上ることが必要なときに、映画スターたちも同じ手を使う」

「まさしく！　『クレア・タンジル嬢、前夫の埋葬に立ち合い気絶。最後にして最大の作品——『至上の愛』——の完成後、映画界から引退を発表。この作品には一万人の出演者が動員され、熱帯の地アフリカのすばらしい空のもとで撮影されている』。これで注目を集めないわけがないよな」クインは両肘をテーブルにつき、パイパーに尋ねた。「そのしかめ面はどういうわけだ？　ペイン氏に別の事故でも起こったか？」

パイパーにとってクインの声は、印刷機の遠い振動や、頭上の蛍光灯がたてるジイジイというかすかな音以上のものではなかった。残りの半ダースほどの切り抜きの中に、これまで読んできたすべての事実を、頭の中にある推測の海から高々と聳え上がる岩盤に変容させるものがあった。ある考えが、抑え切れないほどのスピードで定着していく――ばかげてはいないが、かなり突飛な考え。しかし、ある意味、道理にはかなっている。あまりにも無謀な行為の中に、ひょっとしたら、その正統性が隠れているのかもしれない。

いくつかの記事は、ペインの最新作『引き延ばされた審問』の書評だった。そこには物語のあらすじも簡潔に紹介されていた。『三角関係の永遠のもつれを描くこの作品は、クリストファー・ペイン氏の実力を余すことなく表現している。夫が犯人だと疑わざるを得ない状況で毒殺された妻。夫には、手段も、機会も、動機もあった――ほかの女性に由来する長年の動機だ。しかし――この〝しかし〟が、かなり重要なのだが――審問検死で、亡くなった夫人の手による手紙が提出される。警察が集めた証拠を粉々に打ち砕いてしまう手紙だ。息を呑むような展開で、ペイン氏は物語を大詰めへと運んでいく。『引き延ばされた審問』において、ペイン氏の表現様式は最高段階に達し、多くのファンが期待して止まないすばらしい職人技で物語を押し進めている。わたしに言い足せることがあるとすれば、最後まで読み終えてしまうまで、古びたアームチェアから腰を上げることができなかったということくらいだ』

遠くからクインの声が聞こえてきた。「今回の本に関しては、この点が本当にびっくりするところなんだよな。ある週、やつは、自分の妻を毒殺した罪に問われる男のことを書いた本を出した。そして、その翌週には、自分の女房がストリキニーネを呑んでしまうんだから。これが世間に知れ渡ったときには、やっこさん、向かうところ敵なしだよな」

パイパーが答える。「そんな知名度なんか儚《はかな》い命かもしれないじゃないか。もし、彼の仕業なら、本当にどうかしていたんだ」話しているうちに、リタ・バーネットの言葉が甦ってきた。彼女も同じようなことを言っていた……。「自分が真っ先に疑われることは、彼にだって、わかっていたはずだわ」それは、調剤室のドアが施錠されないことや、劇薬棚が徹底的に調べられることになった日の前日にペインが隣室に一人でいたことを、彼女が告白する前のことだった。加えて、その時点では誰も、彼の小説については知らなかったのだ……何千人もの人間が読み、今もまだ読んでいるかもしれない小説……その誰もが、とても偶然とは思えない現実とフィクションの類似性に気づかなかったと言うのか？　ペインはその点を当てにしていたのだろうか？　ストリキニーネと自分が結びつけられることがなければ……しかし、そのストリキニーネの出所が自分の管理する保管庫であることを、リタ・バーネットがいずれ白状することは彼にもわかっていたはずだ。それに、彼にはその毒物をこっそりと持ち出す機会もあった……リスクが大きすぎる。ペイン夫人の死が報じられても、彼女がすぐには何も言い出さないことまで、どうして彼にはわかっていたのか？

疑問の山がどんどん大きくなっていく。しかし、それもやがて、混乱のうねりの中で崩壊した。パイパーは立ち上がり、切り抜きを封筒に戻した。「何時だろう？」

「五時五十分」クインが答える。「ほかに知りたいことがないなら、近くで約束の一杯をちょっとやるっていうのはどうだい？　夜はまだ早い」

「ぼくにとっては違うな。店がまだ閉じていない時間なら、ぼくにはまだ、たっぷりと時間をかけてすべき仕事が残っている──一人で、しかも、しっかりとした頭で」

「どんな仕事だ？」

「現代スリラーの一流作品をじっくりと読み込むのさ」パイパーはコートを着込み、ドアへと向かった。「聞く耳があるなら、きみにも同じことを勧めるよ。とにかく、明日の朝、電話をくれ」

「どんな本と一緒にベッドに潜り込もうと、金は自分で――」

「その本からいろんなことが学べるかもしれないじゃないか」パイパーは答えた。「まあ、いずれにしても投資だな。『引き延ばされた審問』がいつか、収集家たちの垂涎の的になるかもしれないんだし。誰にわかるって言うんだ？　それが、クリストファー・ペインの墓碑銘《エピタフ》になるかもしれないなんて」

第五章

古めかしい三階建の建物だった。円錐形の屋根とマリオン仕切り（石や木でできた窓の縦仕切り）の窓が、閑静なチェルシー地区《スクエア》を見下ろしている。長年、太陽と雨と霧に晒《さら》され、柔らかみを増したサンドストーンの壁。そこだけ、ハンサム型二輪馬車（御者が後方の一段高いところに立つ、二人乗り一頭立ての辻馬車）や蠟燭の光、穏やかな冬の日の夕暮にマフィン売りのベルが聞こえるような時代に取り残されている感じがした。

ドアをあけた女は、簡素な黒いドレスを着ていた。喉元の象牙のブローチだけが、唯一の彩りを添えている。灰色になりつつある髪を後ろに引き詰め、頭頂部近くで小さくまとめ、きっちりとピンで留めている。青白い顔に表情はなく、問いかけるような目にも関心は窺えない。両手を組み合わせ、相手を見つめながら「おはようございます」と口にしたときも、彼女の心はパイパーのはるか向こうまで飛んでいるようだった。

パイパーは帽子を取って答えた。「おはようございます。ペイン氏はご在宅でしょうか？」

女は渋々心を引き戻し、指を組み合わせた。「はい。お名前をいただけますか？」

「パイパー。ジョン・パイパーです」上階《うえ》の部屋のラジオから『イースター・パレード（アメリカのミュージカル映画。一九四八年公開）』の曲が流れている。それに合わせ、男の歌声が混じっていた。「ペイン氏と面識はありません。アングロ・コンチネンタル保険会社の代理人だとお伝えいただけますか」

「かしこまりました」女はドア口から一歩下がり、わずかに頷きかけた。「中へどうぞ」表情は変わらない。しかし、その目から、不意に何かを悟り、変化のない単調な内奥に光が差し込んだことがわかった。「こちらでお待ちください。ペイン様に知らせてまいります……」女は音を立てずにドアを閉め、パイパーに目を向けることもなく脇を通り過ぎた。幅広い階段の折り返しを曲がるときに、ちらりと後ろを盗み見る。そして、特に急ぐこともなく階段を上り、姿を消した。厚い絨毯に吸収されて、その足音が響くこともない。

石造りの暖炉にこもる煙の中で、薪の山がシューッと息を吹き、呟《つぶや》くような音を立てている。朝の明るい日差しを受け、磨き上げられたオーク材の暗い色調を背景に、ぴかぴかの真鍮類や艶《つや》やかな陶器が誇らしげに輝いていた。寄せ木貼りの床には、そこかしこに落ち着いた色合いの敷物が敷かれ、暖炉の前には、大きくあけた口に歯を剝き出した熊の毛皮が置かれていた。薪の燃える強い臭いや炉棚の丸い鉢で育つ春の花の香りの中に、かすかに混じる床磨き材の臭い。雲間に覗いた青空に太陽が顔を見せたのか、正面玄関の色ガラスを通して虹色の光が差し込んだ。

暖炉の火を背にしてパイパーは待っていた。屋敷の上階でドアをノックする音が聞こえ、歌声が止まる。ラジオの音は、遠い人声を包む静けさに、時折メロディーが混じる程度にまでしぼられた。

女がゆっくりと階段を降りて来た。一番下の彫刻が施された柱まで、ずっと手すりに片手を滑らせながら。彼女の目は、遠く離れた位置からも終始パイパーに注がれていた。階段の裾にたどり着き、女が足を止める。「ペイン様は書斎でお会いになるそうです。こちらにいらしていただけますか？」

二人は言葉もなく三階まで上がって行った。最上階の床は、暗い色合いの厚いカーペットでびっしりと覆われ、二人の足音を吸収し、階下の物音も遮断していた。廊下の突き当たりでは、瓶ガラスの窓を通った薄い緑色の光が、ゆらゆらと形を変えながら差し込んでいた。

二人が向き合った一枚板のドアには、大きな白い紙が画鋲で留められていた。木炭で殴り書きされた言葉は――〈注意――仕事中。どんな用件であれ、あとにするように〉ドアの向こうでは、オーケストラをバックに歌声が再開していた。『わたしは世界の頂点に立っている』。

女がドアをノックする。部屋の主が返事をするあいだだけ、歌声が止んだ。「客人を中に通してくれ、アリス。二人だけにしてくれるかな」そしてまた、家のほかの部分の静けさとは不釣り合いな、喜びに満ちた歌声が始まった。女がドアをあけ、一歩下がる。気まずそうな表情がはっきりと浮かんでいた。「どうぞ、お入り下さい」口元は硬い。パイパーは相手の目つきに戸惑った。一瞬ではあるが、無関心な表情とは裏腹に、憐れみと非難めいた色が垣間見えたのだ。

ドア枠は細長いフェルトで縁取られ、堅牢なドアの裏にもフェルトが貼られていた。いったんドアが閉じられると、その部屋はまるで、通りの上に浮かぶ密閉された箱のようになった。敷き詰められたグリーンのカーペットの中央に、シンプルな樅材のテーブル。その上には、優雅な首の読書用ランプにノートブック、何本もの万年筆が入ったパイプ立て、辞書が二冊、ロジェーの類語辞典、百科事典が六冊、石けん皿ほどの大きさの灰皿、そして、インク瓶。細長い窓の下にある小卓には、さらに数冊の本とポータブルラジオ。テーブルの前に椅子が一脚――背もたれがまっすぐで、座部のクッションが擦り切れた、ごく平凡な木製の椅子だ。それがすべてだった。実用性重視の殺風景な部屋は、玄関ホールや階段の踊り場に据えられた贅沢な調度品とは著しく対照的だ。ここに、生涯を創作に捧げた男が必要とするものが、すべて揃っている。心を乱すものは何もない。目を引くような装飾品もなければ、薄いグリーンの壁に、気を散らすような絵の一枚もない――テーブルと椅子と資料を置くための台。ラジオだけが唯一、その場にそぐわない、ひどく目立つ存在だった。

クリストファー・ペインも、その環境によく調和していた。履き古した革のスリッパに茶色のコーデュロイのズボン、タートルネックのセーター。艶《つや》やかな黒髪が額にかかり、顎には年輪を経た貫録が漂っている。左手の親指から中指までが、長年の喫煙で黄色く染まっていた。灰皿の平らな縁で、煙草が一本、燻《くすぶ》っている。テーブルの表面には、黒や茶色の焦げ跡。その上で低く淀む煙のせいで、部屋の空気はむっとしていた。

ペインは、ズボンのポケットに両手を入れ、足を交差させて、閉め切った窓に寄りかかっていた。口角を上げ薄《うっす》らと微笑んでいる。彼が口を開いた。「ようこそ、パイパーさん」内心で面白がっている様子が、一瞬顔に浮かぶ。興味深い顔だった――細面《ほそおもて》で思慮深そう。形のいい唇に大きく広がった鼻、よく光る落ち窪んだ目。無精髭の下の肌は日に焼けて浅黒い。それが、窓を閉め切り空気がこもった部屋と、妙に不釣合いだった。

パイパーが返す。「お仕事の邪魔でしたら申し訳ありません、ペインさん。もしかしたら、もう少しあとのほうがよかったのではありませんか？　もっと――」

「邪魔などではありませんし、今で結構ですよ」ペインの声は感じよく、親しみやすさが感じられた。「いつでも同じことです」男の顔に笑みが広がる。ペインは窓枠に腰かけ、脚を組んだ。「あなたはわたしに、死んだ妻のことを話させたい。わたしも、それ以外のことをしたいとは思いませんからね。何をお知りになりたいんです？」

「昨夜、あなたの最新作を読ませていただきました」とパイパー。「実に衝撃的で――」

「ほう？」ペインはゆっくりと首を振り、口を引き結んだ。「それでは、こんなに早くいらっしゃるのは上策ではなかったのではないですか？　お楽しみいただけたんでしょうか？」

「いいえ、残念ながら。娯楽として読んだわけではありませんから」

「残念ですな。自分で言うのもなんですが、あれはいい本なんですよ」相手の目に狡猾さはない。ペインは警告するように、人差し指を向けた。「問題は、十分な時間をかけないということなんです。わたしの創作と妻の死を比較することに躍起になるのでなければ、『引き延ばされた審問』は至福の時間を提供したはずですよ」

「比較しないなんて不可能でしょう」パイパーは言い返した。「ペイン夫人が亡くなってから、何千人もの人間が同じことをしているはずです」

「亡くなった、ですって、パイパーさん？　おやおや！　人はストリキニーネを呑んで、単純に死んだりはしないものですよ。わたしの勘違いでしたら、ご容赦ください」ペインは、突き出した指で空《くう》に円を描き、唇をすぼめて尖らせた。「最高のスリラーでは、死者は必ず、自殺を図るか、残忍な殺人事件での気の毒な被害者なんです」

「あなたの最新小説《ラスト・ノヴェル》の中でのように？」

ペインはすっくと立ち上がり、また頭を振った。「作家には決して言ってはならない言葉の一つですよ。〝ラスト〟なんて、これほど憂鬱な言葉はないですからね。わたしは、まだ何年も、読者を楽しませたいと思っているんです。もちろん、あなたはご存知ないでしょうが、親愛なる読者の方々には、ちゃんと保険がかかっているんですよ。もし明日、わたしの身に何か不幸なことが起こったとしても、しばらくのあいだは楽しめるように。わたしはすでに、ほかに三冊の本を仕上げていますし――」

「お訪ねしたのは、一つには保険について話し合うためだったんです」パイパーが口を挟んだ。「できれば、あなたの執筆活動などという脇道に逸れたくはないのですが」

「あなたが始めたんじゃないですか。それに、〝一つには〟というのは、どういう意味です？　わたしとしては、一万ポンドはとびきり興味深い話題ですよ」

「あなたの態度は理解できませんね、ペインさん。歓迎できない憶測に、わざと水を向けているようだ」

「どんな憶測ですって？　ここはひとつ、率直にいきましょう」ペインの中で、密かな喜びがぶくぶくと泡立っているかのようだった。あたかも、自分の内に潜めておくには大きくなりすぎてしまったかのように。加えて、彼の目には愚弄するような光が浮かんでいる。「目論見を曝《さら》け出して、こんな言葉の交戦はやめましょう。わたしには今朝、さほどすることはありませんが、あなたはお忙しいのに違いない。何が最悪なのかおっしゃってください。そしたら、二人でそれに決着をつけましょう」

「あなたのお言葉を借りるなら、最悪なのは――」と、パイパーは話し始めた。「簡潔に言えば、こういうことです。数週間前、あなたの奥さんがストリキニーネを呑んで亡くなった。これまでのところ、奥さんがどこでそれを手に入れたのかは、わかっていない。そのため、警察がさらに詳しく調査できるよう、審問は延期された。奥さんには高額の生命保険がかけられており、これといった自殺の理由も見当たらない。不幸な女性だったという、あなたの証言以外には」

「自堕落な女でもありましたけどね」ペインの口調は穏やかだった。「検視官には言っていませんが。そんなことを言えば、世間の誤った注目を集めてしまうでしょうから」

パイパーの胸の中で、ゆっくりと怒りの炎が燃え上がり始めた。ペインが自分を弄《もてあそ》んでいるのはわかっていた。子猫の手が届かないところで紐を揺らす少年のように、自分をからかって楽しんでいるのだ。辛うじて感情を抑え込み、パイパーは先を続けた。「奥さんのモラルについては何の関心もありません。もっと興味を感じるのは、奥さんが亡くなったときの状況が、あなたの最新作の中でそっくり再現されていることです。あなたの毒薬に関する知識がかなり広そうなこと。保険証券の内容があなたにとって有利であること、そして――」ラジオから流れ続ける音楽が耳障りになってきた。咳払いをして、伺いを立てる。「それを止めていただけませんか？　そうすれば、互いの声がもっとよく聞こえるでしょうから」

「わかりました。いずれにせよ、場違いな音楽でしょうかね？」男は窓辺の台に屈《かが》み込み、ラジオを止めた。「こんな会話のバックミュージックに相応《ふさわ》しいのは、シベリウスでしょうかね――」笑い声をあげ、からかうような表情を浮かべる。「あるいは、ワーグナーとか」そうして両手をポケットに入れると、背筋を伸ばした。「あなたによると、わたしには知識があり、動機があり、機会があった。わたしが犯人だと言わんばかりだ！　ただ、わたしの首を取るには、もう一つ、クリアしなければならないハードルがありますよ。手段についてはどうします？　わたしは、生まれてこのかた、ストリキニーネなど手にしたこともありませんが。それに――」躊躇《ためら》いは、気づかれない程度のものだった。「わたしがそんなものを手に入れようとしたことを、証明できるかどうかも怪しいものだ。わたしを有罪にするのは、少しばかり大変だと思いますよ。そんなはずはないと証言できる人間を見つけ出さない限り」

「たぶん、見つけられると思いますよ」

ペインは目を見開き、軽蔑するような眼差しをパイパーに向けた。「できる、ですって？……ああ、もちろんあなたは、フォールケンハイム医院の、お高くとまった若い女性のことを言っているんでしょうね？　現在、信じられているところによると、あの毒薬は先生の調剤室から出てきたものらしい。あの女性が何を捏造《ねつぞう》しようが驚きませんよ。彼女は何て言っているんです？」

「あなたが病院の待合室に一人でいた日の翌日、彼女の劇薬棚からストリキニーネがなくなっていたと。調剤室には誰もおらず、ドアには鍵もかけられていなかったそうです」

「でも、彼女はずっと黙っていた——」ペインは眉根を寄せ、パイパーの頭上をぼんやりと見つめた。「ひょっとしたら……いいや、彼女の話が本当であることに、わたしは微塵の疑いも持ちませんよ。何の権利があって、あんなチャーミングな女性を嘘つき呼ばわりできますか？」肩をすくめて、さらに問う。「好奇心から伺いますが、彼女は自ら進んで話したんですか？　それとも、あなたが、巧妙な説得と呼ばれるものを行使したんでしょうか？」

「それが重要ですか？」

「いいえ、それほどでも。あの女性が重要な証人になると思いますか？」単なる好奇心のように聞こえた。何の不安もないようで、純粋に理論的な関心を抱いた人間の態度に見える。

パイパーは非現実な感覚に捕らわれ始めた。まるで他人の声でも聞いているかのように、自分の言葉が耳に入ってくる。「こんなばかげた会話は初めてです。わたしたちは、世間が殺人と呼ぶかもしれないことについて話し合っているんですよ。それがわかっていらっしゃるんですか、ペインさん？」

いやに気取った調子でペインは答えた。「世間は、殺人と呼ぶでしょうね、ご友人。遠回しな言い方はやめましょう。二人とも、何について話しているのかは、わかっているはずです」

「それで、あなたは少しも動じていないというわけですか？」

「動じる？　ばかなことを！　わたしは、喜んでいるんですよ」ペインの目が光る。強度の興奮に捕らわれつつも、何とかそれを抑え込んでいるようだ。「この二週間、わたしを逮捕するのに必要な証拠を警察がつかむ瞬間を、ずっと待ち続けてきたんだ。昼も夜も、自分に言い続けてきた。〝さあ、今にも屈強冷静な警官が二人やって来てお決まりの文句を暗誦し、お前を連行するぞ。それまでは辛抱するんだ〟。しかし、辛抱というのはつらいものでしてね。どれだけつらいか、あなたにはわからないでしょう、パイパー君。わたしは何年間も、犯罪や警察や冷酷な法手続きについて書いてきた。でも、今回はわけが違う」彼は握り拳で自分の胸を叩いた。「わたし自身のことなんだ――自分で書いた小説の登場人物ではない。それに、一度捕まったら、もう二度と戻って来ることはできないだろう。毒殺に対する刑罰は一つだけですからね。殺《や》ったのはわたしだと、警察が裁判官や陪審を納得させれば、わたしは絞首刑だ」よく焼けた肌とは対照的に、嘲《あざけ》りに満ちた笑顔の中で、男の歯が白く光った。「嬉しくはないかね？」

「どうして、わたしが嬉しいんです？」

「わたしの有罪が確定すれば、きみの雇い主が一万ポンドを節約できるからさ。ひょっとしたら、気前よくボーナスを出してくれるかもしれない。考えてみたまえ、パイパー君。結構な額の金と、クリストファー・ペインの悪事を暴いたことに対する名声。毒殺された妻についての本を書き、今度は自分の妻を毒殺した男の悪事だ」ペインは微笑み、下唇を噛んだ。「きみは有名になるだろうな、ジョン・パイパー君。有名人だ。〝ありがとう〟と感謝すべきではないかね？」

「申し上げたいことは一つだけです」パイパーは答えた。「あなたが自分の妻を殺したのか、殺していないのかは、あなただけの秘密です。でも、あなたは誇大妄想患者ですよ」

「おやおや」ペインが抗議する。「それはちょっと手厳しいな。自己顕示欲の強い人間ならわかる。でも、誇大妄想患者ではない。少なくとも、わたしが愛しいエスターの睡眠薬に手を加えたんだと白状するまでは待ってくれよ。そんな嫌らしいレッテルは貼らずに」

「白状するおつもりなんですか？」

「そして、すべてをぶち壊す？」相手の肩が引きつったように震えた。どうしてもそえを抑えることができないようだ。「わたしじゃないよ、パイパー君。わたしではない。〝無実〟を訴えたにもかかわらず、不当に弾劾された者の権利についての例を永久に残してやる。あとは、どうとでもなれだ！長引く裁判、毎日人で溢れる法廷、新聞各紙を埋める記事。何百万人もの人間が、固唾を呑んで結果を待つ」ペインは窓際を離れ、テーブルにぐいと近づいた。「裁判官の忠告に逆らって、わたしは自分の弁護団を結成する。きみもその場にいなくてはならないよ、パイパー君。わたしと会ったときの話を詳しく披露するために。わたしにとっては、ひどく不利な証言になるだろうな。それに異議を唱えるつもりは少しもない。だが、頼むから、きみ、今、きみの顔に浮かんでいるようなことは言わないでほしい。わたしの気が違っているように思うなどとは。ほかには何を言ってもかまわない――でも、それだけはだめだ。そんなことになったら、わたしの本の売り上げに悪影響が出てしまう」

「ゲームのつもりでいるんですか？」パイパーは尋ねた。「無料の宣伝のために考え出した、もう一つの方法とか？」

「自分で考え出したことなら、どんなによかっただろうね。でも、手柄の横取りはすべきではないな。エスターの考えだったんだよ。たぶん、あの愚かな女が思いついた、たった一つのアイディアだろう」

「今の言葉を、法廷で繰り返してもかまいませんか?」

「もちろんだとも! 疑惑の実態を明らかにしよう。初めから結果が決まっている評決などいらないからな」

「それで、密かに用意した企みにもかかわらず、あなたにとって不利な評決になったらどうするんです?」

「企み? 企みというのは、どういう意味だ?」ペインが顔をしかめると、目元に小皺が広がった。「自分の無実を証明するのは、わたしの仕事ではない。検察側の仕事だ。陪審に選ばれた十二人の善良なる男性市民に——いや、最近では女性も含めるように制度が変わったんだったかな?——わたしの罪の実態を納得させるのは。そして、実際、彼らも納得するだろう。どんな抗弁ができる? 『わたしはやっていません……知りません……覚えていないんです……わたしではありません』。それで、いったいどうなると言うんだ?」ペインは両手をテーブルにつき、パイパーを見上げるように身を屈《かが》めた。「質疑応答がすべて終わると、目隠し布の陰に座った正義の象徴とされる年寄りが、小さな黒い帽子を頭に載せてわたしに訊く。『何か言いたいことはありますか?』。法廷は静まり返り、記者席から鉛筆を走らせる音が聞こえるばかり」ペインは目を閉じて、先を続けた。「そんな光景が目に見えるようだよ」

「そしてあなたは、絞首刑にされるために引き立てられる」パイパーは冷たく言葉を継いだ。「目を覚まして本当のことを話さなければ、どんな代償を払うことになるか。それがわからなくなるほど、どうかしてしまったんですか?」

ペインは眠たげに目を開き、喉の奥底から笑い声を上げた。「わたしを絞首台に送るのを、そんなに急がないでくださいよ、ご友人。法が許している丸三日の休日を奪い取らないでほしい。わたしには、その一秒でも必要な時間になりますから」

「あなたの名高い大団円を披露するために、ですか?」

「いいえ、書くためですよ。いまだかつて書かれたことのない、永遠の戸口の前に立った男の興奮について。わたしの文章は世界中を駆け回るはずだ。『クリストファー・ペイン、死を前に徹夜』ってね。どれだけの長さのロープが必要か、わたしの体重を見積もるために、死刑執行人が独房の小窓からこちらを覗き込む瞬間について。刑務所の礼拝堂付き牧師の訪問や、罪多き人生を悔い改めることの勧めについて。わたしが一人きりにならないように、昼夜目を光らせている二人の看守のこと。ほかの囚人たちがみな独房にいる時間帯に行われる、毎日の新鮮な空気の中での散歩のこと——絞首台から落とされる瞬間に、こちらの体調が万全であることを確実にするための散歩だがね」ペインは冷たい目でパイパーを見つめ、顔を引きつらせた。「まだ、わたしの気がおかしいと思っていらっしゃる、違いますか?」

「もし、あなたが自分の妻を殺害したのだと確信できるなら」とパイパーは答えた。「何の疑いも持たないでしょうね」アリスがこの部屋のドアをノックしたときの目つきが忘れられない。生きているペイン夫人を最後に目撃したのが、あの家政婦なのだ。自分の女主人が死んだ夜、彼女は何を見、何を聞いていたのだろう?「少しのあいだ、芝居じみた真似に執着するのはやめていただけませんか?」パイパーは頼んだ。「そして、もしよかったら、こっそりと教えてください——あなたが、奥さんの睡眠薬に毒物を混ぜたんですか?」

「きみは多くを知りたがりすぎるね」ペインは答えた。「もう、十分に話したじゃないか。無駄なおしゃべりに時間を浪費する代わりに、警察に知らせたらどうだね。こっそりとだろうと何だろうと、話すことは、もう何もない。それに、今、二人で話してきたことはすべて、公表するためのものだからね。きみが年を取ってから小説として書き下ろすために、記憶しておくためのものではない」ペインは突然、エネルギーを使い果たし、萎んでしまったかのように見えた。「もう帰ってくれたまえ。きみは、わたしが妻を殺したのかどうかを調べるために雇われたんだろう？　わたしはきみの手間をずいぶん省いてやったし、きみは、アングロ・コンチネンタルが多額の金を失うのを防いだ。それで、十分じゃないのかね？　知りたい情報はすべて手に入れたはずだ」

「それは違いますね」パイパーが反駁する。「わたしには、この部屋に入って来たとき以上のことは何も理解できていません。それに、やったのがあなただとしても、保険金のためではなかったはずです」

「ああ、もちろん違うとも。そんな金など必要ないからね。長いあいだ、年に二万ポンド以上もの金を稼いできたんだ。そこに数万ポンドが加わったところで、何の意味もない。税金に消えるだけだ」

「それなら、どうして奥さんを殺す必要があったんです？　そんなに憎んでいたんですか？」

疲れたように首を振って、ペインは呟《つぶや》いた。「い——い——や。エスターを憎んでなどいなかったよ。ただ、退屈な女だっただけだ。わたしのかわいい苛立ちのもとだったのさ。でも、あいつはわたしを憎んでいた。そうでなければ、こんなことなど起こらなかったんだ」

「どちらにしても、奥さんは、あなたが非難されるような方法で自殺なさったようですね」

「きみは自分の役割を間違えているよ、パイパー君。わたしの側に立つべきではないだろう？　そんな思いつきは、きみの雇い主にとって、非常に高額についてしまうかもしれないじゃないか」

「わたしはフリーランスの代理人ですから。事実が雇い主にとって不都合なら、次回から別の人間を雇えばいいだけの話です」

「お好きなように。せっかくきみが、不器用ながらも友好的な態度を示そうとしているときに、議論をするのはわたしの本意ではない」ペインは両手をポケットに戻し、顔を背けた。「自分のことだけを考えることができない男のようだな。人の好意にケチをつけてはならないということも、学んでこなかったようだ」肩越しにつけ加える。「ご機嫌よう、パイパー君。わたしのことを、こんなにも心配してくれてありがとう」

「わたしが今の話を警察に報告することを、まだお望みですか？」

「ああ、もちろんだとも。自分が言った言葉の意味を、何度繰り返さなければならないのかな？」

パタパタとスリッパを上下させながら、ペインは関心もなさそうに窓際に戻り、窓枠に肘を預けた。

「待つことには飽き飽きしているんだ。もし、これ以上、審議が長引くなら、わたしは……」そこで口ごもる。「どこにいるにせよ、エスターはわたしのことを笑っているだろうな。彼女は知っているんだ……今回ばかりは、知っている」

「何を知っていると言うんです？」パイパーは尋ねた。

ペインはくるりと振り返り、短く息を吐き出した。「きみが決して知り得ないことを」きつい口調だった。「きみがそのおせっかいをやめたとしても、一生答えられない疑問が残るだろう――わたしが妻を毒殺したのか、していないのか。わたしが殺したのかね、パイパー君？」もう一度問い直したときには、ほとんど叫び声のようになっていた。「わたしが殺したのかね？」それから、彼は笑い始めた。自分でも止められないかのように……。

　パイパーがドアをあけたまま部屋を出たあとも、甲高い笑い声は続いていた。その声には、人をゾッとさせるものがあった——階段の下で彼を待っていた女性の、目の中に見えた表情とどこか一致するものが。

第六章

正面玄関の色ガラスを背に、その女性は暗い人影となって浮かび上がっていた。周囲に差し込む光はどこにも達することができず、そのまま彼女の衣服へと滲み込んでいるようだ。パイパーにとって彼女は、クリストファー・ペインの屋敷にいまだ漂っている、死の象徴そのものだった。相手に近づくにつれ、暖炉の火や春の暖かい日差しにもかかわらず、パイパーは寒気を感じた。まるで、その女性が冷気を放ってでもいるかのように。

「あの方は、ずっとあんな調子なんです」と女は言った。「奥様が――亡くなられてからずっと。家にこもりっきりで」機械に録音されたような声で、唇もほとんど動かさない。「自分の妻を埋葬したばかりの男性《ひと》が、あんなふうに笑ったり歌ったりするなんて、どういうことなんでしょう。一日中ラジオを鳴らして、講話の時間になると階下《した》に下りて来て、今度は蓄音機をかけるんです。他人《ひと》が聞いたら、きっと――」

「他人がどう思うかなんて、ペイン氏は気にしていませんよ」パイパーは答えた。「大切な人を失った苦しみに対する反応は、人さまざまです。彼もきっと乗り越えますよ。時間を与えてあげましょう。あまり心配しすぎないことです」

「でも、あの方は、奥様のことをお好きではありませんでしたわ。その点が驚いているところなんです。何カ月も、言葉さえ交わしていませんでしたから」女性はしばし、ぼんやりとパイパーを見つめ、唇を濡らした。「あの朝、ご主人様を起こしに行って、奥様が亡くなっているのを見つけました。そう報告すると、あの方はこう答えただけなんです。『何だって？　もっとましな日にしてくれればいいものを。頭がひどく痛いんだ』。奥様の姿をご覧になられたときの笑い方も忘れられません。今、笑っている、あんな感じだったんです」

「そのことを、誰かほかの人にも話しましたか？」

「わたしは――」彼女はたじろぎ、長くゆったりとしたドレスの襟元に留めてあるブローチを触った。二、三度、深呼吸をし、再び話し始める。「警察の事情聴取のときには、どうしたものか、わからなくて――」

けたたましい電話のベルが、彼女の言葉を遮った。口をあけたまま、目が盲人のように虚ろになる。やがて、足を引きずりながら、階段の下に向かって歩き出した。受話器を取り上げ、半分だけ身をねじって、同じように虚ろな目でパイパーを見つめる。「もしもし？……はい、そうです……無理だったんです。あの方はお忙しくて……。いいえ、今は時間がおありです。よろしければ……はい……わかりました、キャッスル様、すぐにお伝えいたします。電話番号を教えていただけますか……三五四ですか？……ええ、大丈夫です。メリルボン六三五四……いいえ、忘れませんわ……五時ごろに……」彼女は受話器を耳元から離し、落ち着きなく足を動かした。「……できるだけ早く……わかりました……失礼いたします」

受話器を置いた彼女は、パイパーのもとに戻って来る前に、しばし考え込んでいた。話し始めたときには、先ほどとは違う表情が浮かんでいた。「ハゲワシの最初の一羽ですわ。ご主人様も、長くお独りではいらっしゃらないでしょうね。今の女性ではなく、ほかの誰かと。殿方というのは、どうしてこうも愚かなんでしょう。たとえご自分が——」彼女は妙にせっかちな様子で玄関に向かい、ドアをあけた。「それではまた、パイパーさん。これで失礼させていただきますわ。ペイン様に電話をかけてもらうよう、お伝えしなければ……」考える間もなくパイパーは外に押し出され、鼻先でぴたりとドアを閉ざされた。

通りの向かい側、立ち並ぶ木立が様子を伺う目から自分の姿を隠してくれる場所で、パイパーは立ち止まって後ろを振り返った。降り注ぐ陽光の中、きらめく窓から火花のような黄色い光を反射させている古い屋敷は、ひっそりと、いかにものどかな様子に見えた。何者にも侵されない静穏という鎧《よろい》の中に身を隠し、人生のあらゆる嵐やストレスからも距離を置いて、静かに物思いに耽《ふけ》っている。直近の女主人の死でさえも乱すことのできない伝統によって、何世代もの育ちのよい人々が築き上げてきた佇《たたず》まいなのだろう。その住人に何が起ころうと、屋敷とそれが象徴するものは変わらない。終わりのない記憶の鎖に、さらにもう一つの輪が加わるだけだ。

屋敷のある区画を離れ、バッキンガム・パレス・ロードに入るころになっても、パイパーの頭の中には筋の通らない考えばかりが渦巻いていた。何をすべきなのかはわかっている。しかし、ある欲求が抑えがたいほど強くなっていた。一つの名前と電話番号が、馴染みのある歌の歌詞のように、何度も頭に浮かんでくる。徐々にそれは、クリストファー・ペインが口ずさんでいたメロディに変わっていった。そして彼自身も、『わたしは世界の頂点に立っている』の単調なフレーズを口ずさんでいることに気がついた。そのメロディは、屋敷が建つ閑静な一画から遠く離れてしまっても、ずっと彼にまとわりついていた。

第七章

鼻風邪をひいたような声の男が電話に応えた。「わからないな。番号を間違っているんじゃないのか。それで、いったい何を——」

「こちらは技術部門の者なんです」パイパーは答えた。「お宅宛の電話が、同じ地区のほかの加入者のところに繋がるという報告があったものですから。ご住所を教えていただければ、不備を直しに伺います。教えていただけないでしょうか？」

「何だって最初からそう言わないんだよ？　ケントン・ウォークの九Aだ」男は咳き込み、呼吸ができるようになるまでゼイゼイと喘《あえ》いだ。「——サセックス・ガーデンズの奥」

「すみません、それはどちらなんです？」

「まったく！　地理もわからない外国人なのかよ？　エッジウェア・ロードからそんなに離れていない。リーガル・シネマで右に曲がって、もう一度右に曲がる。その左手の一軒目。これでわかるだろう？」男は盛大に鼻をかみ、咳を押し殺した。「あんたたちのような人間は、目をつぶって歩き回っているんだろう。何だってお役所に地図を要求しないんだ？」

「お手間を取らせて申し訳ありません。ありがとうございました」

「別にかまわんよ。道に迷ったら電話してくれ。迎えに行って、案内してやるから」

「ありがとうございます。それでは後ほど」

パイパーは電話を切り、椅子に寄りかかると机の上に脚を載せた。あけ放した窓から暖かいそよ風が吹き込み、書類箱の紙をはためかせる。パステルブルーの空に浮かぶ真綿のような雲が、太陽の前を過《よぎ》るたびに、わずかな陰が地上に落ちた。窓枠ではツグミが羽根を繕い、ときおり満足げに、物憂いさえずりを上げている。

スチュアート・ヴィンセントから、エスター・ペイン夫人について聞いて以来集めてきた情報のかけらを、苦心しながらゆっくりと検討していく。それらはまるで、疑問符という不揃いの布をはぎ合わせたパッチワークのようだ。そして、その布地に走っているのが、自分の夫から自堕落と呼ばれた女を知るすべての人間を繋ぐ一本の糸——欺瞞《ぎまん》という赤い糸だ。

フォールケンハイム医師はなぜ、ペイン夫人が死ぬ一カ月前に、病院の調剤室からストリキニーネがなくなっていたことを黙っていたのか？　彼の妻はなぜ、夫を置いて出て行ったのか？　ペイン夫人の死によって一番利益を得る人間に疑惑の目を逸らせることが医者のためだとわかっていながら、リタ・バーネットにクリストファー・ペインを守るような嘘をつかせたのは何だったのだろう？　彼女は、その素振りどおり、フォールケンハイムが好きなのだろうか？　もし、リタとペインが……でも、それでは、キャッスル嬢と、彼女からの二度のせっかちな電話の説明がつかなくなる。いいや、最初からそういうことだったのだろうか？……あの男はひょっとしたら、あちらにもこちらにも手を出していたのかもしれない。女性にとっては、危険な魅力を持つ男だろう。金もあり、女を振り向かせる力もある。ただ、妻だけが邪魔だった。自分を憎み、同じ屋根の下で他人のように暮らしてきた女性だけが。

それに、別の問題もある。「あれはエスターのアイディアだった。彼女が考え思いついた唯一のアイディアさ」そう言ったとき、ペインは何を意味していたのか？　どんなアイディアだったのだろう？　自分の自殺を、夫による殺害のように見せかけるためのアイディア？　夫の最新作の原稿を読んでいたなら、そんな策略の種が彼女の心に植えつけられたとしても不思議はない。『引き延ばされた審問』の筋書きは、惨めだった日々を夫に償わせることを人生の目的とした女性を中心に編まれているのだから。エスター・ペインも同じことをしたのだろうか？　それとも、気が違っているのはクリストファー・ペインのほうなのか？

悶々と思いを巡らせているうちに、パイパーの心はまた、ヴィンセントの事務所を出て以来、ずっとまとわりついていた考えに戻っていた。エスター・ペインがもし殺されたのだとしたら、毒物はどのように細工されたのだろう？　夫人の睡眠薬が入っていたガラスチューブからストリキニーネの痕跡が見つかっている。それはつまり……普段から呑んでいた錠剤に似せて作られたものに、彼女が騙されたことになる。夫がフォールケンハイムの調剤室からストリキニーネを盗み出し、ガラスチューブに細工することを夫人が前もって予測しているときに、ペインはどうやって、夫人の疑惑を呼び起こすことなく、偽の錠剤を作り上げることができたのか？　そうでなければ……リタ・バーネットが彼に薬を用意してやったのかもしれない。もし、彼女とペインが……彼女とペインが……。やはり、ペインは狂っていたのに違いない。配偶者を殺害する計画を練り、死刑囚監房に直結するような疑いを招き寄せるのは、常軌を逸した男だけだ。そして、もしそれが事実なら、そんな仲間に加わるのも、同じように気が狂った女だけ。リタ・バーネットはまともだった。それに彼女は、ペインの二度目の来訪について話す必要もなかったはずだ。だとすれば、彼女とペインに何か繋がりがあったなどということは……。

パイパーはそのとき、フォールケンハイム夫人のことを考えている自分に気がついた。屋敷から立ち去り、誰からも何も尋ねられていない、医者の妻……。どうして彼女は、そんなにも慌てて家を出て行ったのだろう？　エスター・ペインと医者が密かに関係を結んでいると誤解していたとしても、ペイン夫人の死によって、妻の座脅かすものは消えたはずだ。ゴシップ好きな人々の好奇心を煽《あお》るような真似をする必要はない……。『毒殺された女とつき合っていたのは、彼女の夫だった……彼女の夫とあの女……彼女の夫とあの女……』。かすかな声が頭の中で囁く。パイパーは立ち上がり、脚の痺れを振り払った。

窓枠に止まっていたツグミが、元気のいいさえずりとともに飛び立った。パイパーは、その姿が青空を背景に上下するのを、見えなくなるまで眺めていた。それから、部屋の中を歩き回り始める。目には何も映らないほど、さまざまな考えを巡らせて。

どこかに、すべてを納得のいく筋書きに完成させる情報のかけらが隠れているはずだ。殺人としての筋書き、自殺としての筋書き――どちらにしても、筋がとおり納得できるもの。もし殺人であったなら、動機の背後には恐れが隠れているはずだ。しかし、あまりに多くの人間が恐れを抱えている――自分の人生を賭けているクリストファー・ペイン。リタ・バーネット――『……それで、フォールケンハイム先生が破滅してしまうのが怖かったんです』。医者自身は、警察から尋ねられたときも、なくなったストリキニーネについては黙っていた。医者の妻――逃げ出すために姿を消した女――でも、何から逃げるために？　そして、家政婦のアリス――『……それが、とても怖くて……』。ひょっとしたら、まだほかにもいるのかもしれない。死ぬために一人で帰宅した夜、エスター・ペインは誰と一緒にいたのか？

膨れ上がった潮流の中で瞬《また》く小さなネオンサインのように、人々の名前が頭の中に浮かび上がる。もう一人？　いや、まだ何人もいるかもしれない……キャッスル嬢……フォールケンハイムの共同経営者である若い男――何という名前だったっけ？　ドーリング、そうだ、ライオネル・ドーリング医師……エスター・ペインは、フォールケンハイムなどまったく追いかけていなかった、という考えは可能だろうか？　フォールケンハイムは中年の女房持ち。それに対してドーリングは、恐らく四十代前半の女性を魅了する年齢のはずだ。女のほうでは、情事をゲームとして考える気はまったくなかったのかもしれない。そして、ドーリングのほうは、女の言いなりになるつもりなどなかった。関係が終わったことを理解できない女性もいる。自分の若さが急速に衰えていくとき、女たちは、窒息させかねない強さで相手を締めつけるものだ――離婚訴訟ともなれば、自分のキャリアもあらゆる野望も粉々に打ち砕かれ、破壊させられることを知っている若い男を締めつける。ドーリング……手段も機会も持っていたドーリング、そして今は、ひっそりと事件の背後に身を隠しているドーリング。これまで、誰一人として、彼を疑おうとはしなかった。エスター・ペインは死んでしまった。一方、ライオネル・ドーリング医師にとっては、自由な人生が新たに始まったわけだ。彼こそ、事件の全体像を完成させるための失われたかけらなのかもしれない。

ドアをノックする音が響いたとき、パイパーの心はすでに決まっていた。ヴィンセントが何を言おうと、それはヴィンセントの問題だ。もし最終的に、クリストファー・ペインの犯行だと証明されたときには、彼を絞首台に送ればいいだけの話。しかし、もし、そうでなかった場合は……。

やって来たのはクインだった――完全にしらふで、髭も剃りたて、真新しく清潔なカラーをつけている。例のレインコートをまだひっかけていたが、靴はぴかぴか、ズボンにはぴしりと折り目がついていた。春への歓迎の証《あかし》なのか、帽子は持たず、髪を真ん中からきっちりと分けている。部屋に足を踏み入れながら、クインは言った。「ご機嫌よう――」そこで、しゃっくり。「こりゃあ、昨夜の酒の逆流だな。〝オールド・バル・アンド・ブッシュでの飲み会〟というわけさ。あんたはおれに多額の借金があるんだからな、こそこそ調べ回っている私立探偵の、覗き屋の、ＦＢＩのジョン・パイパー君」

パイパーは答えた。「電話をするように言ったはずだぞ」

「ああ、確かに。だが――」胸ポケットから覗く真っ白なハンカチーフの先を整えながら、クインはふざけて小狡そうな表情を浮かべた。「昼までは事務所にいなくて電話に出られないとは言わなかったよな。耳の裏にたこができるくらい、何度も電話したんだぞ」

「ぼくがここに戻って来る前に、きみが起き出しているとは思わなかったんでね。それで何だって、そんなにきっちりと洒落込んでいるんだ？」

クインが素っ頓狂な声で答える。「きっちり！　きっちりとだって！」そして、両手の指を頭のてっぺんに添えると、つま先立ちでくるくると回り始めた。「役割に合っているように見えるかい？〝小型船の船長がめかし込んで私立探偵の恰好をしている図〟なんだが。加えて――土曜はおれの休日なんだよ。でも、指示を出すのはあんただ、船長さん。おれは従うよ」

「昨日、飲んだくれていたようには見えないな」と、パイパー。「でも、口を開けば酔っ払いのままだ。で、ぼくが君に多額の借金をしているっていうのはどういう意味だ？」

「暴利を貪《むさぼ》っている本のことさ――情熱と暴力とかわい娘《こ》ちゃんたちの本。どんなに高くたって、買うべきだよな」クインはぐるりと目玉を回し、指を折って数え始めた。「それに、あのど迫力。大量のビールでがつんとやられたみたいだ。おれとしては、そっちのほうがいいんだけどな。ゆらゆら揺れる蠟燭の光で何時間も本を読むより、ずっと楽しく酔っ払えそうだ」

「その本から何かわかったかい？」

「もちろん。一つには――」クインはレインコートのポケットに手を入れ、慌ててジャケットやズボンのポケットも探し始めた。腹立たしげな表情が浮かぶ。「買うのを忘れちまった……」

パイパーが煙草を差し出す。クインはうっとりとした顔で長々と煙草を吸い込み、机の端に尻を載せた。「どうも。前にも言っていたように、新聞記者として働くよりも、ずっと楽に稼ぐ方法があるんだっていうことがわかったよ。どれほどのばかが、あんなものを読むんだ？ そんな連中とは手を切っているんだ。それを後悔したこともない。でも、ひょっとしたら、おれって賢いんじゃないかな」

「それがわかってよかったじゃないか。もしかしたら、誰がエスター・ペイン夫人を殺したのかを教えてくれるくらい、賢いんじゃないのか？」

「おれは占い師じゃないよ。でも、誰が殺していないのかなら、十分に推測ができる」

「誰なんだ、それは？」

「独創的で口のうまいペイン氏さ。あいつなら完全に除外できる。これは、世間の注目を集めるための新たなスタントなんかじゃないよ。すでに十分な成功を収めているんだ。殺人を犯す必要はない。昨夜、何人かの仕事仲間と話をして、しこたま情報を集めたんだ。人命救助のエピソードを覚えているかい？ グレート・ノース・ロードでの自動車事故や名誉棄損訴訟、そのほか、資料室で読んだあれやこれやの出来事について?」クインは舌先を突き出し、軽蔑したような音を立てた。「でっち上げさ! どれもこれも全部! 情報をくれた連中はみんな、やつが川に飛び込んだ男を買収していたんだと確信している。その後、偽犠牲者は水泳の達人だったという噂が広まった。クリストファーが、家で奇妙な仕事を始める数カ月前に雇った男だと。自動車事故も、うまく作られた事件だったみたいだな。車の状況からして、そいつが電信柱にぶつかったときに車内にいたら、やっこさん、ミンチ状態になっていただろうからね。そして、あの裁判沙汰も、自分の代理人に対する訴訟だった。やつが負った損失はわずかなものさ。裁判費用だけだから、両サイドとも。やつが訴えた男は、まだ彼のもとで働いているし。ああ、本当に――」とクインは締めくくった。「連中ときたら、ペイン氏について実にいろんなことを知っていたよ――新聞には決して載らないようなことをね」

「ぼくがこんなことを言い出したら、どう思う?」パイパーが尋ねた。「今朝、彼を訪問したところ、忌々しいことにやつは、自分が妻を毒殺したことを認めたんだ」

「つまり、あんたはそこに行っていたというわけか? ふむ……。信用しないことだな。また、同じペテンを繰り返しているだけさ。ただ、今回は自分では実行していない。あんたには、自分がやったように話したとしてもな。世間の注目が十分自分に集まるまで待って、そのうち、事前に用意済みの裏口からするりと逃げ出すんだ。いいや、やつは自分の妻にストリキニーネなんか呑ませていないね――結果をすべてお見通しの、ずる賢いクリストファーなら、やっていない」

「それなら、誰がやったんだろう? それともみんな、魔法の仕業なのかな?」

「彼女がやったのさ」クインが答える。「彼女なら、やつと同様、毒薬がなくなった前日に、フォールケンハイムの調剤室に入り込む機会があった」

「彼女が亡くなった日の午後早く、家政婦が最後に見たときには、例のガラスチューブには数錠の錠剤しか残っていなかったんだよ。ただ、事を面倒にするために、エスター・ペインはストリキニーネをガラスチューブに入れて、また取り出したんだろうか？」

「いいや、事を簡単にするためにさ――非難の目が自分の夫に集中するのを簡単にするため。やつが陥ることになる状況を彼女が熱望していたことを、やっこさん、あんたに打ち明けたかい？　それに彼女なら、夫の本から、相手をそんな状況に陥れる方法を簡単に思いついただろうし」

「自分の夫に対して彼女がそんな感情を持っていたなんて、どうしてわかる？」

「直観だよ」クインは答えた。「直観。おれは、セブン・シスターズ・ストリートでウィンドー破りをするのに七年かかった七番目の子供の七番目の息子なんだから」クインは口いっぱいに煙草の煙を溜め、膨れ上がった片方の頬を叩いた。「ジョーによると、煙の輪を吐き出す方法なんて簡単なはずなんだが……」そう言って、もう一度試みる。「おかしいな。やつは確かにこうやっていたんだが――」

「ジョーのことはどうでもいい」と、パイパー。「明らかにきみは、見かけほどばかではないようだな」

「それは、どうも」

「彼女は自殺だって、本当に信じているのかい？」

「まず間違いないだろう。すべての事実がそう示している。ただ……あんたが知りたいって言うなら、違うかな。そう信じているわけじゃない。でも、やつがやったということを意味しているわけでもないんだよな」

「さっそく行き詰まりじゃないか。もっとも、きみが入って来る前、ぼくも同じことをしていたんだけどね。きみがやっているのは無意味なおしゃべりばかりだ。おとなしく寝ていてくれたほうが、よほど助かる」

「そうでもないさ。寝てたりしていたら、ちょっとした聞き込みなんかできなかったからね――非常に意味のある聞き込みだったんだぜ」クインはくわえていた煙草を捨て、にやりと笑った。「フォールケンハイム夫人の行先とか、ほかにもいろいろ探り出してきたんだ。彼女がご立派な先生を見捨てた理由を知りたいかい？」にやにや笑いがさらに広がる。「こんなことを言っちゃ失礼だが、お口がぽかんとあいてるぜ。たぶん、魅力的な表情とは言えないんじゃないかな」

パイパーは、わざとゆっくり立ち上がった。机の上に身を乗り出し、クインのネクタイの固い結び目をひっつかむ。「彼女はどうして家を出たんだ？　はっきり答えないなら、こいつで酒の通り道を締め上げてやるぞ。おまえが首と呼んでいるものだが」

「映画の登場人物みたいな口をたたく強い大男が大好きなんだ――割り当てで上映しているだけの、イギリス映画に出てくるようなさ」クインは、パイパーの顔に自分の顔をにじり寄せ、鼻を鳴らした。

「やれるものならやってみな、スヴェンガーリ（ジョージ・デュ・モーリアの小説『トリルビー』（一八九四年刊）に登場する催眠術師）。おれはしゃべらないぞ。どうしてって、知らないんだからな――今はまだ」

「ふざけるな。彼女はどこにいるんだ？　それに〝まだ〟っていうのは、どういう意味なんだよ？」

「彼女なら、ライゲート（英国南部の都市）のホテルにいる」クインは思いがけず真面目な顔で答えた。パイパーが手を放すと、ネクタイを直し、立ち上がった。「今日の午後、彼女を訪ねてみようと思うんだ。オックスフォード・サーカスを二時十五分に出るグリーンライン（ロンドン周辺の六十キロ圏内を走る緑色のバス）がある」

「彼女が逃げた場所なんて誰から聞いたんだよ？」

「噂好きな女中からさ――いつでも、何かしゃべりたくてうずうずしているようなタイプの。医者の家で電気メーターをチェックしながら、しつこく聞き出したんだ。いい女だったよ。そのうち、また出かけて行って、このおれを誘惑してもらわなきゃな。もちろん、無料《ただ》で……そこにいるあいだ、バーネット嬢も見かけたよ」クインは眉を上げ、口笛を吹いた。「彼女が相手でも、びた一文要求しないんだけどな。身体にぴったり貼りつくような服を着ていた。彼女も以前は、ひっそり静かな生活をしていたんだろうに」

「きみに話しかけてきたのかい？」

「いいや、一言も。おれの姿なんか目も入らなかったんじゃないかな。いずれにしろ、メーター検針員みたいな存在には興味さえ持たないんだろう。二度、おれのそばを通り過ぎたが、月曜の夜の祝宴みたいに刺激的だったぜ」

「有益な朝を過ごしたようだな」一瞬、パイパーは、リタ・バーネットの瞳に暖炉の火がきらめく薄暗い待合室に戻ったような気がした。髪に手を当てたときのバストの膨らみ、こっそりとこちらに目を向けたときの魅惑的な赤い唇が、目に浮かぶようだ。またしても、胸の内に硬いしこりを感じた。またしても、感受性の強い男子学生に戻ってしまったような気分。クインの頭越しに、暖炉の上に飾ったアンの写真を見つめる。彼女は、いかにも物わかりのよさそうな笑みを浮かべていた――必死に忘れようとしてきた、懐かしく寛大な微笑み。リタ・バーネットが何を差し出そうが、二人のあいだのギャップを埋めることは決してできないだろう。

「何だって突然、フォールケンハイム夫人に興味を持ったんだ？」パイパーは尋ねた。「それに、どうやって彼女に夫のことを話させるつもりなんだよ?」

「ペイン夫人が死ぬ二、三週間前、あの夫婦は彼女のことで口論をしていた。性欲過剰な女たちと、もっと分別を持つべき中年男たちについて、夫人は相当な剣幕で罵《ののし》っていたそうだよ。例の女中が、脱水状態の子猫みたいに聞き耳を立てていたんだ。ちょっと水を向けただけで、尾ひれ背びれをつけて話してくれた。実におしゃべりな女さ」

「女に言い寄ることにかけては、すばらしい才能を持っているんだな。フォールケンハイム夫人に同じ手が通じると思うかい?」

「そんなことはしない。相手が変われば、やり方も変えるんだ。おれ様には数えきれないほどのレパートリーがあるんだよ——千の技を持つ男さ。F夫人の場合、おれはロンドン警視庁《スコットランドヤード》から来た偽紳士ということになる」

「ぼくと関わりがないとしても、そんなことはできないよ」パイパーは厳しい口調で言い返した。「警官を騙《かた》るのは犯罪なんだ。たとえきみが、警察側の立場にいる人間だとしても。そんなことは、とっくにわかっているだろう?」

「百も承知さ! 二十年も犯罪絡みの仕事をしてきて、何も知らないとでも思っているのか?」クインは両手で髪を掻き上げ、悦に入った表情を浮かべた。「心配するな。おれにだって分別はある。自己紹介をするときには、あんたの名前も自分の名前も出さないから」

「きみの名前のことを心配しているんじゃない。もし、何かトラブルに巻き込まれても、ぼくたちは面識もないということになるだろうから。でも、頼むから、そんなことはやめてくれ。ほかにも方法があるはずだ」

「私服警官の芝居ほど有効な手段はないね。女たちが役人に心の内を明かす様子を想像してみろよ。映画スターやボクシングの興行主《コミッショナー》なら、リポーター相手にべらべらとしゃべりまくる。善良な一般市民は、何の疑いも持たずに警官を信用するんだ」

「彼女に何て言うつもりなんだよ？」

「何てことはないさ。こちらが受け取ったけしからぬ手紙について調査をしていると話すんだ——彼女の夫が、エスター・ペイン夫人を毒殺したと申し立てている手紙について」クインはパイパーの顔を見て笑い声を上げた。「それで彼女が心を開くと思うかい？」

「もし、その話に騙されたとしたら、彼女は、きみが立ち去った五分後には旦那に電話を入れるだろうな。それできみは、医者の出方を見る。違うかい？」

「ストリキニーネがなくなったことを隠していたのに？　やつは警察に説明しようともしなかったじゃないか」クインは両手を広げ、頷いて見せた。「もう、行くよ。運がよければ、少なくとも今夜には、二人の人間が隠れ場所を探して走り回っているのが確認できるだろう。そのときこそ、おれたちの出番だ。これまでのところ、ペイン夫人と関係のある人間はみんな鳴りを潜め、何事もなかったような顔をしている。クリストファー・ペイン以外はな。でも、やつの場合は特別だ」

「どうにも気に入らないな」パイパーが答える。「きみは、自分でも止められないことに手を出してしまったのかもしれない」

「だから、それがどうしたって言うんだ？　何だって、そんなに心配しなきゃならないんだよ？」

「こういう仕事では——」ぼんやりとした不安がパイパーの心に忍び込んできた。「急ぎすぎるのはよくないんだ。誰かが傷つくかもしれないし——そんな必要もない誰かが」

「例えば、フォールケンハイム夫人とかが？」クインは反射的にパイパーを見つめたが、その目には訝《いぶか》るような色が浮かんでいた。「どうして、彼女に対してそんなに感傷的になるんだ？　それを言うなら、ほかの誰に対してもだが？」

「感傷的になっているわけじゃないよ。ただ――」嘘をついているのはわかっていた。もっと悪いのは、自分に対して嘘をついていることだ。エスター・ペイン夫人が、自らを死へと導く企ての準備を始めて以来、彼女を知るすべての人間を捕らえてきた感情の蜘蛛の巣に、自分もまた絡め取られてしまっている。「まあ、ライゲートまで行ってみるのも悪くはないな」不承不承、そう認める。「何が起こったか知らせてくれ。戻って来たら、できるだけ早く」

「了解。ずっと思っていたんだが――」クインはまだ、何か考えているような目をしている。「こんなに天気のいい土曜の午後にほかにすることがないなら、おれと一緒に行くのはどうだ？　二人で行ったほうが、例のご婦人にも印象深いだろうし。それに何と言っても、あんたは警察のお墨つきだからな」

「街で会わなきゃならない人がいるんだ。一緒に行けないのは残念なんだが」

「ご婦人かい？」

「クリストファー・ペイン氏の友人だ。ケントン・ウォークの九A番地に住んでいる女性。それで――」同じメロディがまた、頭の中で鳴り出した。「バス停に向かう最初の電話ボックスから、彼女に電話を入れてもらいたい。番号はメリルボン六三五四で、名前はキャッスル」

「何でここからかけないんだよ？　電話が止まっているのか？」

パイパーが言い返す。「何だって、くだらない質問ばかりするんだよ？　もし、自分の電話を使いたいんなら、とっくにそうしているし——」

「わかった、わかった。落ち着けよ。で、おれはキャッスル嬢に何て言えばいいんだ？」

「彼女に電話を入れるようペイン氏から頼まれたと言ってくれ。警察に見張られているかもしれないから、彼は自分で電話ができないんだって」

「いかにも嘘っぽいな」

「どんなふうに聞こえるかは、関係ない——黙って聞いてくれよ。危険かもしれないとなれば、彼女もこれ以上、ペイン氏と話そうとは思わないだろう。危険がなくなれば、ペイン氏がすぐに電話を入れて説明する。それから、今日の午後、アレンという男が訪ねて行くと伝えてほしいんだ。ほとぼりが冷めるまで、彼女に預かってもらうようペインから託されたものを携えて。覚えたか？」

「一言漏らさず、しっかりと。ただ、あんたが質問アレルギーだと言うなら——」クインは掌を差し出して、ヒラヒラと揺らした。「六ペンス硬貨を少しもらえないかな？」

「三、四枚ならあると思うが。もし、なくても、地下鉄のオックスフォード・サーカス駅でいつでも両替できるよ」パイパーは相手に疑わしげな目を向けた。「でも、何だって六ペンス硬貨が必要なんだ？　手数料でも要求するつもりか？」

「まあな。光溢れる田舎に出発する前に、もう一件、別の電話をしなきゃならないのを思い出したんだ」

「ふん、こっちの電話を優先してくれよ。ぼくが到着する前に、あれこれ考える時間を与えたいんだから」

「ご希望のとおりに、指揮官殿」クインは小銭をチャラチャラ鳴らしながら、ふざけた挨拶を返した。

「たぶん、六時から八時のあいだに、あんたのフラットに電話するよ。刑務所にぶち込まれてでもいなければね。じゃあな。クイン夫人の放蕩息子のために、あんたの部屋の窓の灯は灯しておいてくれよ」廊下を遠ざかりながら、クインは鼻歌を歌っていた。「グッドバイ、グッドバイ、涙を拭いて、グッドバイ」ゆっくりとした足音が階段を下り、彼の声も外を走る車の音に紛れて聞こえなくなった。

パイパーは机の引き出しから十枚ほどの白い紙と封筒を取り出し、分厚い手紙を仕上げた。封筒に『親展』と記し、ポケットに入れる。それから電話機を引き寄せ、ヴィンセントの自宅に電話を入れた。話をしたい気分ではなかったが、もうこれ以上、引き延ばすこともできなかった。

話を終えてみると、気分は前よりもよくなっていた。こんな状況でも、ヴィンセントの態度はさほど悪くなかったのだ。パイパーが望んでいた以上の忍耐力を発揮して、話を聞いてくれた。彼にとっては好ましくない状況だったし、ヴィンセント自身もそう言っていたのだが。「きみの欠点はパイパー、自分の感情を仕事に交えてしまうところなんだよ。そんなことはすべきではない。割に合わないんだから。詰まるところ、ペインの身に何が起ころうと、きみには関係のないことなんだし。それに、我々にとっても非常に都合のいいことだしね、もし何の証明も――」ヴィンセントは咳払いをし、急いで先を続けた。「あまり多くは話せないな。誰に聞かれているか、わかったものじゃないから」

パイパーは尋ねた。「では、ぼくを仕事から外すつもりはないんですね?」

「まさか、そんな！　誰でも、自分の信条に従って仕事をするものなんだから。わたしが言いたいのは、きみにはおかしな部分をつついてしまう癖があるということなんだよ。きみはいつも、そのおかしな部分をつついてしまう。そして、その癖を直すには、年を取りすぎているというわけだ」ヴィンセントの声は重厚で、好意的にも聞こえた。お気に入りのランチを食べ終え、半分酒の入ったグラスと上質の葉巻を手に、アームチェアで寛いでいるといった声。

「何をするにしても、ジョン、我らがペイン氏の立場にさほど違いがないなら、執着するのはやめることだ。きみの報告によると、やつこそが警察に追われる人間ということになりそうだな。しかし、わたしはきみを、警察の仕事をさせるために雇ったわけではない。もう二、三日、調べて、報告を寄越してくれたまえ。契約のことは心配しなくていい。約束するよ」寛大で、朗らかな笑い声とともにヴィンセントはつけ加えた。「これで満足かい?」

電話を切ったあと、パイパーは事務所の窓を閉め、鍵をかけた。建物は人気《ひとけ》もなく静まり返り、通路の両側に並ぶドアが虚ろに彼を見つめるばかりだ。廊下には、土曜の午後に特有な空気が漂っている——人声や足音、生活が生み出すさまざまな音が、突然消えてしまったあとの空気。その事実を痛いほど突きつけられた瞬間、自分の人生もまた、突然動きを止めてしまったのだとパイパーは悟った。彼にとっては、毎日が空っぽの、土曜の午後のような日々の連続だった。

階段を下り、光に満ちた通りに出ながら、パイパーは考えていた。リタ・バーネットは、今頃、何をしているだろうか。

第八章

その部屋は、うらぶれた通りの突き当りに位置する建物の最上階にあった。壁紙が白カビで浮き上がり、天井からは漆喰のかけらがぶら下がっている。壁から染み出す腐りかけの食物のような臭い。長年、踏みつけられてきたことでへこみ、湿っぽくなった古い絨毯。希望も野望も、永遠の冬ごもりに入って眠っているような家だ。

細くあけたドアの隙間から彼女は尋ねた。「はい？　どなたですか？」

「アレンと申します」パイパーは答えた。「伺う連絡をしていたと思うのですが。入ってもよろしいですか？」

「ああ、あなたが――」上辺だけの微笑みだったが、緊張は溶けたようだ。まだ不安げだが、恐れてはいない。「こんなに早くいらっしゃるとは思っていなかったものですから。電話をいただいたあと、ちょっと部屋の片づけをしていたところで……」目元の隈《くま》のせいで、両目が不自然なほど大きく見える。少し前までは、結構かわいらしい女性だったのかもしれない。しかし今では、顔はむくみ、疲れによる皺が口元をだらりと引き下げていた。

パイパーは中に入り、相手がドアを閉めるのを待った。そして、やっと問いかける。「あなたがキャッスルさんですか？」

「はい。リン・キャッスルです。あなたはペインさんのお友だちなんですか？」

「そう考えていただいてかまわないと思います。そうでなければ、わたしがここにいることもありませんから」パイパーは、数も少ない、みすぼらしい家具を見つめた。考えていることも顔に出てしまっていただろう。「ペイン氏があなたにとって、いいご友人のようには見えませんね。これが、あなたのために彼がしてあげられる最善のことなんでしょうか？」

キャッスル嬢は顔を赤らめ、唇を濡らした。答える声が震えている。「ペインさんは、自分の行動について人に説明する必要などありませんわ。もし、あなたに何か関係があると言うなら、あの人は、わたしがここに住んでいることも知りませんから。ここは——」彼女が恥入っていることは明らかだった。「ほんの一時的な仮住まいなんです。最近、移ってきたばかりで」

「なるほど。次の隠れ場所は、もう少し豪勢になる予定なのでしょうか？」

「何のお話なのか、さっぱりわかりません。わたしは、誰からも逃げてなどいませんから」キャッスル嬢の目に再び怯えが浮かび、喉元の血管が脈打ち始めた。「電話でのお話だと、あなたは、ペインさんがわたしに預かってもらいたがっているものを届けにいらっしゃるということでした。それをお渡しいただいて、お引き取り願えないでしょうか」

「確かに」パイパーはポケットから封筒を取り出し、相手に手渡した。「厳重に保管してくださいね、キャッスルさん。あなたがその書類をいかに大切に扱うかに、クリストファー・ペイン氏の命がかかっているんですから。警察はそれを手に入れようと躍起になるはずです」

「け、警察ですって？　あの人は何も言っていませんでしたわ、自分が——トラブルに巻き込まれているなんて。わたしはただ、あの人はわたしのことを人に知られたくないんだと思っていたんです。

自分ですべてを整理し終えるまでは――」

「彼があなたに話す必要などあったのでしょうか?」パイパーは尋ねた。「奥さんが殺され、警察がペイン氏を疑っていることをご存知なかったんですか?」

キャッスル嬢は色を失い、満足に息もできないようだった。ぎこちない足取りで壁際のシングルベッドに向かい、衣服がきつそうな様子で腰を下ろす。話し出した声はかすれ、呼吸も苦しそうだ。

「新聞には、一言もそんなことは書いていなかったわ……。じゃあ、みんな、あれが自殺でないことを知っているんですか? ずっと怯えていたんです。いつか、警察が突き止めるだろうって……」キャッスル嬢は自分の指を引っ張り、息を呑み込んだ。「わたしにはどういうわけか、あの女性《ひと》にそんなことができるはずはないとわかっていました。あの女性《ひと》が彼を手放すはずがありませんもの。あんなこと言ったあとで――あの女性《ひと》が――わたしたちのことに気づいたときに」

「警察が何を突き止めることを恐れていたんですか?」

「さあ、何でしょう。わたしはただ、ひどく恐ろしい気がしていただけで。彼女の死はあまりにも……」キャッスル嬢は再び息を呑み込んだ。疲労で顔中の筋肉がたるみ、髪もじっとりと湿っている。

「『都合がいい』。それが、あなたの探している言葉でしょうか?」パイパーが問う。

「ええ……そうです……都合がいい……。必死で望んでいても、物事ってそんなふうには進まないものですもの……」唇が動き、彼女は耳障りな音を立てて息を吸い込んだ。「かわいそうなクリス。彼は約束していたんです。奥さんを決してそんなふうには……ああ、どうしましょう! みんな、わたしのせい、わたしのせいなんです……わたしは、彼女の死を望んでいましたもの」キャッスル嬢は目を覆い、震えながら呟《つぶや》き続けている。「……わたしのせい……わたしのせい……」何度も何度も、同じ言葉を繰り返す。指のあいだから涙がこぼれ落ち、彼女はがたがたと震え始めた。

パイパーは煙草一本を取り出した。ぼんやりとその煙草で箱を叩いていたが、やがてもとに戻した。こんなところにいるのが間違いのような気がしてきた。とんでもない絶望と闘っている女性を見つめているのも、不謹慎に感じる。何もかもが間違いだった。彼女のむくんだ顔もぎこちない歩き方も、単なる絶望の現れではない……。女のすすり泣きが止むと彼は尋ねた。「ペイン夫人は、あなたが妊娠していることを知っていたんですか？」

キャッスル嬢は、支えているのも重たいかのように、両手を膝の上に落とした。感情の抜けた声が戻ってくる。「そんなことを知ったら……彼女は決して離婚に応じないだろうとクリスは言っていました……彼女にはどうしても子供ができなかったんです。だから――自分が劣っているように感じさせてしまうでしょう。これまで以上に、わたしを憎んだはずですわ。あの女性《ひと》はそういう人なんです。もし、自分の手に入らないものがあるなら、それを持っている人間も要らない。冷たくて、自分勝手で、残忍で。死んでしまった人のことを、こんなふうに言ってはいけなのかもしれませんけれど、それが事実です」

「事実だろうがなかろうが、やはり言うべきではありませんね。もし、クリストファー・ペインが本当に妻を殺害しようとしたのなら、そんな言葉が彼を弁護するに当たってどんな影響を及ぼすか、わからないんですか？」

「それ以上のことがわかっていますわ。それ以上のことが」再び、震えの発作が始まった。女は、げっそりとやつれ、老け込んだように見える。「ここから出て行かなければならないでしょうね。世間にわたしの存在を知られてはなりませんもの。彼に対する疑いは十分にひどいものです。でも、クリスとわたしの関係が明るみに出れば、もっと大変なことになってしまう……」

「確かに、もっとひどいことになるかもしれませんね。警察は、あなたが彼の妻を毒殺したと考えるかもしれませんから」忘れかけていた言葉が、心によみがえってきた。エスター・ペインがまき散らした憎しみは、彼女の死をもってしても終結していない。それは存在し続け、生き残っている多くの人間の中で成長し続ける。彼女の亡霊が完全に鎮められるまで、誰の心にも平和は訪れないだろう。

ひどく優しい声で、彼はつけ加えた。「あなたがやったんですか？」

「そんなことをしたら、却ってクリスを苦しめることになるんじゃないですか？　彼が、わたしのためにやったんです。もし、あの女性《ひと》が離婚に応じていたら、こんなことにはならなかったのに。でも、彼女にとってはお金の問題があった。クリスはあの女性《ひと》のもので、彼女は決して夫を手放そうとはしなかったんです。彼女が死んでくれて嬉しいわ。聞こえました？　彼女が死んでくれて、わたしは嬉しいんです」キャッスル嬢は頰を膨らませた。その頰が火のように赤い。「誰に知られたってかまいません。名ばかりの夫婦でしかなくなっているのに、夫の残りの人生を縛りつけていい権利なんか、どんな女性にもないはずです」

「教会は違う見方をするでしょうね」とパイパー。「それに法律も。でも、わたしは教区牧師でも警察の人間でもありません。それを判断するのは、わたしの仕事ではありませんね」

「あなたは何者なんです？」キャッスル嬢は尋ねた。「クリスから、あなたについて聞いたことはありません。どうして彼は、あなたにこの書類を託したんですか？　それに、どうして、この書類に彼の命がかかっているなんて言うんです？」

「一度に答えるには多すぎる質問ですね」パイパーは相手に微笑みかけ、ドアに向かった。「クリストファーに説明してもらいましょう。話せば長くなりますし、わたしはもう行かなければなりません。でも、おいとまする前に、ご忠告しておきたいことがあります。逃げたりしないこと、電話には出ないこと、ばかげたことはしないこと。警察が何を疑おうと、彼には十分、自分で対処することができますよ。疑うことと立証することは、まったく別の問題ですから。わたしたちは、意味のないことを話し合っていたのかもしれません。クリストファーが妻の死に関与していたというのは、乱暴な推測にすぎません。覚えておいていただけますね？」

キャッスル嬢は答えなかった。パイパーが軽く肩に触れ、言葉を継いだあとにも返事はなかった。

「もし、何か――助けが必要になったら、アングロ・コンチネンタル保険会社がわたしの居所を教えてくれます。わたしの名前はジョン・パイパー。連絡するのを躊躇《ためら》わないでください」

外に出てドアを閉めたときにも、彼女はまだ、じっとパイパーを見つめていた。

だらしなく散らかったホールで彼は呼び止められた。鼻を赤くした猫背の男で、光沢のある青いサージのスーツを着ている。「あんた、アレンさんだよね？　キャッスルさんを訪ねてきた？」

「ええ、そうですけど。何か？」

「よかった。あの忌々しい階段を上らずに済んだ」男は袖で口元を覆い、ずるずると鼻をすすった。

「あんた宛に電話が入っているんだ。ホールの奥だよ」

電話は、着古したコートや、防水剤の臭いを放つレインコートが並んだ小部屋の中にあった。明かりはなく、手探りで受話器を探さなければならない。やっと探り当てた受話器を、パイパーは両手で持ち上げた。「もしもし？　アレンですが」

聞き覚えのある声が返ってきた。「ビーヴァーブルック卿だ。いなくなる前に捕まえられてよかった。キャッスル嬢との話はどうだった？」

「いつか」とパイパーは答えた。「その首を捻り上げてやるからな、クイン。何だって、こんなところに電話してきたんだ？　そんなくだらない質問なら、ロンドンに戻るまで待てなかったのかよ？」

「まあ、怒らない、怒らない」受信器に雑音が混じったが、笑い声だったのに違いない。「ありがたいことだよな。こんなところまでやって来て、あんたが汗水流して働いて稼いだ金で最新ニュースを伝えてやろうっていうのに、怒鳴りつけられるんだから。あんたとのつき合いに見切りをつけたっていいいんだぜ」

「どんなニュースなんだ？　フォールケンハイム夫人とは会えたのか？」

「いいや、残念ながら会えなかった。どうしてだか、わかるか？」クインは再び笑い声を上げ、間を置いた。「それこそ、本の題材にできそうな、正真正銘のびっくりというわけさ」

「それで？　近づきもしないうちに放り出されたっていうところか？」

「そうだとしたら、あんたも面白がるんじゃないかな？　ところがどっこい、彼女はそんなことはしなかった」

「じゃあ、いったい何が起きたって言うんだよ？　何のせいで彼女と話せなかったんだ？」

クインは答えた。「警察のせいだよ、パイパー君。彼女、死んでいたんだ」

第九章

　四半世紀の忙しい業務のあいだに、フォールケンハイム医師は、医療器具と珍奇な家具が織りなす秩序ある散乱の中に埋もれるようになっていた。診察室のドアを入ったすぐ側にある、病院の赤い毛布で覆われた長椅子の足元に、古い天秤秤《てんびんばかり》が置かれている。窓際には、白い琺瑯《ほうろう》の盆を載せた高い台。その横の細長い大理石のテーブルには、さまざまな瓶や容器、器具類箱、着色されたブリキの箱などが載っていた。暖炉の上にはさらに多くの瓶類が並び、その横の開けっ放し戸棚の中には、使い古したファイルや、ラベル付きの茶色くなった紙の束が詰め込まれていた。

　医者の机の小仕切りは、埃にまみれた書類で溢れている。フォールケンハイム医師は、その中から丸めた紙の束を取り出し、さっと目を通すと、またもとに戻した。手を動かすための口実以外の何物でもない。それに、考え事でもするように書類を覗き込んでいるあいだは、パイパーに自分の目を覗かれる心配もなかった。

「さっぱりわかりませんね。どうして、わたしに協力できることがあるなんて思うんです？」医者はやっと口を開いた。「実際のところ、わたしには何もわかっていないんですよ。妻がしでかしたことのショックで、考えることもままならないんですから。それに、知っていることならすべて警察に話しました。昨夜、二時間以上も、あれこれ訊かれたんですから」医者は、灰色の厚い髪を片手で掻き上げ、首の後ろを摩《さす》った。「わたしは疲れているんですよ、パイパーさん。非常に疲れているんです。今朝、お会いするつもりなどなかったんですけどね。ただ、ひょっとしたら、あなたが何か見つけているのかもしれないと思ったものですから――」男は掌に拳《こぶし》を打ちつけ、その手を固く握りしめた。小さく身震いをして、先を続ける。「ばかな考えでした。説明なら一つしかありませんから。すべて、はっきりしています。この上ないほど、はっきり。妻がわたしに宛てた手紙で一目瞭然です。彼女は逃げることで、自分がしたことを忘れられると思ったんですよ。でも、やがて、いずれは人に知られてしまうのだと悟った――どこに逃げようと、自分自身から逃れることはできませんから」

「警察は何と言っているんです?」パイパーは尋ねた。「自殺という見解に、何か疑いでもあるのでしょうか?」

「疑いですって?」医者の顔が歪み、目の下の隈《くま》が濃くなった。具合が悪そうで、消耗性の病気か何かで萎んでしまったかのようだ。「どんな疑いがあり得るんです? 誰が彼女を殺したがっていたと言うんですか?」

「誰がペイン夫人を殺したがっていたんでしょう? 彼女も寝室で、一人きりで亡くなっています」

「状況がまるで違う」フォールケンハイムの口調は険しかった。「わたしの妻は、フェノバルビトン（鎮静剤や睡眠剤として用いる白色の結晶性粉末）を過剰摂取したんだ」

「あなたがペイン夫人に処方したのと同じ薬ですよね?」

「違う。彼女に処方したのはテオブロミン（利尿剤、心筋刺激剤、血管拡張剤として用いられる薬物）だ――系統的には同じだが、効き目としてはずっと弱い」

「彼女のほうでは、弱いとは思っていなかったようですね。ペイン夫人も、同様に自殺だと見なされています」

「わたしはもう、彼女には何の関心もないんだ。出会わなければよかったよ。きみはいったい何を言いたいのかね、パイパー君？」

「別に何も言いたいことはありません。思わず口に出てしまっただけで……あなたが奥さんにフェノバルビトンを処方したのですか？」

「そうだとしても、彼女が呑んだほどの量は渡していない。このおかしな問答を続けるとすれば――」医者は険しい目でパイパーを睨み、口を引き結んだ。「彼女が自分で呑んだんだ。嫌がる女性を相手に、八グラムもの薬を無理やり呑ませることはできないからね」

「そうだとすれば、先生、奥さんはどうやってその薬を手に入れたんでしょう？」

「想像力など要しない質問だね。警察も同じことを訊いた。わたしの調剤室から盗んだんだよ――ペイン夫人の睡眠薬に仕込んだストリキニーネを盗んだのと同じように」

「それは、あなたご自身の考えですか？　それとも、誰かから吹き込まれた考えでしょうか？」

「また、思わず口に出てしまった言葉かね、パイパー君？　どうしても知りたいというなら、きみの言葉どおり、わたし自身の考えだよ」医者は机の上に両手をつき、指先で表面を叩いた。肩を震わせながら先を続ける。「わたしは忍耐強い人間だが、どうしてこんな質問を我慢しなければならないのか、理解できないね。ペイン夫人に関しては、きみもそれなりの立場にあるんだろうが、わたしの妻の死に関しては無関係なはずだ。もう、こんな会見は終わりにしようじゃないか」

パイパーは答えた。「お気持ちはお察ししますが、そんな態度にはお出にならないことを期待していました。いいですか、あなたの考えが見当違いの可能性だってあるんですよ。確かに、フォールケンハイム夫人は自殺したのかもしれない。ただし、あなたが思っているような理由ではなしに」

「もっとましな理由を提示できるのかね？　妻は嫉妬深い女だった。加えて、わたしがペイン夫人と関係を持っているなどというばかげた妄想に取りつかれていた。ナンセンスこの上ない思い込みだが、わたしには彼女を納得させることができなかった。彼女はもう何年も、神経症を患っていたんだ。妻のようなタイプの女に強い動機は必要ない。やがて、説明のつかない衝動に駆られて、行動を起こしてしまう瞬間が来るんだ」

「奥さんの手紙に、そんなことが書かれていたんですか？」

「多少はね。ペイン夫人の死は自分のせいで、もうこれ以上やっていけないと認めていた。そんな方向に自分を駆り立てたのはわたしだと責めていたよ。昨夜の電話の凄まじい剣幕からして、手紙の調子がそんな具合でも驚かなかったがね」落ち着きのない様子で、フォールケンハイムは椅子を押しのけた。「わたしは偽善者ではないよ、パイパー君。もう長いあいだ、妻との生活は快適ではなかったんだ。ペイン夫人がわたしの患者になる前から、似たようなことはほかにもあった。ただ、ペイン夫人の場合、彼女が結婚する前からの知り合いだったことが、ほかのケースよりも悪く働いたんだ」

「審問ではその点に触れていませんでしたね、先生。話すべきだとは思わなかったのですか？」

「どうして、そんなことを話す必要がある？　当時、ペイン夫人はまだ女学生で、わたしは診療所を立ち上げたばかりだった。親しくしていたのは、彼女の父親のほうだよ。わたしはその地区で開業したばかりの若い医者で、彼は、わたしの病院のすぐ隣で薬局を営んでいた。長くその商売をしていて、非常に頼りになる存在だった。娘のほうは、道で会えば微笑みかけてやる程度の子供にすぎなかったんだ。わたしの診察を受けに来て自己紹介をされるまで、すっかり忘れていたくらいなんだから」

「彼女はどうして、あなたを主治医に選んだんでしょうね？」

「たぶん、わたしの評判が広まっていたからでしょう」フォールケンハイムは微笑み、眉を上げて見せた。少しリラックスしてきたようだ。「精神力を浪費しないことだな、パイパー君。わたしとペイン夫人のあいだには何のミステリーも存在しないよ。患者と医者、それだけの関係だ。しつこくてうるさい女だといつも言ってやりたかったが、そんなことはしなかった。ここに来る患者の多くには苛立たされるが、そのことごとくに無礼な態度を取っていたら、商売にならないからね」

「ここに来る患者たちは、深刻でもないことでそんなにたびたび訪れたりはしない。それに、あなたのことをファーストネームで呼んだりもしなかった。彼女にそんなことを許したのは、少しばかり軽率だったのではないですか？」

「きみの言うことは、ちょっと無礼になってきたね」フォールケンハイムは言い返した。「彼女がわたしのことをどう呼ぼうが、それはわたしの問題だ」

「彼女の夫の問題でもあります」パイパーが反駁する。「嫉妬深くなっていたのは、あなたの奥さんだけではなかったのかもしれませんよ。ペイン夫人の死は自分の責任だと奥さんはおっしゃったが、あなたが考えているようなことを意味していたわけではないのかもしれません」

二人はしばし見つめ合った。フォールケンハイムの目には、疑いと膨張しつつある不安が見て取れる。医者は親指の爪で歯を叩き、小さな呻き声を漏らした。「わたしの妻ではなく、ペイン氏のほうに責任があったのかもしれないという意味ですか？　ばかばかしい」

「フォールケンハイム夫人がペイン氏にどれだけの信頼を置いていたかによりますね。もし、あなたがおっしゃるほど奥さんが嫉妬していたなら、奥さんはペイン氏の力を借りようとしたかもしれません。あなたとペイン夫人の関係を粉砕するために」

「やめたまえ、パイパー君。そんな考えは飛躍のしすぎだ。わたしは彼女とは何の関係もなかった。侮辱的な言葉ばかりだ。警察でさえ、そんなことは言わなかったぞ」

「侮辱的であろうとなかろうと、先生、あなたの奥さんは疑うだけの理由があると思っていたんです。たとえ、その原因があなたではなく、ペイン夫人のほうにあったのだとしても。この数週間、さまざまな噂が飛び交っているのはご存知のはずですよ」

「噂にならないはずはないさ。彼女がしょっちゅう来ていたのは周知の事実なんだから。審問でも、ストリキニーネはわたしの調剤室から出たものだとされていたんだし」

「もちろん、あなたは否定なさった」パイパーは相手に思い出させた。「あなたもバーネットさんも、薬品の在庫数に問題はないと言い切っていました。ところがここにきて、奥さんが自分の責任だと言い出し、あなたは以前に言ったことをみな引っ込めようとしている。世間の人々は、あなた方のうちのどちらかが、もう一方を庇《かば》おうとしているのではないかと思い始めるでしょうね」

フォールケンハイムは押し殺したような声で答えた。「どうとでも思えばいいさ。それがあんたに、いったい何の関係があると言うんだね？」

「そんなふうにわたしを追い払うことは可能です。でも、英国医師会の医療協議会は、そんなに簡単にはいかないんじゃありませんか？　わたしを雇っている保険会社は、この事件を徹底的に調べるために多額の金を用意しています。すでに一万ポンドをペイン氏に払うことになりそうなんです。あと数百ポンド増えたところで、彼らは何の心配もしません。でも、あなたには心配の種になるんじゃないですか？」

「わたしを脅しているのかね、パイパー君？　すぐさま叩き出してやる」

「それでどうなると言うんです？　審問であなたは嘘をついた。宣誓をしているにもかかわらず、嘘をついたんです。バーネットさんは、ストリキニーネがなくなっている旨を数週間前にあなたに報告したことを認めています。でも、あなたはそれに対して何もしなかった。どうしてなんです？」パイパーは立ち上がり、相手を見下ろした。「何を隠さなければならなかったんです？　まったく調べなかったんですか？　もし、調べていれば、ペイン夫人が死ぬことはなかったかもしれない。あなたには、それがわかっていたんだ。医者がそんなことを自分に許すなんて、大変なことですよ！」

フォールケンハイムは、喉に何か詰まらせたような声を出した。「妻が調剤室から薬を盗んだかもしれないなんて、疑おうともしなかったよ。きみは、わたしが疑っていたと――」

「でも、疑っていらしたでしょう、先生。あなたは、奥さんを疑っていた。あなたには、奥さんが神経症だとわかっていた。自分の行動に責任が持てないほど悪化していたのかもしれないと」冷たい声でパイパーはつけ加えた。「奥さんが自分で使うためにストリキニーネを盗んだと思っていたから、何の手も打たなかった。そう考えるのはどうでしょう？」

「きみは……何の権利があって……」威厳も、職業的な態度も消え失せていた。もはや、魅力的な五十代初めの男とはとても言えない。パイパーが見つめている前で、医者は肉づきのいい顔を崩し、震える手で唇を拭《ぬぐ》った。「そんなことは考えたこともない。薬品に関わりをもっている人間なら、ストリキニーネに手を出したりはしないさ。あまりにも――苦しいからね。彼女にだって、そんなことはわかっていたはずだ」

「それは、ペイン夫人も同じではないですか？　あなたは突然、彼女の父親が薬剤師だったことを思い出した。どうして、今まで黙っていたんです？　ご自分では殺人だと信じているくせに、どうして、世間には自殺だと思わせておいたんでしょう？」

「事故だった可能性もある」フォールケンハイムは荒々しく言い返した。「たとえ、そのストリキニーネがわたしの調剤室からなくなったものだとしても、事故だった可能性はあるじゃないか」医者は、自分の目から何かを振り払おうとでもするかのように頭を振った。「ほかの人間を――巻き込みたくなかったんだよ。わたしが愚かだったのかもしれない。だが、それが最善の方法だと思ったんだ。事故のせいで第三者を苦しめても、エスター・ペインの身に起こったことは――もとには戻せないんだから」

　吐き気が込み上げてきた。それは、すべての思考や動きを禁じる麻痺症状のように、パイパーの身体の隅々にまで広がっていった。自分が、動いている機械にいらぬ手出しをしている人間のように思えてくる。突然、圧縮されていたバネを開放し、重要な機能を滅茶苦茶な状態にしてしまうような感じだ。胃の中にせり上がるしこりを感じながら、パイパーは尋ねた。「バーネットさんを庇《かば》おうとしているのではないですか？　それに本当は、事故だなんて信じていないんでしょう？」

「そうだな。そう信じたかったが、無理なのもわかっている。彼女がテオブロミンを調剤することはなかったからね。ここでは、すでに製剤済みのものを買っているんだ。もし、ペイン夫人に出された薬の中にストリキニーネが混じっていたとしたら――」医者の目に諦めの色が広がり、顔の皺がいっそう深くなった。「考えられる方法は一つだけだ」

「ペイン夫人を毒殺しなければならない理由が、リタ・バーネットにはあったんでしょうか？　あなたと恋愛関係にあったんですか？」

フォールケンハイムはため息をついた。「どうして、わたしが誰かと恋愛関係にあったことに固執しなければならないんだ？　わたしは、女性がばかなことをするのを助長するようなタイプの男ではないよ。わたしにとって彼女は、ここの調剤室で働く、気持ちのいいスタッフでしかない。それに、世間の人々は、エスター・ペインについても誤った考えを持っているようだ。きみたちはみな、彼女がわたしの気を引こうとしていたと思っている。でも、それは違うよ。ドーリングに尋ねてみるといい。彼が話してくれるだろう。彼女はドーリングのほうに興味を持っていたんだ。ここに来るときはたいてい、わたしに会いたいという口実を使っていただけだよ」医者は握り拳《こぶし》で弱々しく机を叩き、苦笑いを浮かべた。「ドーリングには口をすっぱくして忠告してきたんだがね。彼女は単なるお遊びで満足するような女ではないって。でも、あいつは笑い飛ばすばかりだった。ああいう女が――医者にとっては特に――危険な存在になり得ることを理解するには若すぎたんだろう。うまく逃げおおせた幸運に、今でも気づいていないんじゃないかな」

「その点でも、あなたは大きな間違いをしているかもしれませんね」パイパーが口を挟んだ。「わたしには、うまく逃げ出せたことをドーリング医師も気づいているような気がします。幸運がそれに関係しているかどうかは、わかりませんが」

フォールケンハイムの目の中でシャッターが上がったように見えた。広がった瞳孔の奥で、医者が必死に隠そうとしている低俗な好奇心が一瞬きらめいたのだ。それは、何か意味を成す前に消え去ったが、もう後戻りはできないことを医者が決心したような印象を与えた。

机の上に置かれた時計が、重苦しい沈黙のまま、三十秒が過ぎたことを示す。窓の外では、日曜の朝の静かな通りに、遠く教会の鐘の音が響いている。だが、それは、いかなる平和のメッセージも伝えてこなかった。死者のためではなく、生きている者のために鳴る鐘の音。心の声がパイパーに囁く。エスター・ペインを悼むための鐘は鳴らない。彼女を思い出して、涙を流す者もいない。

パイパーは、重くのしかかる陰鬱な気分を振り払った。虚偽と密通に満ちた空間から一刻も早く逃げ出したい気持ちがどんどん強くなっていく。チェルシーにあるその建物を離れるころには、こんな薄汚くもつれた輪から自分を切り離したいという思いも膨らんでいた。更なる石をひっくり返し、暗闇の中でしか生息しない青白いナメクジのような、腐敗した精神がぬめぬめと姿を現すのを観察することに、どんな意味があったというのか？　エスター・ペインを誰が殺したところで、何の違いがあるだろう？　彼女は死んでしまった――ならば、そのまま死なせておけばいいではないか。

でも、まだ……もう一人だけ、睡眠薬に細工のできた人間がいる。彼女の死をどれだけ多くの人間が喜んでいたとしても、実際に手を下したのは一人だけだ。もし、事実が解明されないまま終わってしまったら――永遠に未解決のまま、事実が完全に封じ込められてしまったら、残りの人々の未来はどうなるのだろう？　クインは感傷的だと言った。ヴィンセントには、いつも同じ過ちを繰り返すと言われた。たぶん、二人の言うことは正しい。自分が感傷的な愚か者であることは、誰に言ってもらう必要もない。エスター・ペインと関わることで、名前を汚してしまった人々のよじれた人生は、自分には何の関係もないはずだ。だが、それでも……どこかで読んだことがある。「人よ、汝自身を知れ」パイパーには、自分のことがわかっていた。こんなことは、前にもあった。たぶん、これからもあるだろう。

声を落としてパイパーは尋ねた。「ドーリング医師と話してみてもかまいませんか、先生？　一、二、尋ねてはっきりさせたいことがあるんです」

「もし、彼が病院にいればね」フォールケンハイムは答えた。「今朝は彼にまかせてしまったんだよ。わたし自身は、とても仕事をする気分になれなくてね」医者は置時計をちらりと見やり、自分の腕時計を耳に当てた。「今ごろは往診に出ているだろうな。待合室でお待ちいただけますか？　確認してみますので……」医者はドア口で立ち止まった。「彼やバーネット君が、こんな薄汚い事件に関わっているとは考えたくないですね。どうか、わたしが妻に対する愛情を完全に失っているなどとは思わないでください。でも――警察が、彼女の手紙の内容を額面通りに受け取ったとしても、彼女にはもはや何の害もないでしょう。つまり……おわかりいただけますよね？」

「ええ」とパイパーは答えた。医者の横を通り抜けながら、さらに声を落とす。「その前に先生、もう一つだけ」

「何でしょう？」

「昨日の午後、警察がライゲートから電話をしてきたとき、あなたは外出されていました。個人的に、あなたがどこにいらしていたのかが知りたいんです。教えていただけますか？」

「ひょっとしたら答える必要などないのかもしれませんが、いいでしょう」薄闇の中、医者の顔はぼんやりと青白く見えた。「いずれにしても、秘密でも何でもありませんから。一昨日から後回しにしていた患者の往診に出ていたんですよ」

「ということは、奥さんと最後に話したのは、金曜の夜の電話になりますか？」

「そうです」フォールケンハイムは答えた。「どうしてそんなことをお訊きになるのか、教えていただけますか？」

「土曜の午後に警察から呼び出されるまで、ライゲートを訪ねることはなかった？」

「ええ。昨日の午後、何をしていたかについては、もうお話ししたはずですよ。聞いていらっしゃらなかったんですか?」

「聞いていましたよ」パイパーは答えた。「また嘘をおつきになるなんて、残念ですね」相手のつま先を踏みそうになるほど、身を近づける。「所在を偽ろうとする理由は、あなただけが知っていることです。でも、残念ながら、うまくはいかないでしょうね。ご参考までに――」相手の胸先を人差し指で強く突きながら、パイパーは言った。「昨日の午後、三時四十五分ちょうどに、奥さんの滞在先のホテルから立ち去るあなたの姿が目撃されているんです。考え直したほうがいいですよ、先生。相手の意思に反して――八グラムのフェノバルビトンを投与することが不可能なのかどうか、世間がすぐにも騒ぎ出すでしょうから」

第十章

ライオネル・ドーリング医師は、小柄で淡い金髪、若々しい顔色の持ち主だった。瞳は澄んだブルー。黒っぽい黄褐色のスーツを着込み、大きな角縁《つのぶち》の伊達眼鏡をかけている。その恰好は、何か問われるたびに浮かんだり消えたりする笑みと同様、医者という職業上の体裁を整えるための重要な要素を占めていた。研修期間のあいだ、患者に対する適切な接し方こそが成功への道であると教え込まれてきたのだろう。まるで、要注意患者に決して誤ることのない治療を施しているかのように、微笑みと慎重に吟味された手の動きを駆使していた。

しかし、パイパーに対する態度は、あまり成功しているようには見えなかった。不安を隠すための小細工が、ことごとく裏目に出てしまったのだ。五分が過ぎるころには、自分が医者であることもすっかり忘れてしまったようだ。代わりに、終始カフスボタンをいじり、両手をじっとさせておくことができない、ひどく怯えた若者に成り下がっていた。自信たっぷりに気取ってみたり、気の毒そうに驚いて見せたり、大げさな話しぶりを披露したりと、代わる代わる、いろんな演技を試みている。そのすべてに失敗すると、彼のレパートリーも底をついてしまったようだ。見せかけという衣の下は、擦り減った神経と不安の塊だった。

若い医者をひどく動揺させることになった質問は、フォールケンハイム夫人が自殺を図ったことを知ってどれほどショックだったかを、若者が延々と説明したあとに放たれた。「……先生にはひどい打撃《ショック》だったんですよ。決して立ち直れないでしょうね。もちろん、二人が熱烈に愛し合っていたとは言いませんよ、でも――」微笑みが遠い視線ほどにもぼやけ、やがて消えた。「ずいぶん長い結婚生活だったんです。馴れ合いが、侮りとか、そういうものを生むんだと思いますよ。妻というのは、ある意味、空気のような存在になってしまう。わたしの言っていることの意味がおわかりいただければ――」医者は言葉を探すかのように、パイパーの頭の向こうを見つめた。「あなたは結婚していらっしゃいますか？」

「ええ、以前は。妻は死んだんです――事故で」

「ああ、お気の毒に！」医者は両手の指先を押し合わせ、ありきたりの慰めの言葉を呟《つぶや》いた。「それなら、あなたにもおわかりいただけるでしょう。男が、常にそばにいる女性に対してどのように感じるか……どんなことになるかは、あなたにも察しがつくはずです」また、カフスボタンが気になり始めたようだ。医者はボタンの位置を直し、小首を傾《かし》げて愛想のいい目を相手に向けた。

パイパーが問う。「ペイン夫人とはどのくらいの期間、親密な関係だったのですか？」

物事はどうにも、ドーリングの計算どおりには進まないようだ。目の端がわずかに血走り、口の周りの筋肉が弛む。「これはまた、何ということを！　ご自分でおっしゃっていることを理解しているとは思えませんね。ペイン夫人はフォールケンハイム先生の患者さんだったんですよ。彼女に話しかけようなんていう気は少しも――」医者は首からシャツの襟を離し、顎を突き出した。「何てひどい勘ぐりなんだ」怒気を含んだ声だった。

「勘ぐりなどではありませんよ」パイパーが答える。「事実に基づいた質問です。職業上の礼儀について議論するのはやめましょう。あなたの医者としての倫理観には何の関心もありませんから。わたしの知る限りでは、あなたは診察を求めてくる女性なら、誰とでも寝ることができる。でも、わたしに関心があるのは、エスター・ペイン夫人についてなんです。なぜなら、彼女は殺されたから。ほぼ間違いなく、この病院の調剤室にあったストリキニーネによって」

「無礼にもほどがある。そんな話なら公《おおやけ》の場で聞きたいものですね。わたしならすぐにでも――」

「そうなんですか？　本当にそうなんですか、先生？　公の調査のあと、あなたはどんな顔を取り繕うつもりなんでしょう？　ペイン夫人と一緒にいるところを人に見られていないと確信がおありなんですか――人の記憶がそんなに頼りないものだと思っていらっしゃる？」

「それはまた違う話でしょう。一緒にいるところを何度か見られたからと言って、同じことにはならない――し、親密だったことには」言い切る前に、医者はすでに息を詰まらせていた。襟元からはみ出た肉が赤黒くなっている。「誰にも言えないはずですよ。わたしたちが単なる――友だち以上の関係だったなんて」

「彼女のような女性が相手では、手をつなぐだけの関係に留めておくのは難しいでしょうね。それは、あなたにもわかっているはずです。彼女の夫が探偵を雇って、何カ月も配偶者の行動を見張らせていたと言ったら、どうしますか？」

「彼らにだって証明はできないでしょう、わたしたちが――」パニック状態になってきたのが医者の目でわかった。「ペイン氏が自分の妻の行動に興味を持っていたとは思いませんね。もう何年も一緒に生活していないし、寂しいんだって、彼女は言っていたんです。友だちはみな結婚していて、彼女に割いてくれる時間など――」

「理解されない妻」パイパーが口を挟んだ。「昔からある、理解されない妻というわけですか。それであなたが、彼女の架空の友人たちの代わりになった。ああいう女性に友人などいないことが、そのお歳になってもわからないんですか？　ほかの女たちには、彼女に関わっている時間などなかった。彼女の人となりがわかっていたんです。でも、あなたはそうではなかった、ドーリング先生。そして今、身を滅ぼしかねない状況に陥っている。あなたがそれほど愚かでなければ、わたしも同情できたんでしょうけどね」

「わ、わたしが――望んだわけでは――何かを求めてきたのは彼女のほうだったんですから。はたと気づいたときには、もう後戻りできない状況で――」医者は息を吸い込み、手の甲で顎を摩《さす》った。顔に浮かんだ惨めな表情が、情けない少年のようだ。「どうして今になって、そんなことが取り沙汰されるんです？　フォールケンハイム夫人が、彼女を毒殺したことを認めたんでしょう？　あなたがそのままにしておいてくれれば、すべては終結するんです。もし、そうしてくれないなら――」医者はきつく両手を組み、生気のない目でパイパーを見上げた。「わたしは終わりだ」

「フォールケンハイム夫人は、彼女を殺してなどいませんよ」パイパーが答える。

「じゃあ、どうしてあんな手紙を書いたんです？」

「彼女は、自分の夫がペイン夫人を殺したと思っていたんです。そして、それは自分の責任だと。彼女は神経症で、何をしてもおかしくない状態だったと、フォールケンハイム先生は言っています。あなたは、どう思われますか？」

「わたしとフォールケンハイム夫人なら、とてもうまくやっていましたよ。わたしにはいつも感じよく接してくれましたから。ちょっと奇妙なところはありましたけどね。好き嫌いが極端にはっきりしていると言うか」緊張した声で医者は続けた。「嫌っていた相手はペイン夫人です。大嫌いと言ってもいいほど」心の中の何かに突き動かされたかのように、医者は抑揚のない声でつけ加えた。「わたしも、大嫌いでしたけどね」

「彼女にはうんざりしていた、という意味ですか？」

「そういう意味ではありません。彼女のわたしに対する態度です。わたしは、彼女が自分の好きなようにできる所有物だったんですよ。自分の感情を持つことは許されませんでした。彼女がわたしに振り当てた以外の人格《キャラクター》を持つことも」医者は落ち着かない様子で口をつぐんだが、すぐに背筋をぴんと伸ばした。「過去にあんな女性に会ったことがなければ、想像もできないでしょうね。現実の人間ではないのかもしれないなんて、とんでもないことを考えたこともありました。あの女は、男の精神を蝕《むしば》み、食い尽くす病巣なんです。癌ですよ。どうして彼女にそんなことができたのか、自分でも説明はできません。決して美人というわけではありませんでしたからね――かわいげのある女でさえなかった。それなのにあの女は、ちらりと視線を向けるだけで男を虜《とりこ》にしてしまうんです。そしたらもう、何も考えられなくなる。あの目や、口元や、ハスキーな笑い声以外――」医者は口ごもり、唇を濡らした。「わたしは、何も知らない子供ではありませんよ、パイパーさん。どうして、こんなことをあなたに話しているのかな。誰かに聞いてもらうのは――慰めにはなりますけどね。何カ月も一人で悩んできたんです。彼女が死んでからは、あんな女のことなど忘れてしまおうとしてきました。でも、消えてくれないんです」かすれた声で医者は繰り返した。「消えてくれないんですよ。畜生、消えてくれない」医者は立ち上がり、窓辺に寄った。硬く強張《こわば》った背を向けたまま、無感情な声で続ける。「彼女は死んでしまった。それでもまだ、わたしを一人にしてくれない。最初は、これで自由になれたと思ったんです。彼女が死んでくれて嬉しかった。何が原因でそうなったのかは、どうでもよかった——ただ、嬉しかったんです。でも、そのうち、そんなに簡単な状況ではないとわかってきました。まるで、彼女がまだ……畜生、あの女を忘れることなんて一生できないんだ」

パイパーは声をかけた。「そんなことに関わってしまって、お気の毒に思います。もしかしたら、彼女は実際に生きていたときよりも、ずっと現実味を帯びているのかもしれませんね。以前、彼女は単なる一個の人間だった。それが今は、彼女を殺したいと思っていた人間すべての一部になっている——あなたを含めて」

「でも、わたしは殺したりはしていませんよ。もし、そう望んだとしても、勇気がなかったでしょうから」医者は振り返った。陽の光に髪が輝いている。「それも、彼女が死んで以来、言われてきたことの大方と同じですね——半分は本当ということ。『もし』なんていう言葉は存在しません。わたしは本当にそうしてやりたいと思っていましたから。たぶん、そんなに先のことではなかったと思いますよ。罪悪感さえ持たなかっただろうと思います。溺れた男が藁をもつかむのは、そんなに悪いことなんでしょうか?」

「修辞学は最近の流行《はやり》ではありませんね」パイパーは言った。「政治の話をしているわけではありませんから。それがどのようにして起こったのか、あなたは気にしないかもしれない。しかし、ほかの多くの人々は関心を持っています。ペイン夫人は自殺するようなタイプではなかったし、偶発的な事故とみなすのもばかげています。それなら、誰かがエスター・ペイン夫人を殺したことになる。そこをよく考えて、協力していただけませんか? 代わりに、わたしもあなたをお助けしましょう。もし、その点を理解いただけない場合、あなたは非常にまずい立場に陥ることになります」

「この何週間ものあいだに、わたしが気づかなかったとでも思うんですか？」ドーリングは、半分拗《す》ねたような、意固地な表情を浮かべた。腕を組み、口を引き結んでいる。「わたしが何を言ったところで、誰が信じてくれるんです？　わたしにはそれが可能だったんですから。いつでも機会があった上に、彼女を憎んでいた。何にも増して、わたしは彼女の愛人だった。似たような話が一日おきに新聞に出ているじゃないですか。わたしにどんなチャンスがあると言うんです？　何週間も、つきまとって離れない。寝ても覚めても、その話題ばかりだ」医者は片手を上げ、顔の半分を覆った。「フォールケンハイム夫人がわたしを救ってくれた。もう、これ以上、心配する必要はない。たった今、悪夢から覚めたような気分ですよ」

「ひょっとしたら――でも、もしかしたら――違うかもしれない」

「ひょっとしたら、なんていう考えが入り込む余地はありませんよ。自分の夫が関与していたと思い込むほど、フォールケンハイ夫人の頭はどうかしていた。そのせいで、彼女は自殺した。それは、あなたの個人的な意見でしかありません。それに、そもそも、彼女の動機なんてどうでもいいことじゃありませんか。彼女が告白文を残した、という事実が重要なんですから。もう、とやかく言う人間なんていませんよ。この件は、これで終了です」医者の目に、自信が現れ始めた。「わたしはペイン夫人を殺していません。わたしにとって重要なのは、その点だけです。誰かが彼女の死を償うところなど、見たいとも思いませんし。あの女は、生きるに値しない人間だったんです」

「二人とも同じように感じていたんですね」パイパーが呟《つぶや》く。「もう一人というのは、夫人に会ったこともなかったのですが、彼女も同じ言い方をしました」

「彼女？」

「ええ、女性です。キャッスルという人ですが」パイパーは質問をしながら、相手の表情をじっくりと観察していた。「ご存知ですか？　小柄で、二十三、四歳くらいのかわいらしい女性です」

ドーリングの表情に変化はない。反射的にパイパーのネクタイを見つめ、顎の無精髭を摩《さす》っただけだ。「エスター・ペインに対して同じように感じる人間なら、たくさん見つかるでしょうね。彼女のことを思いやる人間がいたら教えてくださいよ。驚いて差し上げますから」

「彼女に対するあなたの感情を、誰かに話したことはありますか？　ごく最近、という意味ですが」

「あるわけないじゃありませんか！　そんなことをしたら、トラブルを引き起こすだけでしょう」医者は突然、また熱心にカフスボタンをいじり始めた。「そんなこと、大親友にだって話しません」

「大親友のことを言っているわけではありません。ほかに女友だちはいらっしゃらないんですか？　実際、あなたなら、この上ない花婿候補でしょうから」

「女なんて、もうこりごりですよ。これから先は、〝最初はちょっぴり、あとは用心深く〟がわたしのモットーです」

「あなたは実にうまく話をそらしますね。バーネットさんに相談なさっていたのではありませんか？」

「リタにですって？　ばかばかしい！」医者は眉の下からちらりと視線を上げたが、またすぐに目を伏せた。「彼女は従業員です。医者は、自分の部下に悩みを打ち明けたりはしません。あくまでも仕事上のつき合いだけです」

「ペイン夫人についてもそうおっしゃいました。それが、あとになって話を変えた。どうして、もっと分別を持って、本当のことをおっしゃらないんです？　あとで大変なことになるんですよ」

「わたしがバーネット君にそんなことを言ったと思っているんですか？　そうしてはいけない法律なんて、ありませんよ。それに、彼女は余計なことをベラベラしゃべるタイプでもない」

「ええ、そんなタイプではありませんね」パイパーは、彼女がいかに巧みに、自分の疑いをフォールケンハイム医師に向けさせておきながら、それを突然、クリストファー・ペインのほうに転換させたかを思い出した。ペインが調剤室からストリキニーネを盗み出したのかもしれない。そう打ち明けたときの渋々といった態度は、名演技とさえ言えそうだ。パイパーがどんな方向性で推理してみたところで、いずれ袋小路に突き当たってしまう。その時点では彼女もまだ、フォールケンハイム夫人の身に何が起こるかなど予想もしていなかった。しかし、どういうわけか、バーネット嬢なら、そんな心配もしなかっただろうという気がした。彼自身も気にしていなかった。彼女の駆使した魅力が功を奏したのは、雨と風がガラス張りのポーチを打つ火明かりの中でのこと。太陽が輝く今なら、パイパーも普段どおりに呼吸ができた。妙に高ぶった気分で彼は尋ねた。「どの程度のことを彼女に話したんです？　どうか、わたしを信用して正直になってください。お力になろうとしているんですから」

　ドーリングは答えた。「贈り物をくれるときでも、わたしはギリシア人を恐れる（ローマの詩人ヴェルギリウスの叙事詩『アエネイス』の一節）」冷たく微笑み、片耳を引っ張っている。「贈り物を持って来たギリシア人が詩の中でどう言われているか、あなたもご存知でしょう？　どうして、あなたを信用しなければならないんです？　エスター・ペインについてわたしが話したことは、どうでもいいんです。でも、リタ・バーネットは、こんな騒ぎに巻き込まれていいような娘ではありません。わたしの悲しい身の上話に耳を傾けたからといって、彼女をサリーおばさん（「不当な攻撃」の的の意味）に仕立てるわけにはいきませんからね」

「たとえが間違っていますね。これは余興や芝居などではないんですから。バーネット嬢のことは、どの程度お好きなんですか？」

「〝好き〟というのは強すぎる表現ですね。からかえばそれなりに反応してくれるし、ちょっとしたジョークにも笑ってくれますけど――」医者は半分閉じた目でパイパーを見つめ、唇を噛んだ。「いいや、違う。彼女のことをそんなふうに考えたことはありません。わたしにとって、彼女は単に――」

「感じのいい娘《こ》」パイパーが忍耐強く言葉を継ぐ。「そういう感じのいい娘はどうするでしょうね？自分の好きな男が、その男を破滅させかねない女に絡め取られているとしたら」

　驚きの表情がドーリングの顔に広がった。目を剝き、身を乗り出してくる。「いったい、何を――？」

「深い意味はありませんよ。お尋ねしているだけです。どうなんですか？」

「まったく――」医者は眉を擦《こす》り、その手で額を抑えつけた。「一度、夕食に誘ったことはあります。一緒に芝居を見に行ったこともありますが、それだけです。彼女と寝ようなんて思ったことは、一度もありません。さよならのキスさえ、したことはないんです。わたしたちのあいだには何もありません。そりゃあ、彼女と一緒にいるときは楽しかったですよ。エスター・ペインのことを忘れさせてくれましたから。彼女も楽しんでいたはずです。でも、それを真面目に捕らえている素振りなんて、彼女は少しも見せませんでした」医者は口元を強張《こわば》らせ、乱暴に言い放った。「まったくもって、ばかげている。一度や二度、一緒に出かけた男が、別の女とばかな真似をしているからといって、まともな娘が殺人など犯しませんよ」

「女性がどんな行動に出るか予想できるようになれば、あなたもかつてないほどの名医になれるでしょうね。わたしにわかっていることが、もう一つ。なくなったストリキニーネについて尋ねた日、バーネット嬢はわざわざ苦労して、わたしを違う方向に誘導しようとしました。たぶん、彼女は――」

「なくなったストリキニーネって何のことです？　そんな話は聞いていませんよ」

「もし、そうなら、それはあなたの落ち度ですね。フォールケンハイム先生に訊いてみるといい。彼が知っています。なくなったことが発覚したときから、彼にはわかっていたんです。あるいは、少なくとも、バーネット嬢がその件について報告した日から」

「そうだと決めてかかっているんじゃないんですか？　その点は考え直したほうがいいですよ。リタ・バーネットは、誰も殺してなんかいません。あなたには、フォールケンハイム先生もわたしも、納得させることなんかできませんよ。それが、彼女の犯行だなんて」医者は一歩詰め寄り、睨みつけてきた。「最初はわたし、今度はリタ。次は、フォールケンハイム先生を疑うんですか」

「彼のことなら、最初から疑っていましたよ。その疑惑がしっかり植えつけられるように手段を講じたのが、あなたのバーネット嬢だったんですけどね。彼女は、動機まで示してくれました」

「嘘もいい加減にしてください！　もし、彼女に好きな男がいるなら、フォールケンハイム先生のほうだ。先生は彼女を娘みたいに扱っていたんだら」

「驚きはしませんよ。少し前に同じ話をしたとき、先生は彼女を守ろうとさえしましたから。わたしの関心をあなたに向けさせることまでして。ほかにどこから、わたしがあなたとペイン夫人のことを知り得たというんです？」

喉の奥から絞り出すような声で、ドーリングは言った。「出て行ってください！　こんな話はもうたくさんだ。わたしを助けたいですって？　あなたをここに招き入れたのが、そもそもの間違いだったんだ。でも、間違いなら修正することができます。さあ、出て行ってください！　戻って来たりしたら、警察を呼びますからね」足早に出入口に向かい、力任せにドアをあける。「では、これで、パイパーさん。できれば、もう二度と……いったい、何を笑っているんです？」

「ご婦人に挨拶をするときには、いつも微笑むようにしているんですよ」パイパーは答えた。「中へどうぞ、バーネットさん。すばらしい偶然ですね。ちょうど、あなたのことを話していたところだったんです」

バーネット嬢は動かなかった。ドア枠に片手をついて身体を支え、ドーリングを見つめている。やがて、唇を濡らして話し出した。「約束がおありだとわかっていたら、お邪魔などしなかったのですが。でも、今朝方、先生からチェックを頼まれた処方箋のことで、伺いたいことがあったんです」息もつかず、一気に出てきた言葉だった。まるで、息を吐き切ってしまう前に、言わなければならないことをすべて伝えようとでもしたかのように。

ドーリングは、足を踏み変えることもなく背を向けた。パイパーからは後頭部しか見えない。しばらくのあいだ身を強張《こわば》らせ、何の感情も見せずに、その場に立っている。ドアの端についた拳《こぶし》が白くなっていた。やがて、乾いた声で彼は尋ねた。「いったい、いつからきみは、人の話を立ち聞きするようになったのかね、バーネット君？」

身をすくめたバーネット嬢の頬が赤く染まる。「そんな言い方には納得できませんわ、先生。わたしは立ち聞きなんかしていません。もし、大声で怒鳴っていなければ、ノックの音が聞こえたはずです」

「そういうことなら謝るよ。パイパーさんのお勧めに従って、中に入ったらどうだい。推測どおり、ちょうどお帰りになられるところだったんだ」

「パイパーさんは何とおっしゃっていたんです？」ドアを閉めながらも、バーネットの目はパイパーに注がれていた。「わたしのことについて、という意味ですけれど。自分の名前が話題に出ていたのは、聞こえてしまいましたわ」

「たいした話じゃないよ」ドーリングは答えた。言葉を継ぎながらも振り返ろうとはしない。「きみがわたしに恋しているっていう話さ。それに、きみがペイン夫人を殺したんだということも。パイパーさんは、すばらしい推理をなさっているようだ」

「そんなことを信じていらっしゃるんですか？」

「もちろん、信じてなどいないさ。あまり真剣に受け取らないほうがいい。彼は、泥水を掻き回して楽しんでいるんだ」

「でも、わたしにとっては大問題ですわ。誰かを毒殺したなんて疑われて、いい気分がします？」

「わたしも疑われたよ。フォールケンハイム先生もだ。きみは、どんどん増えてていく容疑者候補のうちの一人なんだ、バーネット君」医者は、両手を上着のポケットに入れ、冷ややかな笑みを浮かべた。「カッとしてしまったのは大人げなかったですね。ジョークとして受け止めるだけの余裕を持つべきでした」

パイパーが答える。「バーネットさんは、ジョークだとは思っていないようですね。彼女にはわかっているんですよ。ペイン夫人を殺したストリキニーネについて嘘の証言をしたことがばれたら、警察がどんな態度に出てくるか」

「警察がどんな態度に出てこようと、あなたには関係ないはずです。誰にでも間違いはあるんですよ。

調剤室から薬が盗まれたことに対して、彼女に責任はありません。わたしやフォールケンハイム先生以上の責任は」

「そのとおりですね。でも、彼女はその事実を、ペイン夫人が死ぬずっと前から知っていたんです。もし、彼女が適切な行動を取っていれば、二重の悲劇を防ぐことができたかもしれない」

「彼女が実際にしたこと以上に、いったい何ができたんです？　彼女はフォールケンハイム先生に報告したと、あなたが言ったんじゃないですか。そのあとのことは先生の問題です」

「そして、フォールケンハイム先生が何もしなかったことは、わたしたちみなが知っていることです。結構な量の劇薬がなくなっていると、彼は報告を受けた。そして、そのことに対して何もしなかった――なぜなら、忙しかったから」パイパーは、二人が素早く視線を交わし合ったことに気がついた。

「いったい、どれだけの人が、そんな話を信じるでしょうね？　彼自身も、追求しようとはしていない。何なら、先生に尋ねてみてください。エスター・ペインの死因を知ったとき、実際、何が起こったと思ったのか」

「いいえ、あなたが教えてください」バーネット嬢が口を開いた。「先生は何を思ったんでしょう？」

「夫人の死は事故によるものではないと。先生は、あなたを疑っていることを認めましたよ。夫人に処方していた睡眠薬が、製薬会社ですでに調剤済みの薬だったことも。もし、その中の一錠にストリキニーネが入っていたなら、責任を問える人物はあなただけだろうと」

「それなら、先生はどうして、警察から問われたときに、そうおっしゃらなかったんでしょう？」

「わかりませんね。警察から問われたとき、あなたが一連の嘘をついた理由がわからないのと同じように。わたしの印象では、この病院では誰もが、ほかの誰かを庇《かば》おうとしているように見えます。あなたたち全員が、隠さなければならないことを抱えているように」

「では」とドーリングが尋ねる。「わたしたちが隠してきた何かというのが、フォールケンハイム夫人のことだったと思われたんですか？」医者は素早く唇を舐め、頷きかけた。「そうなんですか？」

「まあ、そうですね。一つの可能性としてではありますが」

「単なる可能性以上に受け取るべきですね。フォールケンハイム先生を悪評から守るために最善を尽くしたことで、あなたはわたしたちを責めるんですか？　先生には、奥さんがやったことに何の責任もありませんよ。その奥さんが死んでしまったんだから、もう、どんな秘密も必要ない。もし、彼女が罪を認めていないなら、状況は違ったかもしれない。でも、彼女は認めているんです。確かに、警察に話さなかったのは間違いだったのかもしれませんが、それは、わたしたちの良心の問題です。自分に関する限り、良心の咎《とが》めなど、まったく感じていませんよ。もし、人の心というものがあるなら、あなただって認めないわけにはいかないでしょう。同じ立場に立たされたら、あなただって、わたしたちとまったく同じことをしただろうって」しゃべり続けながらも、医者は終始、リタ・バーネットを横目で窺っていた。彼女が医者を見たのは一度だけだ。あとは、唇を硬く引き結び、自分の足元を見つめている。医者が話し終えたときでさえ、頭を上げることはなかった。

「正直にお伝えしたいことが、もう一つだけ」パイパーは口を挟んだ。「今朝、ここに来るまで、わたしが何を考えていたにしろ、あなたたち二人が口裏を合わせて話をでっち上げていなかったのは確かなようですね。もし、そうしていたなら、先生――」彼は咳払いをし、笑みを浮かべた。「バーネットさんの立場を正当化してあげる必要などありませんでしたものね。もっとも、あなたはとてもうまくやってのけましたが。ここまで来れば、彼女にも言うべきことがはっきりとわかっているはずです。フォールケンハイム先生とちょっと言葉を交わすときに、共同戦線を張ることもできるでしょう。違いますか、バーネットさん?」

　彼女は答えなかった。ドーリングも、言うべき言葉を出し尽くしてしまったようだ。髪を掻き上げ、音にならない吐息を漏らしている。まるで、初めて目にするかのように、壁紙をまじまじと見つめるばかりだ。しかし、やがて低い声で呟《つぶや》いた。「こんなことを言っても無意味なのはわかっていますけどね。わたしたちのうちの誰かがペイン夫人を殺した。あなたには、それ以外の考えを受け入れる気はないようだ。生贄《いけにえ》が見つからない限り、あなたは満足しない。わたしとしては、フォールケンハイム夫人が動機を明らかにしてくれるだろうと思っていたんです。でも、不幸なことに、彼女は死んでしまった。では、こんなふうに言ったらいかがですか――」何の前触れもなく医者の声が変わり、激しい怒りがその顔を覆った。「あなたのお気に召そうが、召さなかろうが、フォールケンハイム夫人は自分自身を生贄として差し出した。そして、彼女はその生贄のままでい続ける。もし、ペイン夫人を毒殺したのが彼女なら、気の毒ではありますが、自殺しなければならないと思ったんでしょう。彼女には感謝したいくらいの気分ですよ。そして、もし、殺人犯がフォールケンハイム夫人ではないのなら――今となっては、誰にも真実などわかりませんが――そうしてくれた人物に、わたしは感謝します。そうしたければ、みんなに吹聴して回ってもいいですよ。お望みなら、わたしの名前を汚辱の泥沼に引きずり込むといいんだ。わたしにそれを止めることはできません。何も否定などしませんよ。こんなことに自分が関係していたということ以外は」

「誰の顔にも泥を塗るつもりなどありませんよ」パイパーは答えた。「あなたが犯している最大の間違いは、今までと何の変わりもなくやっていけると思っている点です。そんなことはできませんよ。

どんなに深く埋めてしまっても、殺人の記憶は思いもよらぬときに浮かび上がってくるものです。もし、今、きちんと決着をつけておかなければ、その記憶は一生、大波に呑まれた漁師ようにあなたの首にまとわりつくことになるでしょう。そんな疑いをかけられたまま、残りの人生を楽しめると思いますか？」

リタ・バーネットが訝《いぶか》しげな顔でパイパーを見上げた。白い上着のベルトを直し、ついと顎を上げる。「結構なお説教ですわね、パイパーさん。特に、偽名を使って点々と居場所を変えなければならなくなる人間にとっては。いったい、誰が誰を疑うというんです？」

「ドーリング先生はあなたを疑い、あなたはドーリング先生を疑う。そして、二人そろってフォールケンハイム先生を疑うでしょう。それで足りなければ、彼がこれまで何を心配してきたのか、直接尋ねてみるといい。彼には、すべてがこの建物の中から始まったことだとわかっています。そして、彼は恐れている。あなたたちのうちのどちらかが――」

「そんなのは嘘っぱちだ」ドーリングが割って入った。「わたしの心配は、自分が人から変な目で見られることだけです。どうしてかは、わかっているでしょう？　ストリキニーネがなくなっていたことなんて、わたしは今朝まで知らなかったんですから。こんな立場にいたら、ペイン夫人を殺したのが自分ではないと、人を納得させることなんてできませんよ。きみを疑うということに関しては、リタ――」医者は顔をしかめた。「パイパーさんがすでに話しているとおりだ。きみは、わたしと恋愛関係にはなかった。わたしがペイン夫人とつき合っていたからといって、どうしてきみが、うちの患者の一人を毒殺する必要がある？」

「先生のおっしゃっていることは、まったくの間違いではないでしょうね」リタは言葉を選びながら答えた。「状況が当初とは違ってきています。フォールケンハイム夫人のことを聞くまでは、わたしも――」彼女はそこで躊躇《ためら》った。細い指先を口元に当てている。「否定しても意味はないですものね。先生には、エスター・ペインを切り捨てたい理由が十分におありだった。警察に問われたときに嘘をついたのは、そのせいです。今では、あんな嘘をついたことを後悔しています――後悔しているし、うんざりもしているんです。今はもう、同じ方だとは思えません」バーネット嬢はガタガタと震え始めた。自分自身を制御しようとでもするかのように、両手を顔に当て、頬に添えた手に力を込める。「今朝、目を覚ましたときからずっと、何かがまとわりついているような気がしていたんです。電話が鳴るたびに怯え、病院のドアがあくたびにビクビクしていました。来る日も来る日も、心の中に冷たく麻痺した感情を抱えているのがどんな気分か、きっと、誰にもわからないと思います」震える声で彼女は続けた。「わたし自身は何もしていません。でも、怖いんです。フォールケンハイム先生から奥様のことを聞いて、もっと怖くなりました」

「どうして、もっと怖くなったんですか?」パイパーが尋ねる。

ドーリングがバーネット嬢のそばに近寄った。医者は彼女を見つめていた。見なければならないのに、もう目にしたくないものを嫌々見つめているかのように。金色の髪の根元で汗の玉が光っていた。

「なぜなら――」バーネット嬢は両手を顔から離し、胸の前で組み合わせた。「ここにいたら、いつか、奥様が見つけたものを見つけ出してしまうかもしれないからです。あまりうまく説明できません。単なるヒステリーだと呼びたければ、そう呼んでください。わかっているのは、逃げ出したいということだけです――今すぐにでも。エスター・ペインがどんなふうに亡くなったのかなんて、知りたくもありません。わたしには関係のないことですから」

硬く強張《こわば》った声でドーリングが尋ねた。「どういう意味だい、リタ？　フォールケンハイム夫人が何を見つけたと言うんだ？」

「わかりません。知っていたら、お話していましたから。それが何であれ――」バーネット嬢の白い顔の中で、大きな目が暗く光る。「そのせいで奥様は逃げ出したんです。でも、そうまでしても、彼女は逃げ切れなかった。わたしは、彼女のように死にたくはありません」

第十一章

その日、パイパーが寝床についたのは、かなり遅い時間になってからだった。昼食後にロンドンを離れ、南部地方にドライブに出かけたのだ。新鮮な空気と考えるための時間が必要だった。それ以外、特にこれといった目的はない。ロンドンの街中でできることはもうなかったし、収集できる情報はすべて訊き出していた。この三日間で、問題解決を期待できそうなところからは、十分に情報を掻き集めてきたのだ。それなのに、混乱と矛盾に絡め取られた自分を見出すばかりだ。あまりにも多くの人々が、エスター・ペインを憎んでいた。

しかし、殺人を引き起こすのに憎しみは必ずしも必要ではない。たいていは、恐れが強迫的な動機となる——嘲笑されることへの恐怖。露見することへの恐怖。ほとんどの場合、そのどちらも、さほどの変わりはない。ほかの女性と恋に落ちた男は、憎んでいるからという理由で自分の妻を殺したりはしない。邪魔な存在、ただ、それだけだ。妻が生きている限り、新たな生活を始めることはできないのだから。人々が噂を始めるだろう。どこへ行こうと、その男は人知れぬ存在を連れ歩くことになる。こそこそ話や密かに交わされる視線、友人だと思っていた人々が集まる部屋に足を踏み入れた途端にぴたりと止まってしまう会話。そんなものにずっと縛られるのだ。人々は常に囁き合う。メイフェアからブルームズベリーまで、悲劇はお茶の席に居座り、カクテルラウンジの目に見えぬ客となる。

噂話……人間たちがしてきたのはそれだけだ――それぞれの秘密を守るための砦として使われる、永遠の言葉の連なり。真実の周りに打ち建てた煉瓦とモルタルの壁。その背後には、決して外部に晒《さら》されることのない秘密が隠されている。クリストファー……彼にとってはリン・キャッスルがそうだった。彼女こそが、世間の注目を自分に集めようとした派手なパフォーマンスの説明だ。では、ドーリングが守るべき秘密は何だろう？　リタ・バーネットにとっては？　それに、フォールケンハイム……彼は本気で、ストリキニーネを盗んだのが自分の妻だと疑っていたのか？　妻の自殺など望んでいなかったのであれば、どうして彼は黙っていたのか？　妻が滞在していたホテルを訪ねていたことを否定する理由は何だろう？　致死量のフェノバルビトンを妻に呑ませることは可能だったのか？　理由がみつからない。エスター・ペインの睡眠薬に細工をしたのがフォールケンハイム夫人なら、自殺の動機も理解できる。しかし、それが彼女の仕業ではなかったとしたら？　でも、別れの手紙が、その事実を決定的にしている。夫人は自分の罪を認めていた。名前など記されていなくても、その手紙が告白文であることに変わりはない。クリストファーがすでに……。彼女がもし、その事実を知っていたら、そんな手紙など書いただろうか？

エスター・ペインを殺したのは一人だけ。にもかかわらず、二人の人間が、彼女の死に対して責任を負いたがっている――互いに何の繋がりもない二人が。どちらにも、エスター・ペインを殺した毒物を盗む機会はあった。二人が共謀しているのでなければ、どちらかが嘘をついていることになる。はたして、それはどちらなのだろう？

真夏とも言えそうな午後の明るい陽射しのもと、道路はパイパーに向かって流れてくる灰色の川のようだった。生垣の緑がキラキラと輝いている。どの村でも、生き生きとした春の花が、風雨に晒《さら》された石材やむき出しの果樹の幹に、思いがけないほど鮮やかな彩りを添えていた。高台の畑では、トラクターに曳かれた鋤《すき》が、重く茶色い土に長い溝を刻みつけていた。その姿が遠く背後に消えてしまうまで、トラクターのエンジン音が、カーブを曲がるたびに高く低く追いかけてきた。どこまでも広がる田舎の風景。そこに響くのは、自分が運転する車のエンジン音だけだ。パイパーはギルフォードで小休止を取り、お茶を飲んだ。そのあとは、ずっとまとわりついている案件について考えることもなく、古い街中を散歩して回った。車に戻り、家に帰ろうと考え始めたころには、夕暮れが迫っていた。ライゲートに寄ってみようと思ったのは、ドーキングへの道標に気づいたときだった。目的のない小旅行に、せいぜい数マイルの移動が加わるだけだ。急いでいるわけでもない。家で帰りを待つ者がいるわけでもなかった。空っぽの家の寂しさは、何時に帰り着いても同じことだ。それなら、寝てしまう時間に近ければ近いほど都合がいい。

ライゲートには八時少し過ぎに着いた。フォールケンハイム夫人が死んだホテルは、町から半マイルほどの距離だ。道路から離れた木立と低い煉瓦塀の背後に、小綺麗な芝生に囲まれて建っていた。出入口の片隅に、白い線で区切られたコンクリート敷の駐車場があることを示す看板が掲げられている。パイパーはそこに車を置き、建物の中に入った。

すりガラス製のレセプション・デスクの奥に、恰幅のいい女性が座っていた。赤茶色の髪を念入りにカールさせ、イヤリングを長くぶら下げた女性は、マニュキアを塗る手を止め、パイパーに微笑みかけた。

「こんばんは。どのようなご用件でしょうか?」

女性の頭上に掲げられた金文字のパネルには、〈主人、ハリー・マッケヴォイ。ワイン、蒸留酒、煙草の販売許可あり〉と記されている。

パイパーは答えた。「マッケヴォイ氏にお会いしたいのですが」

「まだ夕食中だと思いますが、訊いてみます」女性はオレンジ色のリップケースを引き出しにしまうと、狭いドアから身をよじるようにして出てきた。「お名前をいただけますか？」

答える間もなく、出入口のすぐ脇の急な階段を、太鼓腹の男が上がって来た。黒っぽいズボンに黄色のセーター、スポーツジャケットを着込んでいる。階段を登り切ると、しばし荒い息をついていたが、やがて足を引きずるように二人のほうに近づいて来た。

女性が再び微笑む。濃いピンク色の口紅で彩られた唇がやけに目立った。その口から言葉が溢れ出る。「まあ、いらっしゃったわ！　マッケヴォイさん、こちらの紳士があなたにお会いしたいそうです。ちょうど、呼びに行こうと思っていたところなんですよ。いつ、あなたが――」

「見つけることなどできなかったよ」マッケヴォイは答えた。「さっきまでわたしがいたところでは」

男は、締まりのない唇で喘ぐように言い、女性に背を向けた。「さてさて、お客人、どのようなご用件かな？」

「よろしければ、数分ほどお時間をいただきたいんです。わたしはパイパーと申します。二、三週間ほど前から、ここに滞在していたフォールケンハイム夫人の友人です」

「死にに来た、と言うべきだろうね」男は後ろで両手を組み、パイパーを上から下まで眺め回した。

「きちんとしたホテルで、とんだ悪さをしてくれたものだよ、あなたのご友人は。普段は決して非人情な人間ではないが、何だって自分の家でやってくれなかったのかと思うよ。ご存知ない場合に備えて申し上げると、こうした物騒な騒ぎは、商売上、決して歓迎できるものではないからね」

「確かに、そうでしょうね」パイパーは素直に認めた。「でも、わたしはあなた以上に困惑しておりまして。それが、あなたをお訪ねした理由です。どこか、二人だけで話せる場所はありますか？」

「ちょっとしたおしゃべりをしたいときなら、自分の執務室を使うんだが――」男は、音を立てて鼻から息を吐き出し、頭を振った。「とても、そんな気分じゃないな。昨日は昼過ぎから夜まで、その上、今日はほぼ一日中、質問に答えたり証言をしたり、そのほか何やかんやと大変だったんだ。限度というものがあるぞ、きみ。わたしはもう何時間も前に、その限度を超えてしまっているんだ」充血した小さな目には敵意が溢れている。「何か言いたいことがあるなら、ここで言いたまえ。そして、話は長引かせないこと」

「ご要望のとおりに」パイパーはそう言って、受付のデスクから数歩離れた。マッケヴォイが嫌々後に従う。「五分以上はお引き留めしませんよ。それにどうか、この一件がわたしにとって個人的に重大でなければ、決してあなたにご面倒をかけたりしないことを、ご理解いただきたいんです」

「面倒なんかではないよ。五分が過ぎるころには――あんたも満足しているだろう。前置きはとばして、本題に入ったらどうだ」

「わかりました。フォールケンハイム夫人の部屋に電話はついていましたか？」

「あんた、ここをどこだと思っているんだ――サヴォイ・ホテル（ロンドンの最高級ホテル）とでも思っているのかね？　後ろに公衆電話があるだろう。客でも誰でも、それを使う」

「彼女が電話をした、あるいは電話を受けたことがあるかどうかは、わかりますか？」

「そんなことに気を留めているなどできんよ」マッケヴォイは頬を膨らませ、首の横を掻いた。

「警察に先を越されているな、きみ。連中も同じ答えを受け取った――ノーだよ」

「ここに到着した日以降、彼女が郵便物を受け取ったことは？」

「わたしの知る限りでは、ない。もし、そんなことがあれば、レセプション・デスクの棚から、彼女が自分で回収していったはずだ。各部屋を回る配達人など、我々は雇っていないからね」

「人が訪ねて来たことは？」

「あのなあ」マッケヴォイが遮る。「そんな質問にも、それ以上のことにも、とっくに答えているんだ。死んだ馬に鞭を入れるようなものだぞ。警察が、わたしのことも、従業員のことも、徹底的に調べているんだ。町役場に行ってみたらどうだね？　連中は、そんなようなことを山ほど訊き出して、三通一組の書類を作成し、そのすべてに署名して、封印、連署までしているんだ」

「ひょっとしたら、あとで寄ってみるかもしれません」夫人が死体で発見されることになった前夜、彼女から電話をもらっていたことを、フォールケンハイムは警察に話しているのだろうか？「夫のフォールケンハイム医師についてはご存知ですか？」彼は、そう尋ねた。

「昨日、初めて会ったよ。わたしがちょうど部屋を出るときに入って来たんだ。一緒にいた警官が紹介してくれた。それが、どうしたって？」

「それまで、彼がここに来たことは一度もなかったんでしょうか？　確か、あなたが――奥さんのことを発見してすぐに、警察を呼んでいたと思うのですが」

「たぶん、そうなんだろうがね」マッケヴォイが答える。「旦那が到着したのは、死体が運び出されたあとになってからだよ。それにもひどく時間がかかったんだ。ここが自治体の死体仮置場かと思うほどさ」男はセーターの脇の下に親指を差し入れ、唇を鳴らした。「それで？　これで十分なのかね？　まだ三十秒ほど残っているようだが」

「大方は」とパイパーは答えた。「あなたが彼女を発見したのですか？」

「そうだよ」マッケヴォィの返事はそっけない。「彼女は、ラウンジで午後のお茶を頼んでいた。それなのに、時間になっても下りて来なかった。たいてい、昼食後は部屋で昼寝をしていたから、寝すごしているようなら起こしに来るよう、ウェイターは指示を受けていたんだ。呼んでも返事がなかったから、気を変えて外出でもしてしまったんだろうと、ウェイターは思った。しかし、部屋の鍵が戻っていないと言い出す人間がいた。それで、彼らはもう一度夫人の部屋に戻り、内側から施錠されていることを発見した。その部屋も、安全ボタンがついたスプリング錠だがね。その段になって、連中はわたしを呼びに来たんだ」宿の主人はゆがんだ笑みを浮かべた。「警察に説明したのがそんな話でなければ、わたしが彼女のエッグサンドをたいらげていたところなんだが」

「じゃあ、彼女は自分で鍵をかけていたわけだ」パイパーは呟《つぶや》いた。「どうして、そんなことをしたんだろう？」

「単なる底意地の悪さだろう。あのドアを直すのに数ポンドはかかる。それなのに、亭主がその代金を払ってくれる見込みはかけらもないんだから」多少親しみを増した声で、宿の主人はつけ加えた。「でも、試してみる価値はあるな。払ってくれると思うかい？　真新しいサテンのベッドカバーを、彼女の靴が台無しにした損害は大目に見るとして」

「確認してみるのにお金はかかりませんからね。よろしければ、わたしが彼に訊いてみましょうか？」

「それは、ありがたい。友人からの言葉なら、少しは真剣に考えてくれるかもしれない」主人は親しげに、パイパーの肩に片手をかけた。茶目っけのある皺を目尻に浮かべ、くすくす笑いながら、たるんだ腹を小刻みに震わせている。「ぜひ、そうしてください、パイパーさん。そうすれば、あんたはわたしに貸しを作ることができる。ハリー・マッケヴォイは、決して恩義を忘れない男だよ」肩にかけた指にもう一度力を込め、主人は胸を膨らませた。「彼女の亭主っていうのは、どういう人間なんだい？」

「悪い男ではありませんよ。それで、わたしたちも、フォールケンハイム夫人がどうしてあんなことをしたのか首を捻っているんです」

「ああ、彼女なら実に綺麗にやり遂げたよ。、安らかないい顔をして、ベッドに仰向けで横たわっていた。百合の花束でもあれば完璧だったのにな」主人は気まずそうに咳払いをした。「失礼。ご友人相手に言うことではないな。しかし、こうして話していても……おかしな点などないだろう？」

「ほとんどない、ということですか？　ドアはロックされていた。彼女が眠りにつこうとしていたときに、ほかの人間がいた形跡もない。それに、あの手紙――すべてが自殺を示している」パイパーは、含みのない目を相手に向けた。「でも、彼女を見つけたのは、あなたです。あなたは、どう思っているんですか？」

「ほかのみんなと同じだよ。たぶん、旦那と口喧嘩でもして、それを必要以上に大げさに捕らえたんだろう。女が一度暴走を始めたら、何をしでかすかなんて誰にも想像できんからね。あの手紙ならわたしも読んだ。違う意味には取れないよ」

「手紙はどこにあったんです？」

「鏡台の上さ。封筒はなし。裸のまま、小さな薬瓶に立てかけてあった。たぶん、彼女がここに来たときに持ち込んだものだろう。瓶の底に白い錠剤がいくつか入っていたな。昨今、不眠症の人間が使うようになった薬だと医者が言っていた。何と言うんだっけ？……フェノ何とか。医者がそんなふうに呼んでいたが、忘れてしまった」

「フェノバルビトンですね」パイパーは答えた。「その瓶も鏡台の上にあったのですか？」

「ああ、口の広い小さな瓶さ。ラベルはほとんど剝がれていたが、医者は中身でわかったんだろう」

マッケヴォイは禿げ上がった頭を撫で、皮肉っぽい笑みを浮かべた。「不思議な話じゃないか？ そんなものの中に、人を殺せるだけのものが入っているなんて、考えたこともなかった。ああいうものがなくなったとき、ラジオであれほど大騒ぎするのも無理はないな」

駐車場で車のエンジン音が轟《とどろ》き、ヘッドライトの眩《まばゆ》い光が窓ガラスを横切った。パイパーは出口に向かって歩き出した。「遅くなってしまいました、マッケヴォイさん。もう、これ以上、あなたのお邪魔はいたしませんよ。おつき合いいただいて、ありがとうございました」

「かまわんよ、きみ、まったくかまわん。この辺を通るときには、ちょっと顔を出して、お茶でも飲んでいってくれたまえ」パイパーの指を包む生暖かくじっとりとした手には、骨がないように感じられた。「フォールケンハイム先生にそれとなく伝えるのを、忘れないでくださいよ」

「おまかせください」パイパーが請け負う。「顔を合わせたらすぐに――」彼は言葉を濁し、そそくさと頭を下げて外に出た。掌がべたついていて気持ちが悪い。車に乗り込みながら、ハンカチで手を拭《ぬぐ》い続けた。そして、ロンドンに向けてハンドルを左に切った。

すでに暗くなっていた。冷たく澄み切った空では、果てしなく広がる地平線の上に、北極星だけがぽつりと輝いている。街の灯が遠く背後に消えてしまうと、パイパーはすべての考えを頭から締め出し、家に帰るための運転という機械的な作業に集中した。明日はまた別の日——ヘッドライトの向こうで瞬く星のように、こちらを手招く、終わりに近づいた、また別の日。

その夜、眠りに落ちたときには、あきらめの気分だった。求められずとも人の思考を照し続ける意識が、流れ落ちる砂のように遠のき始めたとき、パイパーにははっきりとわかっていた。フォールケンハイム夫人の人生は、ペイン夫人の死の瞬間に手放されたのだ。それを防ぐことはできなかった……彼女の夫なら、引き止めることができたかもしれない。しかし、その夫さえも、必然の前には無力だった。何者かによってエスター・ペインの睡眠薬のガラスチューブに混入された錠剤は、破滅を運ぶエネルギーを解放したのにすぎない。彼女と関わった人間の人生は、そのエネルギーが完全に消滅するまでは決して安泰とは言えない。フォールケンハイム夫人が、最初の犠牲者になった。あと何人が必要なのだろう。あとまだ何人の人間が、ラスキン・テラスで死んだ不幸な女の運命に巻き込まれることになるのか？

自分もまた、恐怖に怯えながら生きる、そうした人間のうちの一人。パイパーがそう悟ったのは、翌朝届いた手紙に眼を通したときだった。すべてが解決するまでは、彼の運命もまた、ほかの人々とともにあった。

第十二章

封筒の消印は判読できず、手紙そのものにも日付はなかった。不格好な活字体で、その手紙は綴られていた。

誰一人として、ペイン夫人の死で苦しむのは正しくない。彼女は邪《よこしま》な女で、死んで当然の人間だった。死んだほうがいい人間も、この世には存在する。あの女が生きている限り、誰にもいいことは起こり得なかった。これで、たとえ短期間でも、彼らにも幸福になるチャンスが巡って来るだろう。

面倒を起こそうとするな。もう、これまでのことで十分だ。誰の役にも立たないことを、訊いて回るのは止めることだ。とりわけ、あの女の利益にならないようなことは。さもなければ、あんたにとって気の毒なことになる。あの女も気の毒だった。しかし、あの時点ではすでに遅すぎた。ほかの誰でもなく、あの女自身の邪さが彼女を殺したのだ。あの女は、腐敗をもたらすヌメヌメとしたものと一緒に、土の中で腐らせておけばいい。あの女は悪人だった。そして、その悪こそが、彼女の命を奪い取ったのだ。

挨拶の言葉も署名もなかった——ただ、八折版の紙に乱雑に綴られた十数行の文字だけ。上部に残る糊の跡が、剝ぎ取り式の用箋から剝がされた紙であることを示している。質の良くない鉛筆で、大急ぎで書きつけられたかのように、文字が互いに重なり合っている。封筒に書かれた住所も、同じようにぞんざいな書き方だった。

パイパーは手紙を持って窓辺に移動した。あらゆる角度から紙を調べ、文面を二度読み返す。二つのフレーズが際立っているように思えた——『ほかの誰でもなく、あの女自身の邪さが彼女を殺した……その悪こそが、彼女の命を奪い取ったのだ』。邪さ……邪さ。そんな言葉を使う人間には会ったことがない。そこにはどこか、旧約聖書のような響きがあった。かつて、村はずれにあった教会の、天井が低い教室で、聖書の勉強をしていた日々に彼の心を引き戻すような響き。昨今ではふつう、〝邪な人間〟などという言い方はしない。どこか時代錯誤めいている。そんな言葉を最後に聞いたのは戦時中で、ヒトラーに対しての言葉だった。チャーチルが彼のことを〝邪な人間〟と呼んだのだ。それに、人に対して〝悪〟という言葉を使うのも、かなり古臭い感じがする。手紙の口調としては全体的に嘘っぽく非個性的だ。書き手がわざと、そういうスタイルを装ったかのように。

明確な脅しが含まれているなら、まだ理解もできる。しかし……『あんたにとって気の毒なことになる』というのは、ほとんど何も意味していない——恐らく、感情に訴える以上のことは何も。ひょっとしたら、それが目的なのだろうか。手紙の文句もみな感情的だし、幾分ヒステリー気味だ……『土の中で腐らせておけばいい』……『腐敗をもたらすヌメヌメとしたもの』……。どんな男が、こんな言葉を使うだろう？　まるで、リゾート地の街角に立つ福音伝道者の説教から失敬した、安っぽい引用文句のようではないか。

最初に目に留めた文句よりも、さらに不可解な表現について考えている自分に気づいて、パイパーは身震いをした……『たとえ短期間でも、幸福になるチャンス』。どうして短期間なのだろう？　単なる言葉のあやだろうか？　それとも、何か、もっと深い意味があるのか？　詩の一行ということはあるだろうか……子供時代の記憶の底に埋もれ、忘れられている詩。タイトルさえ世に知られることのなかった詩の一行。そんな、とりとめもない考えが切れ切れに浮かんでくる。そこには、始まりもなければ終わりもなかった。エスター・ペインにまつわる物語のどこかで生まれ――その誕生とともに死んでしまったのかもしれない、はかなく、でたらめな詩。絡み合う考えに何とか突破口を見出そうとしても、そのたびにそれは、するりと指のあいだからこぼれ落ちてしまう。謎を解く鍵は手中にある。でも、それは、どのドアをあける鍵なのか？　匿名の手紙に綴られた一行で、誰の人生の扉が開かれることになるのだろう？

身づくろいをし、出かける準備をするあいだも、その〝隠れん坊ゲーム〟はずっとパイパーを悩ませていた。ネクタイを結ぶために鏡を覗き込んでいるときも、自分の心に問い続けていた。これまでに見聞きしたものの中で、この、気も遠くなるような難問に手がかりを与えてくれるものは何だろう？　居間で電話のベルが鳴る。そのときもまだ、彼は心の中の襞《ひだ》を探し回っていた。

事務的な声が聞こえてきた。「ジョン・パイパーさんでしょうか？……このまま、お待ちください。あなた様宛のお電話です」忙しい交換台の背後で鳴るベルの音やざわめきで、さまざまな声が混じり合う通話も途切れ途切れだ。やがて、電話線の向こうが静かになり、別の声が聞こえてきた。「おはよう、パイパー君。わたしのことは覚えているかな？」

「あれこれ考えるには時間が早すぎますね」パイパーは答えた。「わたしの頭の中は、朝食を何にしようかでいっぱいですから」

「わたしが聞いたところでは、きみはものを考えるどころではないということだったんだが。こちらに寄って、きみの問題について話してもらうというのはどうだろう?」

「〝こちら〟っていうのは、どこのことなんです?」

「増設部分の三階、ルーム三一二、名前はホイル。思い出してくれたかい?」

「ご機嫌いかがですか、警部? ゴドフリー・アレンの失踪事件以来、ご無沙汰でしたね。最近の事件はどうです?」

「これといった事件はないね。でも、どうやら一件、嗅ぎつけたようだ」ホイルは音を立てて息を吸い込み、何気ない口調で先を続けた。「きみのご友人がここにいるんだ。クインという男だが。人間性については、きみのお墨つきだと言っているが、そうなのかね?」

「わたしが知っているクインは、新聞社で働いている、役立たずの酔っ払いだけですけどね。もし、同じ人物なら、あなたが何を疑っているにしろ――有罪です」

「しらふのときには読心術師なんだろうな」ホイルが答える。「以前、電話したときに、きみがそんなことを言うだろうと話していたから」

「どうやら違う男のようですね。わたしが知っているクインは、しらふでいることなどありません」

「それなら、ここに来て、彼に会ってもらわなければならない。おかしなペテン師に、きみをパトロン呼ばわりさせておくことはできないからね」いかにも嘘っぽい穏やかな声で、ホイルはつけ加えた。「はっきりさせるのに、そんなに時間はかからないよ。眠気を払い落として、朝食を取ってきてくれたまえ。十時前には来てくれるかな」

「ご招待ですか――それとも、召喚でしょうか？」

「招待に決まっているじゃないか！　召喚なんて直《じか》に言い渡すものだよ。やましいことがあって、話しに来られないなんて言うつもりじゃないよな？」

「伺いますよ」パイパーは答えた。「たまたま、今朝、お訪ねしようと思っていたんです。お信じになるかどうかは別として」

「わたしがきみを信じなかったことなんてあるかい？　じゃあ、十時に。朝食を楽しんでくれたまえ」

パイパーは物思いに耽《ふけ》りながら受話器を置いた。ホイルを訪ねようと思っていたのは本当だった。非公式な調査を進めることが、警察の仕事の妨害とみなされる段階に達したのだ。現在の自分の義務は、エスター・ペインが殺害されたことを確信している旨を報告することだろう。警察には、自分がこれまでに見つけてきた事実を知る権利がある。私立探偵が見事に事件を解決し、栄光の光に包まれたすばらしい結末に到達できるなんて、映画の中だけの話なのだ。現実の世界では、法がよりよい仕事をするための仕組みであり、ホイルはその仕組みを代表する存在だ。彼には、こちらでは自由に行使できない手段と方便がある。そして、事が殺人に関する場合、その組織が事実を完全に解き明かすまで、総力を挙げて調査に打ち込むだろう。正義と悪の闘いにおいては、常に警察が勝たなければならないのだ。

エレベーターで三階まで上がるあいだ、パイパーはずっとポケットの中の手紙を触っていた。それを受け取ったときに心に浮かんだ――混乱をさらにひどくしてしまうような――さまざまな考えについて、警部に話すべきだろうか。ストリキニーネ入りの錠剤を用意できたのは四人だけだ――リタ・

バーネット、ドーリング、フォールケンハイム――そして、エスター・ペイン。ほかにどれほど決定的な証拠があろうが、いかに動機が強力であろうが、それは、どんな推理をも退けてしまうほど強固な基盤だ。そして、それが事実でもある。四人のうちの一人……ほかの人間には、そんなことをするための方法がわからない。ストリキニーネに近づける人間はいくらでもいるだろう。しかし、あんな錠剤を作ることができたのは、必要な知識を持つ人間だけだ。

ホイルは、書類など一度も載ったことがないような、古めかしい、つや消し材の机の前に座っていた。書類箱はまだ空《から》で、ピンク色の吸取紙も、使用される前のきれいな状態のままだ。黒ずんだパイプが電話機に立てかけてある。磨き上げられた真鍮の灰皿に残る二本の吸殻だけが、唯一、その場の清浄を損なうものだった。

窓際の長テーブルで、白いブラウスに紺色のスカートをはいたタイピストが、猛烈な勢いでキーを叩いている。以前と同じ女性だ。ドアの内側では、細身のジャケットにフランネルのズボン姿という、これまた以前と同じ精悍な顔立ちの男が、口笛を低く吹きながらファイリング・キャビネットの引き出しの中を覗き込んでいた。差し込んでくる陽光が、男の腰やズボンの尻できらめいている。時計の針が逆戻りしたかのような感覚を覚えつつ、パイパーは自分でも、『タンホイザー』の同じフレーズを口ずさんでいるのに気がついた。

ホイルも変わっていなかった――きっちりとアイロンを当てた茶色のスーツに、磨き上げた茶色の靴、茶系統のストライプのネクタイ。頭の後ろから、茶褐色の髪がぴんぴんと飛び出している。眠たげな目と尖った目鼻立ちは、パイパーが覚えているとおりの――寝ぼけたヤマアラシのようだった。

ドアの近くにいた男は、キャビネットから取り出したファイルを山のように抱えて出て行った。タイピストは新しい紙をセットし、テーブルを震わせるほどの凄まじさで、騒々しくタイプを打ち始めた。ホイルが声をかけてきた。「ずいぶん熱心に走り回っていたようだね？　フォールケンハイムのところの職員たちには、受けが悪いようだが」

「彼らには、どのくらい前から関心を持たれていたんです？」パイパーは尋ねた。

「そうだな――」警部は頭上の時計をちらりと見た。「一時間と三十五分くらい前からかな」

「クインがわたしの名前を挙げてから、という意味ですか？」

「イエスともノーとも言える。土曜の午後にクインがライゲートに行こうとしていたことをきみが知っていたと、彼から聞いたときから、と言ったほうがいいかな。きみも知ってのとおり――」警部は鉛筆で、吸取紙にいたずら書きを始めた。「わたしは、この事件にはまったく関与していない。まあ、押しかけ客といったところだ。この事件を担当している男が以前に一度、きみについて照会してきたことがあったんだ。それで、取り調べのためにクインをここに連れてきたとき、わたしが興味を持つんじゃないかと思ったんだよ。きみがいかにうるさい蜂《ビー》であるかを知ることにね」警部は無邪気な口調で続けた。「ほかの言葉の短縮形なんかじゃないよ。スペルはｂｅｅ――『コンサイス・オックスフォード・ディクショナリー』によると、四枚羽の、蜜蠟や蜂蜜を作る、針を持った社会性昆虫、ということになる」

「余暇は辞書を読んで過ごしているんですか？」

「もっとましな読み物がないときにはね。最近、ちょっとしたものを見つけたが、たぶん――」警部は片足を椅子の上に引き上げ、両手で膝を抱いた。「きみもそうなんじゃないかな。『引き延ばされた審問』は面白かったかい？　クリストファー・ペインの最新最高傑作だが」

「クインはどうやら、ずいぶんいろんなことをしゃべったようですね。わたしを呼び出す必要など、なかったんじゃないんですか」

「きみは誤解しているよ。彼は自ら進んで話したわけじゃない。わたしが大いに苦労して、奇妙な情報をわずかばかり引き出したんだ。それこそ、歯でも引き抜くみたいに」

「では、あなたがまだ知らないことは何なんです？」

「生憎、ほとんどないな。クインが素直に取り調べに応じてくれる前でも。わたしがきみを呼んだ主たる理由は、これまでの調査できみが得た全体的な感触を知りたいからなんだ。かなり以前だが、ありがたいことにきみは、いつでも警察に協力すると言ってくれていたと思うが」

「感触なら、有り余るほどつかんでいますよ」パイパーは答えた。「でも、それがあなたのお役に立てるとは思えませんね。ペイン夫人が殺されたという確信もつかめていないんですから」

「我々もだよ」警部は椅子から足を滑り下ろし、上下に動かした。「そんなふうに見え始めたところ、という感じかな？」

「目星をつけている人物は？」

「現段階では、いない。善人と悪人を区別しようとしてきたんだが。嫌われ者の女性を毒殺したという、名誉ある疑惑に値する人間が多すぎる」警部はもの問いたげに目を見開いた。唇を引き結び、歯のあいだから息を吸い込む。「彼女の夫に対する率直な意見は？」

「わたしは精神科医ではありませんよ」パイパーは答えた。「ご自分で彼と話してみたらいかがです？」

「それは、詭弁だな。クインによると、ペインはきみに、いつ逮捕されてもいいと話したそうじゃないか。本当なのかい？」

「そのとおりです。その瞬間が来たら嬉しいだろうと言っていました。自分の妻を毒殺した罪で投獄されるのが、待ち遠しくてたまらないと」

「まったくもって、どうかしている。自分が何をしたのか、ちゃんとわかっているようだったのかな？」

「自分でやったとは言っていませんでしたよ。罪を認める気もまったくなかった。それどころか、精神異常の言い訳さえ認めようとしませんでした」

「いったい何を考えているんだ？　クインは、世間の注目を集めたいだけだと言っていたが。そのとおりだと思うかい？」

「そんなことが重要ですか？」パイパーは尋ねた。「告発するのに十分な証拠が集まったら、彼を逮捕すればいい。それができなければ、あの男なら新聞各社に警察の無能を訴える文書を送りつけるでしょうね」

ホイルは頭を振り、唇の端を引っ張った。「痛いところを突いてくれるね。我々が集めた証拠はすべて、彼を示すどころか、遠ざかるばかりなんだ。自首でもしてこない限り、今のところ、できることは何もない。彼には決定的な動機などないからね。フォールケンハイム夫人が残した手紙のことを考えると、ペインを逮捕などした日には、警察が笑いものになるだけだろう。わたし個人の考えとしては、ペインは最初から、自分の妻がどんなふうに死んだのかを知っていたんだと思うよ。だから、あんなふうに、殺人の告発に向き合う心構えができているんだ。事態が危うくなってくれば、とんでもないことをしでかして、するりと逃げ出してしまうんだろう。疑惑が事実上、自分からそれてしまった今、やつはどんなふうに感じていると思う?」

「あなたは、あの手紙を額面どおりに受け取っているんですか?」

「あんなものには何の価値もないさ」ホイルは答えた。「被告側の弁護士以外には」警部は足を床に下ろし、膝を摩《さす》った。「どんな法廷弁護士でも、あれがあれば圧勝できる。たとえ、きみやわたしにペインが犯人だとわかっていたとしても、陪審を納得させることなどできないからね。現状では、彼に対して逮捕状を申請するだけでも、トラブルの種になってしまう」

窓の下で、電話機の一つが鳴り出した。白いブラウスの女が電話を取り、肩越しに振り返る。「警部は只今、来客中で……はい、すぐに伝えます……はい、もちろん……わかりました、わたしが……」女は壁にかかった四角い鏡を覗き込み、自分の眉を撫でつけた。「……十分以内に、わたしが取りに伺います……それで、よろしいですか?……いいえ、ちっとも。喜んで。ダイエットになりますもの。それでは、また」女は、もう一度、鏡を覗き込むと立ち上がり、スカートのベルトの位置を直した。そして、ハンドバッグを小脇に部屋を出て行った。

ドアが閉まってから、パイパーは口を開いた。「わたしまで一緒にしないでください。ペインが有罪かどうかなんて、わかっていないんですから。わたしに関して言えば、彼らのうちの誰にでもできた、と思っているだけです」

「もう少し、人物を特定してくれないかね」ホイルが要求する。「この事件に関しては、わたしは新顔なんだよ。きみの言う〝彼ら〟を一人ずつ挙げていって、検証してみようじゃないか」

「ドーリング、フォールケンハイム、ペイン、フォールケンハイム夫人、ペイン夫人が死んだ夜に会っていた謎の人物――」パイパーは不意に口をつぐんだ。ホイルが自分を見ている目つきが気に入らない。警部の顔に反射的に浮かんだ笑みが、どうにもいたたまれない感じがした。「このくらいで十分じゃないですか?」最後にそう尋ねる。

「そうとは思えないね」ホイルは鼻の先をつまみ、気取った調子で咳払いをした。「かわいらしい女の子がいたと聞いたが。妻子持ちの年寄りでよかったよ。おかげで、悶着の火種から距離を置ける」警部は上唇へと指を滑らせ、ありもしない口髭を撫でた。「きみが挙げたリストは完璧ではないな。バーネット嬢を省いてしまっている。もちろんきみは、ドーリングと一緒に出歩いている彼女が一、二度目撃されていることを知らないのかもしれない。ウェスト・エンド辺りで浮かれ騒いでいるところを。バーネット嬢は嫉妬深いタイプの女だと思うかい?」

「彼女と話をしたのは二回だけなんですよ。そんなことはまったくわかりません。何をもって嫉妬深い女と言うのかなんて、わたしは権威でも何でもありませんから」

「もうそろそろ、詳しくなっていてもいいころなんだがなあ。この一週間、直接的にしろ、間接的にしろ、そうした情報を入手できる機会は十分にあったじゃないか」警部は鉛筆を取り上げ、机を叩き始めた。「第一、ペイン夫人。第二、フォールケンハイム夫人。第三、問題のバーネット嬢。第四――」目を細めた警部は、まだ微笑みを浮かべている。「キャッスルという名の女性。きみは、彼女のことも忘れていたね。きみの記憶力は、以前ほど優秀ではなくなったのかな。それとも、そろそろ休暇が必要な時期なんだろうか?」

「記者なんかを信用してはならないことを学ぶ時期、と言ったほうがいいでしょうね。口の閉じ方を知らないような連中は、特に」

「クイン氏のことをひどく誤解しているようだね。彼は、土曜の午後の、きみとキャッスル嬢の密会《テトゥ・ア・テトゥ》については、一言も漏らさなかったよ」

「それならどうして、わたしが彼女を訪ねたことを知っているんです？」

「クイン氏は、ライゲートのホテルからロンドンに電話を入れた。それがまずかったね。交換局で電話番号を確認し、部下にケントン・ウォーク近辺を調べさせたんだ。そこの管理人が訪問者の容貌について証言し、今朝、クイン氏が、ペインの火遊びに対するきみの関心について話してくれた」ホイルは再び、歯のあいだから息を吸い込み、頷きかけた。「こんなことを話すべきではなかったな。優秀な手品師は、決して自分の手の内を見せたりはしないんだから」

「リン・キャッスルとは、もう話をしたんですか？」

「いいや。彼女の立場なら、きみが説明してくれると思っていたから。きみが話してくれないなら、クリストファーに直接尋ねるまでだ」

「エスター・ペインの死が自殺だとしたら、恐らくキャッスル嬢が原因だったんでしょう。彼女は妊娠しているんです——ペインの子供を。夫人は離婚を拒否していた。まだ何か必要ですか？」

「いいや、もう結構」あたかも、非常に繊細な注意力を要する作業でもするかのように、ホイルはガラスのペン置きに鉛筆を戻し、両手の指先を押し合わせた。「ペイン夫人の死が自殺ではない場合にも、キャッスル嬢がほかの理由を与えてくれる——クリストファーのような作家なら、間違いなく、〝殺人の青写真〟とでも呼びそうなものを。きみがその女性の存在を知っていることに、彼は気づいていないんだよな？」

「彼女の存在を知ったのは、まったくの偶然だったんです。それに、あなたの考えは間違っているように思いますね。今、こうしているあいだにも、ペイン夫人の死は自殺だったような気がしてきました――殺人に見えるように演出された自殺。エスター・ペインはそういう女だったんですよ。わたしが見る限り、彼女には生きるよすがが何一つなかったんです」頭のどこかから、あの無感情な声が聞こえてくるような気がした。「……いいや、エスターを憎んでなどいなかったよ……あいつはわたしを憎んでいた。そうでなければ、こんなことなど起こらなかったんだ……」自分宛に届いた忌々しい手紙を調べていたときからまとわりついている思いが、さらに強くなっていく。ぼんやりとしたアウトラインが、中身はないものの徐々に、ある種の形に収まっていくようだ。骸骨のように肉のない――X線写真ほども実態のないものではあったが。「生きるよすがが何もなかったんです」パイパーは繰り返した。「ドーリングが愛人だったが、男は彼女に飽き飽きしていた。彼女は気づいていたはずです、何週間も――」

「どうしてそんなことがわかる?」ホイルが口を挟んだ。「彼女とは別れたとドーリングが言っているのか?　二人が愛人関係だったことを、わたしが知らなかったとでも?」

「二人はまだ、こっそりと会っていたんですよ。でも、それは単に、彼女がドーリングを離さなかったからです。それも時間の問題だと、エスター・ペインにはわかっていた。彼女だって、何もわからないような年齢ではなかったんですし」自分でも驚くほどの激情に駆られて、パイパーは訊き返した。

「彼女が追い込まれていた状況がわからないんですか?　夫は、ほかに女ができて自分のもとを離れたがっている――彼女が決して夫に与えてやれなかった赤ん坊を産もうとしている女のもとへ。愛人の態度にも、自分から逃げたがっている様子が見え見えだ。同性の友だちはいない。信頼できる友人も、彼女の身を少しでも心配してくれる人間もいなかったんです」そこで大きく息をつき、先を続ける。「彼女に残されていた道は一つだけだった。現段階で、我々がたどり着ける結論が一つしかないのと同じように。エスター・ペインが死んだときの詳細なんて、どうでもいいんです。最終的には同じことなんですから。ペイン夫人の死に関与していたのは彼女自身ということです」

「おや、おや、おや」ホイルは呟《つぶや》いた。「沈着冷静なジョン・パイパーに、偉大なるドルーリー・レーン劇場（ロンドン中央部にある、十七世紀以来の歴史を持つ王立劇場）の伝統を体現できるなんて、誰に想像できたかな?」警部は唇をすぼめ、手の甲を押し当てた。「もし、その仰々しい発言が事実に基づいているなら、ペイン夫人はほんの小娘にすぎなかったことになるんじゃないか?　クリストファーが絞首刑になるように、彼女が自分の死を演出したなんて、本当に信じているのか?」

「そこが、我々には決してわからない部分なのかもしれませんね。もし、わかったとしたら、ひどく心を痛めるような気がします。どうしてそんなふうに思うのかなんて、訊かないでください。〝虫の知らせ〟とでも何とでも、お好きなように解釈してください。ただ、わたしにもわかっていることが一つだけあります——もし、殺人を計画した罪が誰かにあるなら、それは、エスター・ペインにほかならないということです」

ドアがあき、白いブラウス姿の女が頭を突き出した。「すみません、警部、よろしければ——」

ホイルは立ち上がり、膝の後ろを摩《さす》った。「心を痛めることになるだって?　警官に対して言うには、ひどく妙な言葉だな。わたしが自分の仕事に感情を持ち込んだら、どんなことになると思う?　きみなら問題はないのかもしれないが——」頷きながら、警部はつけ加えた。「ここで待っていてくれたまえ、パイパー君。すぐに戻るから。わたしも、そう願いたいところなんだ」警部はにやりと笑い、部屋を出て行った。

ドアが閉まると、パイパーはポケットから手紙を取り出し、細長く丸めた。ライターで火をつけ、指が焦げそうになるまで灰皿の上にかざす。そして、吸殻の一本で黒焦げの燃えさしを粉々に押し潰し、小さな灰の山にまとめた。再び腰を下ろし、煙草に火をつける段になっても、手の震えは止まらなかった。たった今、自分がしたことは、法の観点からすれば、ただ一つの解釈しか与えられない。どうしてそんなことをしてしまったのか、パイパーには自分でもわからなかった。我が身を愚か者と呼んでも仕方がない。抑えがたいほどの衝動だったのだ——以前、彼の心を掻き乱した、リタ・バーネットに触れたいという衝動よりも、ずっと強烈な。彼女なら理解してくれるだろうか？　アンなら、きっとわかってくれるだろう。でも、あのときのアンは——そうではなかった。

廊下から聞こえた騒がしい足音が、白日夢の中に踏み込んで来た。灰皿を見つめ、自分に何度も問い続けながら、パイパーはその物音をぼんやりと聞いていた。どうして自分は、ホイルのようになれないのだろう？　自分には何の関係もない人々の人生から、どうして距離を置くことができないのか？　この職業に必要なのは客観的な心だ。他人の問題を、あたかも自分の問題のように背負い込んでしまったら、大変なことになる。なぜ、エスター・ペインが残していった憎しみに捕らわれ続けるのか？　どうして、自分はいつも……。

ドア口から声が聞こえた。「つまり、おれには教えたくないっていうことなのか？　あんたが話してくれなきゃ、おれは残りの人生を牢獄で過ごすことになるんだぞ」クインが入って来た。足を引きずるようにして机に近づき、両手を前に突き出す。「この手錠の跡を見てくれよ！　あんたの石のような心には憐みっていうものはないのか？」袖口で両目を拭《ぬぐ》い、ホイルの椅子に座り込む。「ずっと自分に言い聞かせてきたんだ。『この石壁は牢獄じゃない。鉄格子だって檻《おり》なんかじゃないんだ』って。でも、そんなのは子供だましの慰めだ。煙草の一本でさえ、拘束の心痛を宥めたりはできないんだぞ。

煙草をちょっとばかり持ち込めば看守を買収できるなんて、誰が言ったんだよ?」

パイパーはクインに煙草をくれてやった。「ふざけるのはやめろよ。フォールケンハイムが土曜の午後早くに、ホテルにいた奥さんを訪ねているのは警察も知っているのか?」

警戒するような表情で、クインは人差し指を唇に押し当てた。身を折り曲げ、机の下を窺う。「不用意な言葉に注意しろよ、きみ。不用意な言葉に。この部屋には盗聴器が仕掛けられている。あんたの言葉はすべて記録され、捻じ曲げられ、あんたに不利な証拠として使われる可能性がある。おれは何時間も拷問を受けていたんだからな。お役所風の鞭ひもで足の底をびしばし叩かれてさ。今にも連中は、おれを地下牢に引きずり戻しにやって来るんだ……ああ、もちろんやつらは知っているとも。あんたのダチのホイルが、まず最初に、おれから引き出した情報なんだから。なんで、おれが、わざわざ面倒を招かなきゃならない? フォールケンハイムが嘘をついたって、それはやつの問題じゃないか」

「きみは、フォールケンハイムをどこで見かけたんだ?」

「バス停近くのパブから出て来たところでさ。あまりいい調子ではなかったようだな。車のドアをあける前に、二度もキーを落としていたから」

「酔っていた、という意味か?」

「血液検査をしたわけじゃないがね、ひどくガタガタと震えていた。よく言う幽霊みたいに真っ白な顔をしてさ、トランス状態に陥った人間みたいな歩き方をしていたよ。F夫人と話をするのが不安になったくらいさ」

「彼はどっちの方向に向かったんだい?」

「こっち側。ロンドンに向かう幹線道路方向さ。急いでいるようだったな。ホテルに着くまで、ずっとそれが腑に落ちなかったんだ」クインは急に語気を強めた。「いつかあんたに言ったアドバイスを覚えているか？　これであんたも、あのお偉い先生がペイン夫人の死に、少なからず関係していることを納得しただろう？」

「ぼくが集めた情報からすると――」と、パイパーが答える。「フォールケンハイム夫人は自殺を図った。鍵のかかった部屋で発見され、別れの手紙を残している。妻の意志に反して相当量のフェノバルビトンを呑ませることなんて、彼にはできなかったはずだよ。たとえ、そうしようと思っても――」

「ふん、ふん、ふーん！」クインは煙草の灰を床に振り落とし、ヤニで黄色く染まった長い人差し指を突き出した。「彼女の部屋にはスプリング錠の鍵がかかっていた。鍵が部屋の中にあろうがなかろうが、あの医者は立ち去るときにドアを閉めるだけでよかったのさ。男のほうはよく肥えた大男だった。一方、奥さんは、せいぜい五フィート三インチくらいで、ずぶ濡れでも八ストーン（一ストーンは体重の場合、十四ポンド＝六・三五キロ）ちょっとの体重だろう。あの男が、奥さんをベッドに押さえつけて薬を口に押し込むのに、何の問題がある？　それが不可能だと思うのか？」

「手紙の件はどうする？」

「ああ、あの手紙か」クインはにんまりと笑い、煙草の先に息を吹きかけた。「簡単だよ。非常に簡単。確か、その手紙には日付がなかったんだよな？　賢い野郎さ、あのフォールケンハイムは。結婚生活を放棄したとき、奥さんは医者宛にあの手紙を残した。旦那の火遊びにはちゃんと気づいているんだということを知らせるためにね。フォールケンハイムはライゲートにその手紙を持参し、奥さんの死に何の疑いも持ち上がらないように利用したんだ」

「そして、妻の死体が発見される前に少しでも遠くに逃げる代わりに――」とパイパーは言葉を継いだ。「まるで目撃してくれとでも言わんばかりに、パブの辺りをうろついていた。そんな説明をしたいのかい？」

「あんた、人を殺したことはあるかい？　おれにはそんな経験はないが、きっと、少しばかり気が動転するんじゃないかな。それにやつは、奥さんの死体があんなに早く発見されるとは思っていなかった。彼女が午後にお茶を飲むことにしているなんて、知らなかったんだから。気を静めるのに、少しばかり酔いの力を借りちゃいけない理由がどこにある？」

「ほかのことも考えられるんじゃないか？　ひょっとしたら、二人は大喧嘩をしたのかもしれない。あるいは、医者が奥さんの部屋を訪ね、すでに死んでいる妻を発見したとか。その場合、警察から呼ばれる前に彼女の姿を見ていたことを認めるのは、恐ろしいことだろうね」机の上を移ろう細い陽光が灰皿に当たり、内側から燃え上がっているかのような金色の光を撒き散らした。粉々になった燃えさしの山がパイパーの思考を掻き乱す。自分の妻がそれを盗んだのではないかという疑いについてのついた嘘が忘れられない。フォールケンハイムが、なくなったストリキニーネに関してトへの最初の訪問についての嘘。エスター・ペインが死んでからの、あらゆることに対する嘘。ライゲーの男が、単なる恐れから嘘などつくだろうか？　もし、そうなら、偽証をさせるほどの恐れとは、どれほど強いものなのか？　そもそも、何に対する恐れなのだろう？　パイパーは言葉を続けた。「フォールケンハイムがどうやってガラス瓶の薬を奥さんに呑ませたかの説明ができないなら、みんな、こじつけに聞こえるな。ベッドは乱れていなかった。争いの形跡もなかった。そんなことをするには、それなりの暴力が必要だったはずなんだが――」

ドア口からホイルが声をかけてきた。「専門回答者諸君を煩わせてもいいかな?」ドアを閉め、そこに背中を預ける。「きみたちの邪魔はしたくないんだ。どんな話をしているところだったんだっけ、パイパー君……?」

クインがコートの襟を立て、敵意に満ちた顔を上げた。「こいつはおれの想像力のせいかな? それとも、どこかから隙間風でも入って来ているんだろうか?」椅子から立ち上がり、コートの裾で座部を念入りに拭き始める。「歴史は今日作られた。おれの卑しい尻が、お偉いさんの玉座に乗っかっていたんだからな。縛り首になるのは間違いない。無作法の咎《とが》で、市中引き回しの上、八つ裂きにされるんだ」

クインには目も向けず、ホイルは尋ねた。「悩みの種は暴力の欠如だったかな、パイパー君?」ズボンのポケットに手を入れ、小銭をジャラジャラ言わせる。「たぶん、きみは無駄に苛立っているだけだと教えてやるべきなんだろうな。フォールケンハイム夫人は、かなりの暴力を受けていたんだよ。首にはくっきりと指の跡がついていたし、上腕部にも痣が残っていた。実際の怪我に繋がるものは何もないが、夫に説明を求めるには十分だ。実際、やつにはそれ以上に説明してもらわなければならないことがある。山ほどもね」パイパーの顔に目を据えたままでホイルは続けた。「あなたにお話しすることはすべて、公表用ではありませんからね、クインさん。オーケーを出すまでは黙っていると約束していただけますか? それとも、ここから放り出したほうがよろしいですか?」

「漏らさないよ」クインは約束した。「脅してくれた分、黙っているさ。興味深い暴露話を続けてくれよ」

「フォールケンハイム医師は根っからの大嘘つきなんだ」ホイルは話し始めた。「どんな質問をしても反応は同じ。ただただ習慣的に嘘をついているようでね。例えばガラスコップを例に取ってみようか。やつがそれに触ったことを白状させるのに三十分もかかったんだ」

「コップというのは?」

「鏡台の上にあったコップさ。フェノバルビトンのかけらが少量残っていた。コップにはやつの指紋がべったりとついていた。それでやつが、それに触ったことを認めると思うか? 認めないんだよ。あいつの指紋と、コップについていた指紋の拡大写真を見せて、やっと話を変えるんだ」

「彼の指紋なんて、どうやって採取したんです?」パイパーは尋ねた。

「銀の煙草ケースを握らせたのさ」ホイルは小首を傾《かし》げ、無邪気そうに笑った。「ぴかぴかに磨き上げたケースだよ。完璧な指紋が取れる。どんな職業にもちょっとした小細工はあるものでね」

クインが口を挟む。「やったぜ! 椅子の指紋を拭き取ったのは正解だったな。そのうち、このおれも逮捕されちまうところだった。我らがアメリカの盟友たちの言葉によれば、不意討ちを食らって」

ホイルはちらりとクインに目を向け、口を引き結んだ。「その止めどないおしゃべりをやめてくれれば、もっと早く話が進むんだがね、クイン君。パイパー君もわたしも、きみのジョークを楽しむ気分では……どこまで話したんだっけ?」

「警察が鏡台の上で見つけたコップの話をしていたんですよ」とパイパー。「それについて、医者は何て言ったんです?」

「進行するうちにどんどん様変わりする、すばらしい作り話を披露してくれたよ。落ち着いた先はこうだ。フォールケンハイムは土曜の午後、ライゲートを訪ねた。前日の夜の電話で、奥さんの口調に危険を感じたからだ。彼がペイン夫人を毒殺したと奥さんが責め始め、口論になった。奥さんの肩をつかみ、ヒステリー状態になるのを防ぐために揺さぶった。夫人は気を失った。もしくは、その振りをした。それで、水を入れたコップを持っていってやった——だから、コップに自分の指紋がついた」ホイルは握った拳《こぶし》を掲げ、ポイントを一つ一つ数え上げながら指を開いていった。「訪問、口論、揺さぶり、そして、失神からの回復。五番目に何が来るかは、想像できるだろう？——フォールケンハイムは、生きてしっかりとした状態の妻を残して立ち去った。加えて、廊下を歩いていく際、妻がドアの掛け金を下ろす音は聞こえなかった」

「ひょっとしたら、そのとおりなのかもしれませんよ」パイパーが言う。「誰も信じないことを彼が恐れていたとしても、話自体は単純明快なようですから」

「陪審がそんな話を信じるとは思えないな。どうして、そんなことができる？　夫がほかの女——それも、患者の一人だった女——と浮気していることが原因で、奥さんは家を出た。もしかしたら、彼女は金曜の夜、夫に電話を入れていたのかもしれない。でも、それで、何をすると言って脅したんだろう？　密告してやるとか？　それなら陪審も考えそうなことだな。一方、やつが次の日の午後、夫人を訪ねて行った理由は何なのか？　どうして、そんなことはしていないなんて言ったんだろう？　彼女に危害を加えたことを否定した理由は？　コップのことを黙っていたのは、どうしてなんだ？」

「降参したほうがよさそうだな」クインが口を挟む。「勝負は明らかだ」

「まだ、手紙の一件がありますよ」パイパーは食い下がった。「どんな弁護士でも、あの手紙があれば彼を無罪にできるでしょう。ほかの状況が、どれほど不利に見えても」

「そいつが〈証拠物件ナンバー1〉として提示されても、そうはいかないだろうな」ホイルは口の端から舌を突き出した。目が眠たげになる。柔らかい声で彼は続けた。「フォールケンハイム自身はまだ知らされていないが、わたしとしては、奥さんの手紙が彼を絞首台に送ることになるだろうと賭けているんだ。いいかい――」警部は両肘を脇に引き寄せ、踵でバランスを取った。「その手紙にも、やつの指紋がたっぷりと、鮮明に残っているんだよ……それでも、罪を免れられると思うかい？」

パイパーはクインを見つめ、肩をすくめた。クインのほうは、ドアに向かいながら鼻歌を歌い始めた。「華々しく死ぬことは、少しも重要なことじゃない」厳かに会釈をし、レインコートの一番上のボタンを留める。「お気の毒に。自分のスタント行為が功を奏さなくて、クリストファーはさぞかしガッカリするだろうな。ペイン夫人の死にまつわるミステリーはもはや、何のミステリーでもなく――」

「我々は、ペイン夫人の死についてフォールケンハイム医師を糾弾しているわけではないよ」ホイルが遮る。「一度に一つずつ、というのが良策だ」

「いつ彼を逮捕するんです？」

「いつ、だって？」ホイルは微笑み、満足げに自分の椅子に座った。「何を待つ必要がある？　十五分前、あの医者は毒物――すなわち、致死量のフェノバルビトン――を投与することによって、自分の妻を殺害した罪で収監されたよ」

「動機についてはどうするんです？」パイパーは尋ねた。「ペインの一件が絡むのに、そちらはまだ未解決なんですよ」

「大丈夫だ」ホイルはすまし顔で答えた。「解決するよ。その件についても、フォールケンハイム医師が再拘留中にいろいろ話してくれるさ。ゲームが終わったことに気づけばね。きみも、わたしが勧めた休暇について、計画を立てることができるようになる」

灰皿の中の燃えさしに目を留めながら、パイパーは立ち上がった。「そうでしょうか。ペイン夫人を殺したのが彼でないなら、自分の妻を殺す理由もなくなるんですよ。それに……」

「それに？」

「わたしとしては、エスター・ペインの死に、彼は一切関与していないと思いますけどね」パイパーはホイルの手を握り、じっと相手を見つめた。「あなたの賭けに乗りますよ、警部。たぶん、熱心に勧めてくれる休暇の費用の足しになるでしょうから」

第十三章

続く月曜の午前、フォールケンハイムは治安裁判所に短時間出廷した。医者は〝無罪〟を主張し、ウーリー警部の申請によって二週間の再拘留を言い渡された。傍聴者は少なかった。

医者は、パイパーが最後に見たときよりも老け込み、病人のようになっていた。罪状が読み上げられるあいだ、顎を胸に埋めるようにうなだれ、今にも倒れそうな様子で、目の前の手すりをきつく握りしめている。震える声で話し始めるのに、裁判所の係員から二度も促されなければならなかった。「わたしは――やっていません……何かの――間違いです。わたしは何も知らないんです……」そして、片手で目を覆うと、ガタガタと震え始めた。一瞬、そのまま倒れてしまうのではないかと思えたほどだ。

フォールケンハイムがそれ以上話せないでいると、治安判事が口を開いた。「〝無罪〟の申し立てとみなします。弁護士の手配はしましたか？　それとも、裁判所の選任を希望しますか？」

「いいえ。自分の弁護士がおりますから――ありがとうございます。彼が恐らく……」医者は何とか背筋を伸ばし、放心した様子で周囲を見回した。記者席後方のドア近くに立っているパイパーに気づいたとしても、表情一つ変えなかった。医者の顔からは、いっさいの感情が抜け落ちている。唇は血の気が失せ、年老い疲れ切った男のように首の筋が引きつれ、浮き立っていた。

「それでは、拘留を言い渡します。今後さらに……」ペンが走り、紙の擦《こす》れ合う音が、そよ風のように法廷を吹き抜けた。フォールケンハイムはたじろぎ、唇を舐めた。一瞬、医者の目がパイパーの目を捕らえる。相手を認識した様子はない。背を向け、被告席の螺旋階段を下りていく医者の目は、どんよりと疲れ果てていた。

ほんの数分ですべてが終わってしまった。審議は次の事件に移り、罪状が読み上げられ、裁判の手順が繰り返される。証人たちがドア口から押し出され、石造りの床を打つ騒がしい靴音が響いた。法廷を出ようとするパイパーの背後では、突然沸き起こった咳の音で人々の囁き声が掻き消された。

クリストファー・ペインが廊下で待っていた。クインもいる。動揺し、打ち沈んだ様子のライオネル・ドーリングが、そのそばをうろついていた。ひっきりなしに煙草をふかしているが、両手の震えをどうしたものか、わからないでいるようだ。

ペインが声をかけてきた。「獲物を探すハゲワシの群れのようだな。お手柄だと思っているんじゃないのか？　妻殺しなどしていない気の毒な男から、内臓を引っ張り出すようなことに手を貸すのは、どんな気分なのかね？」日に焼けた顔が紅潮している。瞳孔が開き、虹彩がほとんど見えないほどだ。発する言葉も不明瞭で、声ばかりがやけに大きい。

「わたしは、フォールケンハイムの逮捕には何の関係もしていませんよ」パイパーは答えた。「あまりに急なことで、わたし自身も驚いているんですから。警察には証拠があるんでしょう、彼が――」

「もちろん、警察には証拠がある。連中には、いつだって証拠があるんだ」ペインはパイパーを見据え、顎を突き出した。「あんたは何を嗅ぎ回っているんだ？　首を突っ込むよう、あんたに頼んだ人間がいるのかね？」

クインがポケットから右手を引き出し、コートに拳《こぶし》を擦《こす》りつけた。そばに近づき、低い声で囁く。「おれが、その鼻をぺしゃんこにしてやろうか？　言ってくれれば――」クインは冷ややかに笑うと、拳《こぶし》を突き上げた。「新聞にまた名前が載るぜ。それも、一銭もかからずに。またもや威勢のいい大見出しだ。ただし、今回はいっさいやらせはなし。試してみるかい？」

ペインの様子が急変した。小鼻を白くさせ、喉に何か詰まらせたかのように大きく口をあけている。脅し文句の一つもなく、ペインは力まかせにパンチを繰り出した。拳がクインの胸に当たり、肩へと滑り上がる。その勢いでつんのめり、ペインはバランスを崩した。クインにぶつかりそうになりながら、奇妙な叫び声を上げる。半狂乱で相手につかみかかろうとしたが、そのまま崩れ落ちた。パイパーが手を貸す間もなく、ペインは床に倒れていた。脚を痙攣させ、起き上がろうとしない。

あっけに取られたような顔でクインは言った。「おれは触っていないぞ。殴りかかってきたのはこいつで、おれは触っていない。誓って言うが――」

その間、みんなでペインを助け起こし、法廷のドア近くの壁に寄りかからせた。廊下の奥から、制服姿の男が駆け寄って来る。

「何事ですか？」警官はクインを押しのけ、ペインの顔をちらりと見るとパイパーを見上げた。「どちらがこの人を殴ったんです？」

ドーリングが答えた。「誰も殴ったりはしていませんよ。わたしに様子を見させてください」医者はペインの傍らに屈《かが》み込み、片方の瞼をひっくり返した。「わたしはドーリングという医者です。ここで起こったことを見ていました。発作か何かのようですね。人が集まって来る前に、彼を移動させる場所はありますか？」

「この近くなら、弁護士の部屋くらいかな。今なら誰もいないだろう。手を貸してくれれば、そこの長椅子に寝かせられる」警官は近くをうろついていた四、五人に顔を向け、近づいて行った。「さっさと行って！　気を失った人間を見たことがないのか？」

その場にいた面々は警官の前で二手に分かれた。ドーリングがペインの脇の下に手を入れ、パイパーが足を受け持つ。クインは胴体に腕を回して二人を補助した。〝裁判官式服着替え室〟と書かれた部屋に入り、窓の下のバズ織のソファにペインを横たえる。陽が差し込んでいるにもかかわらず室内はひんやりとしていた。換気もなく閉め切られていたせいで、空気がこもっている。恐ろしく静かだった。古びた木の羽目板や年代物の家具に特有の、黴っぽい臭いがかすかに漂っていた。

ドーリングがペインのカラーを取り、ズボン吊りとズボンの一番上のボタンを外すあいだ、誰一人、何も言わなかった。唇が完全にめくれ上がり、食いしばった歯が覗いている。瞼が半分開き、毛細血管の筋が入った目が三日月のように白く光っていた。静まり返った部屋の中で、ペインの息遣いだけが、窒息しかけた人間のように大きく苦しげに響く。顔色は真っ白だ。パイパーには、その顔に死の影が宿っているように見えた。

喘《あえ》ぐような息遣いが次第に治まってきた。顔の歪みが徐々に薄れ、硬直していた身体も緩んでいく。

ドーリングが言った。「病院に運んだほうがよさそうですね。彼に家族は？」

「わたしの知る限りでは、家政婦が一人いるだけです」パイパーが答える。「どのくらい悪いんです、先生？」

「何とも言えないですね。脳内出血だったら、どんなことでも起こり得ます。重要なのは、病院に運んで、専門医に検査してもらうことです」ドーリングはハンカチで手を拭くと、制服姿の男を振り返った。「あなたが救急車を呼びに行くあいだ、わたしが彼についていましょう。深刻な状態で、至急処置が必要だと説明してください」

「わかりました、先生。みなさんも、ここでお待ちください。お帰りになる前に状況説明をしてもらう必要がありますから」警官はペインの衣服を整えると、部屋を出た。閉じかけたドアの隙間から、じっとクインを見つめる。そして、頷きかけた。「誰かが顔を出したら、すべてミリカンの手配だと説明してください」そう言って、警官はドアを閉めた。足音が遠ざかっていく。部屋はまた静まり返った。

ドーリングが再びペインの目を調べ、脈拍をチェックした。それが終わると長椅子に屈《かが》み込み、息の臭いを確かめている。「酒は飲んでいないのかな?」彼は、そう尋ねた。「あの興奮ぶりからして、酔っているのかと思ったんですが――」医者は、ペインのあいた口に顔を近づけ、もう一度、臭いを嗅いだ。「酒の臭いはしませんね。どうして、あんなに興奮したんだろう? 彼に何を言ったんです?」

「その鼻をぶん殴ってやろうかって言ったんだよ」クインは答えた。「血管が破裂していると知っていたら、怒らせたりしなかったんだけどな。まあ、悔やんでも仕方がない。あの野郎、助かると思うかい?」

「五分五分でしょうかね。何とか乗り越えたとしても、部分的な麻痺が残るかもしれない。精神に影響が出る可能性もありますね。何とも言えないところです」医者はチョッキのポケットに指を二本差し入れ、長椅子から離れた。「意識が戻れば、もっといろんなことがわかるでしょう。すべては、今回のことがどれほどのダメージを与えたのかと、破裂の程度にかかっています」

「もし、意識が戻れば――」パイパーが口を挟んだ。「みんなのためにも、そう願いたいところですね。こんな衝撃を受けたあとなら、いくら彼でも、自分の妻の死について、もう少し話す気になるでしょうから」

「長時間、考え事ができるようになるかどうかは疑問ですけどね。いずれにしても、彼が何を言おうと、さほど重要ではありませんよ」ドーリングはカフスボタンをいじりながら、落ち着きなく足を踏み変えた。目をドアに据えたまま呟《つぶや》く。「わたしの車で運んだほうが早かったかもしれないな。とっくに病院に着いていたはずだ」無頓着な声でドーリングは続けた。「フォールケンハイム先生を助けるのに、彼がどれほどの役に立つと言うんです？　ペイン夫人と先生の奥さんの事件は、まったくの別物でしょう。警察だって、別々に考えているようですし。先生はただ、自分の妻を殺害した罪で告発されているだけなんです」

「彼がそうしたって信じているのかい？」クインが尋ねた。

「まさか。そんなことはありませんよ。ばかげた空想もいいところだ。先生は、わたしがこれまで出会った人の中でも、とりわけ心根の優しい人なんです。誰もわたしに信じ込ませることなんかできませんよ、先生が人を、まして自分の妻を毒殺したなんて。彼女には自殺するだけの理由があったんです。あの女性《ひと》には、ストリキニーネを盗んだときと同様、フェノバルビトンを盗み出せる機会があったんですから」ドーリングは怒りも露《あら》わにクインに向き直った。「いったいどうして、わたしがあなたの質問に答えなきゃならないんです？」パイパーをちらりと見やり、口元を硬くする。「この人はいったい誰なんです？　あなたのご友人ですか？」

「新聞記者ですよ。土曜の午後、奥さんが亡くなった時間帯に、フォールケンハイムがライゲートにいたことを警察に話した人間です。もっともフォールケンハイムは、警察から尋問を受けたときには、その事実を否定したようですけどね」

「周りにいると便利な人間ですね」ドーリングは辛辣な口調で言い返した。「それでも、少なくともこの人には、生計のためという言い訳がある。あなたよりはずっと、もっともらしい言い訳だ。自分にはもう何の関係もないことに、いつまで首を突っ込むつもりでいるんですか？」

　クインが反射的に自分を見たことに気づいて、パイパーは微笑んだ。「ご安心ください、先生。わたしのお節介も、まもなく終わりますから。警察から知らされた情報で、やっと確信できたんです。あなたの共同経営者がペイン夫人の死に深く関わっていて、彼の妻がその事実を知っていたことを。フォールケンハイムにとって妻の存在は、彼女が生きている限り脅威だった。だから――」パイパーは指を鳴らし、ドーリングの表情を窺った。「自分の妻がいらぬことをしゃべらないように、行動を起こさなければならなかった。すぐにでも彼は絞首刑になりますよ。犯した罪が一つであろうと、二つであろうと」

「それでもあなたは、ちょっと前までペインの回復を望んでいたじゃないですか。あなたの言葉によれば、まだ説明されていない部分を彼が明らかにできるようにと。警察がそこまで確信しているなら、どれほど有益な情報を彼がつけ加えられると言うんです？」

「補強証拠ですよ、先生。殺人事件ともなれば、どんな抜け道も残さないようにしておくほうがいいですからね」

「まだ人に漏らしていない事実を、彼が知っているということですか？　どうして、そんな必要があるんです？　どんな理由があって、黙っているというんですか？」

「意識が戻ったときに、直接、訊いてみればいいでしょう。自分の妻の死に関して誰が死刑になろうが、彼はまったく気にしていない。それだけは確かだと思いますよ。つまり、ここだけの話ですが――」足音が近づき、低い話し声が聞こえてきた。「我らが小説家の友人は、事実があまりにも早く明らかになることを望んでいなかったということです。仕掛けていた宣伝プランが台無しになってしまいますからね。フォールケンハイム夫人が、自分の夫と彼の妻の情事について相談していたことなんて、どうして明かす必要があります？　もちろん、今ではすべて終わってしまったことですけれど。フォールケンハイムが逮捕されれば、黙っていたとしても何の変わりもありませんから。それで、筋が通るんじゃありませんか？」

「いいえ、ちっとも」ドーリングは言い返した。「ほかの説明があるような気がしてきました」医者は両手を後ろで組み、脚を広げた。目には冷ややかな決意が浮かんでいる。「ペインが騒ぎを起こすのを恐れている人間がいる。ペインは何かを知っている。ええ、間違いなく何か知っているんでしょう。でも、それは、あなたが解明しようとしているようなことではない。だんだん、わかってきましたよ……あなたたち二人は、ペインからほかの人間に責任を押しつけるための大嘘をでっち上げたんだ――まずは、都合よく条件を満たす人間に押しつけようと。同じ企みをわたしにも試みたが、うまくいかなかった。バーネット君に矛先を変えてみても、失敗。それで今度はフォールケンハイムに目をつけ、警察にあなたたちの嘘を信じ込ませた」

「どうしてです、先生？」パイパーが尋ねる。「どうしてわたしたちが、ペインを擁護しなければならないんです？」

「どうしてか、ですって？　そんなことを訊けるなんて、とんでもない神経の持ち主ですね！」ドーリングはクインからパイパーへと視線を移し、大袈裟にため息をついた。「金で何でもできるでしょう。自分の首を救ってもらうのに、彼はいくら出す予定だったんです？……まったく、何て薄汚い野郎なんだ！」

冷ややかな声でクインが割って入った。「医者の鼻面《はなづら》をぶん殴ったことはないが、一度試してみようか？　こいつも、ペインみたいにぶっちぎれるかな？　病院に運ぶのが一度で済めば、費用も節約できるし」

クインが動き出す前にドアがあいた。ミリカンが、硬いキャンバス地の担架と丸めた毛布を手にした救急隊員を二人、部屋に通す。彼らは担架を床に置き、毛布を広げると、ペインにちらりと視線を向けた。年かさの救急隊員が問う。「どちらがお医者さんですか？」

「わたしが医師のドーリングです。ペイン氏が廊下で倒れたときに、たまたまそばにいました。よければ同行して、病院に着いたときにもっと詳しい説明をしますよ。とにかく、一刻も早く検査をする必要がありますから」

「お好きなように」救急隊員は腕時計を覗き込みながら、ぼそぼそと呟《つぶや》いた。「十時四十三分」もう一人の隊員が、ペインの腕を腹の上で組ませ、もう一枚の毛布をかぶせる。二人は両側からペインを挟むと、慎重に担架に乗せた。毛布できっちりと病人を包み、床から持ち上げる。そして、事務的な口調で「それでは」と周りに声をかけ、病人を運び出していった。ドーリングが、そのあとを追う。医者はドアを閉めもせず、後ろを振り返ることもしなかった。

四人が出て行くと、ミリカンが口を開いた。「それでは、お二人のお名前とご住所をお願いします」メモ帳と削りたての鉛筆を取り出した警官が、もの問いたげな目でパイパーを見つめる。「まずは、あなたから。病人とはお知り合いなんですか？」

「以前、会ったことがあります。名前はクリストファー・ペイン。住所は、チェルシー、ラスキン・テラス十六番地。職業は作家で……」ドーリングはなぜ、ペインと一緒に病院に行きたがったのだろう？　パイパーは内心、そんなことを考えていた。救急治療室では何の役にも立たないはずだ。病院では、患者が運び込まれたときの状態を確認したり、診断をするための独自の検査を行う。病院側にすれば、ドーリングなど邪魔なだけで、何の助けにもならない。あの男のペインに対する評価からして、どうして、〝善きサマリア人〟のような行動を取る必要があったのか？「わたしが知っているのは、それだけです」パイパーは、さらにつけ加えた。「アッという間の出来事でした。何か言おうとしたときに倒れたんです。クイン氏が抱き止めようしましたが、間に合いませんでした」

ミリカンは、苦労しながらゆっくりと、パイパーの話を一言漏らさず書き留めていた。一、二カ所、綴りの間違いを訂正する。やがて、親指の先を舐めるとページをめくった。「次は、あなたです」クインのレインコートとよれよれのカラーに目を留めると、警官の口調がかすかに変わった。「新聞記者の方ではありませんか？」

「そんなに特徴的な恰好をしているのかな」クインが言葉を返す。「どうして、わかったんだ？」

「法廷で見かけたことがありますから。あなたもお知り合いなんですか、この――」警官は小首を傾《かし》げて、自分のメモ帳を確認した。「クリストファー・ペインと？」

「今朝、初めて会ったんだが」クインは舌で頬を膨らませ、顎を摩《さす》った。「状況からすると、これが最後になりそうだな」

「彼が倒れる前、何か言っているのを聞きましたか？」

「そんな余裕はなかった。あいつは、おれに倒れかかってきたんだ。おれはおれで、体勢を整えるのに、ちょっとばかり苦労していた。パイパー氏が説明したように――」

「ご自身の説明に専念してください」ミリカンが事務的に言う。「ペイン氏と何か口論でもしていたんですか？」

「喧嘩っ早いタイプではないんでね。公衆の面前で、知らない人間を相手に口論を吹っかけたりはしない。何が言いたいんだ？」

「わたしが立っていた位置からだと、彼があなたに殴りかかったように見えたのですが。そうなんですか？」

「まったくもって、そのとおりだよ。前にも言ったように、あいつはおれを殴り飛ばすところだったんだ。気の毒なことに成功はしなかったから、おれも腹を立てたりはしていないがね」

「最初に殴ったのが、あなたでないことは確かですね？」

「あんたたち警官の悪いところは――」と、クインはふざけた口調で言い返した。「いつだって、くだらないことに大騒ぎすることなんだ。おれが殴っていたら、やつがこっちに倒れかかってくることなんてあり得ないだろう？　やつを診た医者が言っていたじゃないか、発作を起こしたんだって。それで十分じゃないのかよ？」

「それはさほど重要ではありませんね――今のところは」ミリカンは新しいページを開き、鉛筆の尻をかじった。「フルネームをお願いできますか……？」

クインは、正確な情報を事細かにどっさりと伝え、満足がいくまで復唱するよう要求した。「ほかにまだ知りたいことは？」最後にそう問う。

「今のところはこれで結構です。ありがとうございました」警官はメモ帳を閉じ、太いゴムバンドをきっちりとかけた。制服の上着のボタンを留めながら、つけ加える。「ペイン氏が亡くなられた場合、事情聴取を求められると思います。その点についてはまた後ほど連絡します」

三人は順番に部屋を出た。警官が最後にドアを閉める。「お疲れさまでした。長くお引き留めして、申し訳ありません」灰色の瞳で舐めるようにクインの顔を見てから、警官は立ち去った。廊下の曲がり角で肩越しに振り返り、頷きかける。それから、突然、急ぎ出したかのように、瞬《また》く間に視界から姿を消した。後ろ姿を見ていたクインが、音にならない口笛を吹く。「ひどい疑われようだな。あんたも、このおれが肉切包丁を片手に、ペインの脇をかすめ通ろうとしたと思っているんだろう」出口に向かいながら、クインはネクタイを結び直し、横目でパイパーを窺った。「面白い事件だったんじゃないか？　一瞬、ものすごいショックだったよ。酔いつぶれた野郎なら山ほど見てきたが、発作を起こしてひっくり返るっていうのは、別物だからな」

「きみがやつに手を出していなくてよかったよ」パイパーは答えた。「厄介なことになっていたかもしれないから」

「有名な作家を殴るのが趣味ってわけじゃないからな。戯言《たわごと》を言うのも」クインは、パイパーの前でスイングドアを押しあけ、反対側から顔を突き合わせた。「二つ目の点では、あんたのほうが優秀だな。いったい何を考えて、あんなばかな真似をしたんだ？　あの、女にもてもての大先生に、ぺちゃくちゃしゃべりまくるなんて」歌でも歌うような調子で、クインは真似てみせた。「……『わたしのお節介も、まもなく終わりますから。警察から知らされた情報で、やっと確信できたんです……』。それにあの、補強証拠だかに関する戯言は？　昨日はホイルと、フォールケンハイムがリトル・ネル

（チャールズ・ディケンズの『骨董屋』の登場人物）ほども潔白だと賭けておいて、今日は、ランドリュ（アンリ・デジレ・ランドリュ。フランスの殺人鬼。一九一五年以降、十人の女性、一人の少年を殺害）以来の大悪党みたいな口ぶりだ。いったい、どういうわけだよ？」

「たぶん、昨日の判断が間違っていたんだ」

「大蔵大臣もびっくり仰天ってか。遠慮するなよ。どうして、やつをからかったんだ？」

「反応を見るためさ。その点では成功したんじゃないかな。どういうわけか彼は、ぼくたちがペインと共謀しているなんてことを言い出した。それなのに、その直後には、ペインを擁護するよう雇われたんだろうなんて。フォールケンハイムの顔に泥を塗ることで、ペインの安楽な暮らしぶりに対する不自然な関心」パイパーは帽子を取り、日盛りの中へと踏み出した。晴れ渡った空の下で、通りは暖かく、明るく輝いていた。階段の上を気取って歩いていた鳩たちが、二人の出現に慌てて羽ばたき、空へと舞い上がる。舗道では、子供たちの群れがパン屑を蒔き、鳥が低く頭上をかすめるたびに、わざと怖がるふりをして悲鳴をあげていた。

「かわいいもんだな」クインが呟く。「あんなちっちゃな女の子が、そのうち、第二のエスター・ペインになるのかもしれないと思うとやり切れないよ」クインは暗い目で遠くを見つめた。「彼女だってかつては、鳥に餌をやったり、縄跳びをして遊ぶのが好きな女の子だったのかもしれない……。縄と言えば、フォールケンハイムをこのまま絞首刑にさせるつもりかい？」

「ぼくにどうしてそれを止めることができる？　彼は、あんなに嘘ばかりつくべきではなかったんだ。これまでに何があったにしろ、彼は自分でトラブルを招いてしまったんだよ」

「自分で蒔いた種だって言うんなら、それはそれでいい。でも、エスターを殺したのがやつじゃないなら、自分の妻を殺す理由もないって、あんたが自分で言ったんだぜ。やつの立場にいたら、あんただって、嘘の一つや二つ、ついたんじゃないのか？」

パイパーは振り返ってクインを見た。「ちょっと待てよ。だいぶ前に、裏に潜んでいるのはやつだと言ったのは、きみのほうじゃなかったのか？　どうして突然、考えを変えたんだ？」

「あれから、いろいろと学んだのさ――とりわけ、この午前中に」クインは手を叩き、鳩たちが空へ飛び立つのを見つめた。その姿はまるで、日差しの中をくるくると舞う、銀色の落ち葉のようだ。鳥たちが屋根の上や窓枠に落ち着くと子供たちににやりと笑いかけ、パイパーと肩を並べて歩き出す。

「おれも、その辺にいるばかと変わらないな。子供たちの楽しみを横取りして、かわいいちっちゃな鳩からは朝飯を取り上げるんだから……クリストファーの頭に問題があると知っていたら、あんな結論に飛びついたりはしなかったのに」

「あんな結論って？」

「やつが、世間の注目を集めることで一儲けしようとしているってことさ。あいつに借金なんかあるわけないと思い込んでいたんだ。でも、今は自信がないな。ドーリングの言っていた脳出血が脳腫瘍によるものなら、あのスリラー・キングは何カ月、いいや、何年間も、破産状態だったのかもしれない。そうなると、状況はまったく変わってしまうんじゃないか？」

「思いつきで真実を曲げることはできないよ。発作を起こしたからといって、その前から精神的にも病んでいたとは言えないんだし」パイパーの記憶の底から、止むことのない笑い声が甦ってきた。ラスキン・テラスにある古い家の階段を下りる彼のあとを、ずっと追いかけて来た笑い声。その声に、ホールで彼を待っていた女の声が重なる。「……あんなふうに笑ったり歌ったりするなんて、どういうことなんでしょう……他人《ひと》が聞いたら、きっと……」胸の中で、何かがバネのようにきゅっと縮んだ。気のおかしい男にならば何でもできる。睡眠薬のガラスチューブの中で見つかったストリキニーネの痕跡。それは何も、偽の錠剤が原因である必要はない。妻の部屋を出る前に、彼がわざと、自分で残したものかもしれないではないか。

「何だって、そんなに難しい顔をしているんだよ?」クインが尋ねた。

「ちょっと黙っていてくれないか」パイパーは言い返した。「これまで思いつかなかったことに気づいたんだ」……最後に見た日、ガラスチューブには二錠の薬が残っていたとアリスは証言している。それなら、クリストファーが帰宅したとき、エスター・ペインは薬でぐっすりと眠り込んでいたはずだ。妻の部屋には入らなかったというのは、彼一人の証言でしかない。バスルームと繋がるドアの合い鍵をクリストファーが持っていたことは、十分に考えられる。彼に必要だったのは、ストリキニーネを水に溶かし、その液体を妻の口に流し込むための数分間だけ……映像は、まるで自分の目で見て来たかのように、鮮明になっていった。エスター・ペインはベッドに入らなかったと、誰もが信じ込んでいた。床に倒れているのを発見されたとき、彼女はナイトガウンを着ていたからだ。いったい何が、まだ息のある妻にナイトガウンを着せ、敷物の上に放置するペインを妨げることができただろう? それから彼は、ベッドカバーの皺を伸ばし、脇にある椅子のクッションを整え、ストリキニーネを溶かしたコップを丹念にすすいだ。そして、死にかけている妻を残して立ち去る前に、そのコップに再び水を入れ、空になったガラスチューブと一緒にテーブルの上に置いた……そのどれもが、彼女の死を再現した警察の判断が間違っていたことを意味している。

パイパーの頭の中で、一つの言葉がゴングのように轟《とどろ》いていた。どうして? どうして?……どうして、天才的な殺人計画を練り上げておいて、まったくの他人相手に実行したような話し方をするのだろう？　逮捕されることを切に望んでいると、彼は言っていた。気が触れていようと正常だろうと、彼にはそれなりの理由があったはずだ。歪んだ精神のどこかで、ペインは危険を受け入れることのほうを望んでいた。それがどんなものであれ、完璧な予防措置を講じたにもかかわらず、必ず存在するはずの危険を。どうして、そんな心許《こころもと》ないチャンスに賭けたのだろう？　もっと簡単な方法があるというのに……？

　不意に、ある考えがするりと心に滑り込んで来た。パイパーの胸の内のしこりが急速に溶けていく。彼は立ち止まり、ガッカリした顔でクインを見つめた。「ちくしょう！　何てばかだったんだ！　どじで間抜けな大ばか者だ！」

「そういう謙虚さは、実に感動的だな」クインが答える。「告白が魂の救いになることは認める。だが、あまり度を越さないようにしてくれ。何だって急に、そんな自己嫌悪に陥ったんだ？」

「世間の注目を集めるために自分の首を危険に晒《さら》すほど、クリストファー・ペインの頭はおかしくなかった、ということさ」パイパーは説明を始めた。「彼には、自分のしていることがちゃんとわかっていたんだ。今やっと、それが理解できたんだよ。彼が恐れていたのは、あとになって事実が明るみに出ることだけだった。だから今、配偶者殺しの罪を問う裁判を受けなければならないんだ」

「あんたも、やつと同じくらい、いかれているようだな。十年後に死刑になる代わりに、今、縛り首にしてくれってか？　きっと、おつむにメロンくらい大きな腫瘍ができているんだろうよ」

「違う、ちっともわかっていないな」パイパーはまた歩き始めた。「今すぐ審理されれば、身の証《あかし》を立てられる何かを、やつは持っているんじゃないかな――引き延ばしてしまうと、都合が悪くなってしまうようなものを。わからないかい？」

「わかってたまるか！　そもそも何だって、自分の身を危うくしなきゃならないんだよ？」

「法律では、人は同じ罪で二度裁かれることはないからさ。今、無罪放免になってしまえば、一生涯安泰だ――どんな心配も、眠れない夜も存在しない。愛人と結婚して、永遠に幸福に暮らすことができる。極めて単純。そうだろう？」

クインは呆けたように口をあけた。カラーを緩め、息を吸い込む。「まったく、何てこった！　あんたの言うとおりなら、やつの頭はちっともおかしくないじゃないか」

「ペインのことはどうでもいいんだ」パイパーが答える。「ぼくが考えているのは、フォールケンハイム医師のことなんだよ。もし、クリストファー・ペインが死んでしまったら、あの医者にはチャンスのかけらもなくなってしまう。ペインが死んだら――」パイパーは繰り返した。「フォールケンハイムだって、死んだも同然なんだ」

第十四章

H・K・L・ピール・テイラー医師は、頭が少し禿げかかった、パブリックスクールの教師といった風貌の人物だった。髭をきっちりと剃り、顎の肉が垂れている。靴ボタンのような目に、それと揃いのボタンフックのような鉤鼻。その顔はパイパーに、中世の教会の控え壁に飾られた怪物像《ガーゴイル》を思い出させた。

医者は、ホイル警部の名刺を手入れの行き届いた親指の爪ではじき、下唇を突き出した。「ロンドン警視庁《スコットランドヤード》への協力は――」と話し始める。「幸運なことに――ああ――幸運なことに、非常に稀《まれ》にしかありません。それは、もちろん、あなたにもご想像のつくとおり――む、む?」医者は椅子の背にもたれかかり、パイパーに名誉を噛みしめる時間を与えるかのように微笑みかけた。「あなたは、あー、警察と関係がおありなのですか、ミスター――ミスター――」医者はちらりと名刺を見下ろしたが、もちろん、それは見せかけだ。「パイパー? 念のために、パイパーさんでしたかな?」

「少しばかりですが、関係はあります。たまたま双方が、今、申し上げた患者に関心がありまして」

「なるほど。本当は――お断りすべきなのでしょうが」医者は、わざとらしく眉をひそめ名刺を机の上に置くと、きれいに磨き上げた爪をうっとりと見つめた。「まず最初に、ああー、この患者ですが。名前は確か、ああー――ペインとおっしゃいましたね?」

「クリストファー・ペインです」パイパーが答える。「先生もお聞きになったことがあおりではないですか？　作家ですが」

「ほう？　それは興味深い！」視線を上げ、指の先を押し合わせた医者の目には、退屈以外の何も見えない。「どんな種類の、ああー、本を書いているんですか？　お尋ねしてよろしければ？」

「探偵ものですね。一般的にはスリラーとしてよく知られているかもしれません」

「ほう――スリラーですか」口の中に嫌な味でも広がったかのように、医者は言葉を止めた。「わたしがその名前に、そのう、馴染みがないのは、そのせいですね。わたしは、伝記と医学書しか読みませんから。ほかのものを読んでいる時間がないのですよ」偉そうな態度に人懐っこさを交えて、医者は話し続けた。「このころは、深みのないくずのような作品が大量に出回っていると思いませんか？」

パイパーはありったけの忍耐力を動員し、『そうですね』というようなことをモゴモゴと答えた。

「我々は、ペイン氏が最も重要な点で有力な情報を提供してくれるのではないかと思っているんです。数週間前、ペイン氏の妻が服毒死しています。そして、今朝、フォールケンハイム医師が、彼女の死に直接関与しているという罪で告発されました。明らかになった情報からすると、ペインがこの事件にまったく新たな局面を与えてくれそうなんです。問題は、彼の意識がこのまま回復しないかもしれないということでして」

「どうしてです？　その紳士に何が起こったからと言って、それほど悲観的な考えをお持ちになるんです？」

「発作を起こして、セント・マーティンズ病院に収容されているんです」パイパーは答えた。「彼を診た医者によると脳出血らしく、回復の可能性はほとんど――」

「ちょっと待ってくださいパイパーさん。よろしければ、ちょっと待ってくださいませんか」テイラーは片手を上げ、座っていた椅子を机のそばに引き寄せた。「やっと、少しわかってきましたよ。違っていたら、訂正してください。でも、わたしが理解したところによると、あなたは、その男の回復の可能性についてわたしの意見を聞きたい、ということでしょうか？」

「おっしゃるとおりです。わたしの調査には、ペインの意識の回復が非常に重要なんです」

「恐らく、ペイン氏にとっても重要でしょうね」医者は、生徒と冗談を分け合う校長のように再び微笑んだが、その目は何も語っていない。「まずは、その医者の、ああー、診断よりもはっきりしたことを確認してみましょう。そのほうが賢明だと思いませんか？」

答えを待たずに、医者は電話を引き寄せ、受話器を上げた。「オーウェン君。セント・マーティンズの入院受付係に繋いでくれたまえ……ああ、そうだね。彼は、きっと……それは十分にわかっているよ、オーウェン君。でも、きみに頼まなければ……そうしてくれるかい？……大変、結構！……いいや、わたしが直接、彼と話す……」医者は、祝福を与える主教のような口調で礼を言い、受話器を置いた。「事実を確認しないままの議論は、決して有意義とは言えませんからね」咎《とが》めるような口調だ。「お待ちになるあいだ、煙草をお吸いになりますか、む、む、む——？　いいえ、わたしは吸いません。経費のことを考えると、そんな余裕はありませんでね」寛大ではあるが、乾いた笑い声が上がった。その後、医者は両手を組み、悦に入った顔でパイパーの頭の上を見つめていた。

電話が申し訳なさそうに鳴ったとき、医者はまだ、深い物思いに沈んでいるようだった。壁に目を据えたまま答える。「もしもし？……ああ、モーリー君。こちらはピール・テイラーだ。きみに少々、尋ねたいことがあってね。お手数だが、受付記録を確かめてもらえないだろうか。そこで、ペインという名の患者を受け入れているかどうか……何だって？……ああ、ペインだ、ペ、イ、ン……ええと……」医者は問いかけるような目をパイパーに向けた。「クリストファー……そう……確か、今朝のことだよ……気を失ってセント・マーティンズに運ばれたんだ……いるかい？……ああ、よかった！状態としては、どんな具合だい？」

受話器の向こうからシューシューという音がかすかに漏れてくる。その音を聞いているあいだ、医者は表情も変えず、瞬《まばた》きもせずにパイパーの顔を見つめていた。やがて、ひっかくような雑音が止み、医者は話し始めた。「そう、そう、もちろんだよ……何の兆候も見られないのかね……？　わかった……いいや、あとで患者の様子を見に行くよ……大変、結構。すべて、順調かね？……個室棟にいる、あの女性の様子はどうだい？　あの、前頭部に腫瘍のある……ああ、もちろん、もちろんだとも……わかったよ、モーリー。ありがとう……たぶん、三時ごろに……では、また」

受話器を置いたあとも、医者はしばらく考え込んでいた。「残念ですが、あまりお役には立てないようですな。聞いたところによると、このペインという男性は、かなり長い期間、意識を回復しない可能性があるようです。実際、もっと年配だったら、完全な回復は期待できなかったでしょう」医者は顎を摩《さす》り、唇を尖らせた。「ご存知のとおり、こうした症状には、我々もたいしたことはできないんですよ。人の頭の中で何かが破裂すると、機能は完全に止まってしまう。不随意の機能は、もちろん動き続けますがね――心臓とか、呼吸とかは――しかし、残りの機能は――」医者は手を下ろし、たるんだ首の皮膚を引っ張った。「しばらく様子を見るしかありませんな、パイパーさん。ただ、待って、様子を見るだけです。もっとよいお知らせができなくて、申し訳ありませんが」

「先生がご自分で彼を診てくださるんですか？」パイパーは尋ねた。「そのあとで、もう一度、お話を伺うことはできるでしょうか?」

「ええ、必ず自分で診てみますよ。そうしたところで、こんなケースでは何の違いも生じないでしょうがね。ご存知のとおり、わたしは神様ではありませんから」医者はおどけたように笑い、立ち上がった。「どうぞ連絡をしてください――五時ごろにでも。そのときには、もっとよいニュースをお伝えできるよう期待しようじゃありませんか。生命力というのは偉大なものなんですよ、きみ。非常に偉大なんです。奇跡を起こすのはその力で、働きすぎの医者なんかじゃない。我々にだって、自分たちの力の限界くらいわかっているんですよ、しっかりとね」

「どのくらい時間がかかるのか、見当もつかないんですか、彼が……?」

「まったくわかりません、パイパーさん。数時間、数日、数週間――そんなことは、誰にもわからないんです。それに、意識を回復したとしても――」医者はパイパーの手を取り、ドア口へと導いた。「一定期間は、質問することも認められないでしょう。その点はご理解いただけますね? わたしには、あなたの調査の性質など、何の関心もありません。わたしの第一の義務は、患者に対するものですからな、む、む、む――」

パイパーは答えた。「わかっています。ご面倒を引き受けてくださって、ありがとうございます」

「かまいませんよ。ちっとも、かまいません。わたしとしては、ただ……。すばらしい天気ですね。何もかも投げ出して、こんな煙臭い街からは逃げ出したくなるんじゃありませんか?」ドアを閉じる前、医者は力強く頷いて、つけ加えた。「むろん、忙しい身の我々には無理ですがね、む、む、む――」

パイパーが、自分の事務所に向かってゆっくりと車を走らせていたころにはもう、夕刊紙の早版が路上に出回っていた。ポートランド・プレイスの舗道に車を寄せ、英国放送協会本部の日陰で日差しを避けていた新聞売りから一部を求める。

フォールケンハイム医師のニュースが第一面を埋めていた……。

ロンドンの医師、殺人罪に問われる……エスター・ペイン夫人の死、再浮上。ナイツブリッジ、ブロンプトン・ロード脇、ケンドル・マウント二十六番地在住のモーリス・フォールケンハイム医師（五十三歳）は今日、配偶者殺害の罪で告発された。配偶者のゲートルード・リリー・フォールケンハイム夫人は、先週土曜日、ライゲートのホテルの一室にて死体で発見されている。フォールケンハイムは〝無罪〟を主張。ウーリー警部の申請で、再拘留される運びとなった。更なる取り調べが行われる予定。

衝撃的な展開が見込まれるもよう。著名な作家、クリストファー・ペインの妻であるエスター・ペイン夫人の死との関連性について、新たな証言が引き出されるものと思われる。ペイン夫人は先月初旬、ストリキニーネの服毒によって死亡している。審問では有疑評決が可決された。これは、この時点で……。

最新ニュースの差し込み欄には、六行の記事が載せられていた。

クリストファー・ペイン、突然の発病――殺人罪に問われたロンドンの医師の公判（本ページを参照）に出席した直後、数多くの犯罪小説の著者であるクリストファー・ペイン氏は倒れ、セント・マーティンズ病院に搬送された。病状は深刻なもよう。

事務所への階段を上りながら、パイパーは疲労が押し寄せてくるのを感じていた。何もかもが、おかしな方向に進んでいる。力の及ばないことに無駄骨を折って、何の意味があると言うのだろう？ペインなしではもう、どんな進展も期待できない。ペインは、フォールケンハイムが死刑になることなど望んでいなかった。クインに殴りかかる前、さんざん自分でそう言っていたのだ。しかし、それが今更、何の役に立つ？　ペインが回復し、真実を語ってくれなければ、フォールケンハイムを救えるのは決定的な証拠だけだ。医者が最後に妻を見たとき、彼女がまだ生きていたことを示す証拠。そんな証拠など、どこで見つけられるだろう？

フォールケンハイムは、妻のもとを去ったとき、部屋のドアに鍵はかかっていなかったと証言している。フェノバルビトンを呑んで、ベッドに横たわる前に、夫人が自分で鍵をかけたのだろうか？十中八九、そうだろう。外からドアをあけられないようにするため、彼女が鍵を差し込んだのか？マッケヴォイは、合い鍵では役に立たなかったと言っていた。フォールケンハイムが嘘をついていて、実際には彼が妻を殺したのだとしたら、その妻の鍵を探すのに時間を無駄にしたりするだろうか？たいていの女性がそうするように、たぶん彼女も、バッグか財布の中にしまっておいたはずの鍵を探して？　そんなことは、ありそうもない。それよりも、内側から錠に鍵を差し込んでおけば、外からドアをあけられないことを彼女が知っていたと仮定するほうが無難だ。それでも、せいぜい、安全ボタンを使うくらいでよかったのではないか。外からあけられないようにするには、その小さなボタンだけで十分だ。そのくらいのことは、大方の人間が知っている。

おかしい……何かが、ひどくおかしい。パイパーの事務所のドアにも、スプリング錠が取りつけられていた。彼は苛々しながら、その錠を両側から調べてみた。ひょっとしたら、つまらないことを重大に考えすぎているだけなのかもしれない。それでも、どうして彼女は安全ボタンを使わずに、わざわざ……？

パイパーは偶然、安全ボタンを押したままドアを閉めてしまった。ドアをあけ、同じことをもう一度、繰り返す。今度は、錠の爪が滑り込むときにボタンが上がるのが見えた。もう一度、試してみる。当然のことながら、ボタンは上に跳ね上がった。つまり、これは、室内でのみ利用される目的で作られた装置なのだ。さもなくば、部屋の主が締め出されてしまう危険性がある。その仕組みを知っている人間が、確実に誰も入れないようにしたいと思ったら――たとえ鍵を持っていても、フォールケンハイム夫人の部屋には入れないように見せかけたいと思ったら？　その人物は、彼女の夫であるはずはない。彼は、合鍵さえ持っていなかったのだ。それならどうして、彼が心配する必要などあるのか？　一度部屋を出てドアを閉めてしまえば、誰が中に入ろうと、彼の知ったことではない。死体はいずれ、発見されるのだから。

パイパーはわき目も振らずにデスクへ駆け寄り、電話機を自分のほうに向けた。警察が見落としていた点で、彼が偶然に発見したチャンスが一つだけある。暗がりを手探りするよりも、そのチャンスに賭けるほうが、ずっとましだ。ペインの生き死にの結果を待つだけでは、あまりにも危険が大きすぎる。

ホイルは遅めの昼食に出かけるところだったが、建物を出る寸前で捕まえることができた。「こんな時間に何の用なんだ」と警部は尋ねた。「ピール・テイラーでは役不足だったのか？」

「ああ、彼には会ってきましたよ。でも、その件で電話をしたわけではないんです。フォールケンハイム夫人の持ち物のリストはお持ちですか？　彼女の部屋で警察が見つけた、個人的な持ち物のリストですが」

「もちろんだとも。それが何か？」

「何かなくなっていませんでしたか？」

「どうして、そんなことがわかる？　それに、何だって、そんなものが存在しなければならないんだ？」

「あのですね」パイパーは答えた。「何かヒントをつかんだように思うんですよ。それについては、後ほど説明します。取りあえず、質問に答えてください――夫人のバッグの中に、部屋の鍵は入っていましたか？」

「いいや、床に落ちていたよ。ホテルの人間が押し入ったときに、錠から落ちたんだろう。彼女の持ち物のリストを読み上げようか？」

「ええ、お願いします。衣服については結構です。ハンドバッグと財布の中身だけで。ああ、それに、もしあれば、宝石類についても」

「宝石類はすべて身につけていたようだな。内容としては――ちょっと待ってくれ」ホイルの声が遠ざかり、引き出しをあける音が聞こえた。やがて、警部は咳払いをし、内容を読み上げ始めた。「ええと。まずは左手――小さな留め金がついた一粒ダイヤの婚約指輪。プラチナの結婚指輪。数字にルビーがはめ込まれたゴールドの腕時計。右手――こちらには、サファイアの指輪が一つだけだ。加えて、決して安物店では手に入らない小粒真珠のネックレスと、ダイヤモンドがついた懐中時計の鎖飾り。まだ必要かい？　わたしのランチが冷めてしまうんだが」

「大丈夫ですよ。もし、わたしの推測がまったくの的外れでなければ、代わりに豪勢な夕食をおごりますから。先を続けてください」

　ホイルはため息をついた。「間違いなく、贈収賄罪だな。しかし、まあ、いいだろう……次は、ハンドバッグ。香水《パヒューム》の小瓶――『オブザーバー』紙（英国の新聞。日曜版の高級紙）のモーリス・リチャードソン（英国のジャーナリスト）には申し訳ないが――彼なら、同じ香水でも〝パヒューム〟より〝セント〟という言葉のほうを好むだろうからな。それに、頬紅の小箱、白粉《おしろい》のコンパクト、口紅、板チョコレートが半分、整腸薬の小瓶、カードケース、鉛筆、ゴールドのライター、中身が八本残った煙草の箱。全部、書き留めているわけじゃないよな？」

「そんな必要はありませんよ。わたしに興味があるのは、あなたたちが何を見つけられなかったのか、ですから。ほかには？」

「好奇心をそそる言い方をするね。何を見つけられなかったか、だって？　まあ、我々が見つけたのは、取るに足りないスタンプが四枚入った財布と、列車の往復切符の帰り分だ」

「どこ行きの切符ですか？」

「ライゲートからロンドン」ホイルがくすりと笑った。「失礼。でも、最終的には彼女も、家に帰るつもりでいたようじゃないか？　片道旅行にしようと思っている女性が、帰りの切符に無駄金を使うことはないだろうから」

「途中で気を変えたのかもしれませんよ。ところで、現金ですが――彼女はいくら持っていましたか?」

「財布の中に、一ポンド札が十枚とコインで十六ペンス分」

「それだけですか?」

「うん。ああ、忘れていた。カードケースの中に銀行小切手が三枚入っていた。金が不足することも、ホテルの支配人から借金をする必要もなかっただろう」

「今度は、わたしが好奇心をそそられる番ですね」とパイパー。「ロンドンを離れる前に、夫人が現金を引き出していたかどうかは調べましたか?」

「ふむ。きみは、水晶占いでもしてもらったのかね? 考えられることはすべて調べたよ」一瞬、電話の向こうが静かになった。背後で、タイピストがキーを叩く音と電話のベルの音が聞こえている。再び話し始めたホイルは、慎重に言葉を選んでいるようだ。「ライゲートに着いた日の朝、彼女はロンドンの銀行で五十ポンドを引き出している。その金を、彼女がどこでどう使ったのかはわからない。宿泊代なら週ごとに小切手で払っていたし、そんなに外出もしていなかったようだから」

「面白いことになってきましたね」パイパーが答える。「手紙とか、個人的な書きつけとか、そういうものについては何もおっしゃっていませんが、興味深いものはありましたか?」

「細かく破られていたら、内容なんてわからないと思うだろう? 断片を繋ぎ合わせてもとに戻すのに、二人がかりで丸一日もかかったんだ。でも、結果的には何も——」

「彼女が、手紙類をすべて破棄していたということですか?……何もかもすべて——書類とか、払い終わった請求書とか、そんなものを?」

「考えられるものは、すべて破棄されていた。彼女が自分でやったとは言い切れないがね。他人がそんなことをする理由は、まったく見当がつかないとしても。でも、誰かが、きれいに後始末をつけているんだ。わたしもすべてに目を通したが、どうでもいいようなことばかりだったよ。暗号でもない限り、くだらないことばかりだ」パイパーの耳に届く声には苛立ちが混じっているようだった。「日曜学校で、ハラハラしながら回し読みをするような類《たぐい》のものさ」

パイパーは答えた。「ありがとうございました、警部。非常に助かりました。そのうち、基礎教育課程の教室で、尻をめくって思い切り蹴とばしてくれと、わたしに頼むようになるかもしれませんよ」

「そのときには、赤面しなくても済むよう願いたいものだね！　何の話なのか、説明してもらえないだろうか？　わたしが理解力の乏しい警官だということを、忘れないでもらいたいんだが」

「でも、わたしが間違っていたときには、死ぬほど笑い転げるんでしょう？　今じゃなくて、またあとにしましょう。時間なので、もう出かけなければ。とにかく、ありがとうございました、警部。それでは、また」

「ちょっと待てよ。どこに行くんだ？　きみの大好きな協力体制はどうなったんだ――？」

「また、後ほど。警部」パイパーはきっぱりと言い切った。「どうぞ、ランチを楽しんでください」

受話器を置き、事務所を出る。ドアを閉めるときには、真鍮の錠盤を見てほくそ笑み、呟《つぶや》いた。「自分の身近で、巧妙なトリックのヒントをつかむなんて初めてだな。ライゲートにいるきみの兄弟は、ロンドン警視庁の珍品コレクションの中でも、とびきり上等な展示品になりそうだよ」

南へ向かう道路は、午後の光に晒《さら》され、白く埃っぽく見えた。ときおり長距離トラックとすれ違うだけで、車の姿はほとんどない。パイパーは、さまざまなことを静かに考えながら、一定のスピードで車を走らせていた。残り少なくなったパズルのピースが、あるべき場所に収まろうとしている。心の奥には、そんな確信があった。げっそりとやつれたフォールケンハイム医師の顔が忘れられない。これから先、どんなことが起ころうと、彼がもとの状態に戻ることはないだろう。人生が一度ひっくり返ってしまったら、もとどおりの生活を送れる人間など存在しないのだ。

フォールケンハイムが犯した間違いは一つだけだった。しかしそれが、彼を絞首台のそばへと導いてしまった。ペイン夫人に対して示した寛大さが、何年もかけて築き上げてきたものを粉々にしてしまうなど、どうして彼に想像できただろう？　彼女は、自分と関わるものすべてに破滅をもたらす女だった。ドーリングが言った言葉は正しかったのだ。「……彼女は死んでしまった。それでもまだ、わたしを一人にしてくれない……」

それが、すべての悲劇の始まりだったのだ。彼女は、誰一人として解放することはなかった。運命は、エスター・ペインの死の日まで彼女とともに歩いてきた——そして、そのあとも、歩みを止めることはない。

第十五章

マッケヴォイが舌を打ち、鼻で荒い呼吸を繰り返すあいだ、棚の上では大理石の時計が長い時を刻んでいた。やがて、宿の主人が低く唸り、口を開いた。「もう一度言ってみろ。わたしに何をして欲しいんだって？」

パイパーが答える。「フォールケンハイム夫人を呼びに行ったウェイターと、少しばかり話をさせてもらいたいんです」

「それが何になると言うんだ？　警察がすでに二回も、あいつから話を聞いているんだぞ。わたしとしても、あれこれ追求されることで、あいつに時間を浪費させたくないね」主人は、ずんぐりとした指を腹に置き、眉をねじ上げた。「ステファネクは、外国人にしては信頼できる従業員なんだ。数カ月以上も働いてくれるウェイターを確保するのがどれだけ難しいか、知らないのかね？」

「わたしが訊きたいことは、そんなに時間はかかりませんよ。それに、フォールケンハイム医師を救える事実を、彼が知っているかもしれないんです」

「ばかばかしい！　前にも話しているじゃないか。警察が、自分たちの仕事を知らないとでも言いたいのかね？」

「警察が最初に彼と話をしたときと、状況が変わっているんですよ。土曜日には、単純な自殺だと思われていました。でも、今は、あなたもご存知のとおり、あの医者が殺人罪で裁判にかけられているんです」

「こっちとしては泣きたいくらいなんだよ！　今回の件で、わたしにとっての重大事は評判なんだ——悪い評判が立つこと。あんたの友だちのフォールケンハイムのことが世間に知られるようになってから、何件のキャンセルが発生したと思う？　当ててみるといい。でも、あんたには、どうでもいいことなんだよな？」痛みでもあるかのように、マッケヴォイは両手をきつく太鼓腹に押し当てている。「定期的にきちんと宣伝をしていなかったら、すぐにもハバードさんの食器棚（マザーグースの『ハバードおばさん』より。金がないことの例え）のようになってしまうだろう。まったく！　自殺だけでも最悪なのに、血生臭い殺人が止《とど》めを刺してくれるんだからな。いいや、パイパーさん——」主人は唇を引き結び、軽く握った拳《こぶし》で、こつこつと机を叩いた。「話などさせんよ。あいつはもう、いいだけ問い詰められているんだ。彼らのようなポーランド人は、警察と強制収容所を同一視しているからね。少しでも警官に似たような姿を目にしたら、度を失うほど怯えてしまう」

「そんなふうに軽率な態度は取らないほうがいいですよ」とパイパー。「十分間、彼との会話を許可したところで、あなたには何の費用もかからないでしょう？　それに——財政上の危機を救うのに、大いに役立つかもしれないんですし」

「わたしにとっては、あのドアの修繕費を節約することのほうが、ずっと重要だよ。最近の事の成り行きからすると、財政難っていうのが、わたしのミドルネームみたいになってしまった。いいや、だめだね、パイパーさん。今後のわたしの望みとしては、この場所を中央刑事裁判所《オールド・ベイリー》の出張所ではなく、ホテルとして経営できるように、放っておいてもらうことなんだ。スタッフについても同様だ」

「その言葉に変更はありませんか？」

「ああ。今からパンケーキの火曜日（四旬節の初日である聖灰の水曜日の前日。告解の火曜日。パンケーキを食する風習から、このように呼ばれる）まで、きみがしゃべり続けるのは勝手だが、何も変わらんだろうね。地元の刑事たちが我がもの顔でこの辺りを調べ回るのを阻止できないなら、素人のセクストン・ブレイク（英国の作家ハリー・ブライズが創出した私立探偵）もどきに我慢する必要もないだろう。はっきり言うが――答えはノーだ」主人は、キャスターをきしませて机から椅子を押し離し、立ち上がった。「さあ、お引き取りいただけるかな？　少しばかりの平和を、わたしに与えてくれたまえ」

「そんな態度を取っても、いいことはありませんよ」パイパーは言い返した。「でも、これ以上、あなたを煩わせるのはやめておきましょう。あなたは、この一件を平和裡に収めるチャンスがあったのに、退けたんです。あとで、この三、四日のことがピクニックのように思える事態に巻き込まれても、わたしを責めたりしないでくださいね」

　マッケヴォイはあくびをし、並んだ入れ歯を剝き出した。「議論にかけてはたいしたやつだな。これ以上のどんな災難に巻き込まれると言うんだ？　フォールケンハイムが妻を殺した事実を信じたくないからと言って――」

「彼は殺してなどいませんよ」パイパーは割って入った。「それを証明する手助けができるのが、あなたのところのウェイターなんです。それでもまだ――」彼は、見下したように鼻を鳴らし、マッケヴォイの目に不安が浮かぶのを見つめた。「ひょっとしたら、警察が戻って来て、また最初から調べ直すほうがいいのかもしれませんね。たぶん、ここの宿泊客にとっては、面白い見世物になるでしょう。あなたの定期的な宣伝とやらで、どこまで持ちこたえられるでしょうね？」

「何だってまた、警察があれこれと調べに来なきゃならないんだ？　あんたがどう言おうと、連中は犯人を捕まえたんだろう？　それなのに、必要のない仕事をする理由《わけ》が理解できん……ちゃんと説明してみたまえ」怒鳴り散らしてはいるものの、不安を隠し切れない声で、主人は言った。「あんたが何を企んでいるのかは知らんが、そんなことはどうでもいい。だが、警告はしておくぞ。おかしな噂を広めたりしたら、厄介なことになるからな。冗談で言っているんじゃないぞ」

「わたしの行き先は――」パイパーが言葉を返す。「警察署だけですよ。これから先は、彼らと議論すればいい。あなたのために、ここのウェイターから訊き出した話は黙っているつもりでしたが、そんなふうには受け取ってもらえなかったんですね」パイパーは帽子をかぶり、肩をすくめた。「いいでしょう。あなたが、ご自分の行動を理解してくれるといいんですが。あなたにとって、厄介事から逃れるために必要なのは、重罪を示談にすることだけだったんですけどね」ドア口で彼は振り返った。「どれほどの金を積まれようと、あなたの立場にはなりたくありませんね」

マッケヴォイが口を開いたとき、パイパーはすでにドアノブに手をかけていた。「ちょっと待て。もし、あんたが誠実に応じるなら、わたしも短気なことはしたくない。かけたまえ」不機嫌そうに命じる。「腰を下ろして、もう少し話を聞かせてもらおうじゃないか。説明を受ける権利くらいは、わたしにもあるだろう？」

「説明をするのはステファネクですよ。彼と話をするときには、あなたの情報は少なければ少ないほど都合がいいんです。あなたの顔つきで、訊き出せる話も聞けなくなってしまうかもしれませんから」パイパーは立っている場所から動かず、冷たく言い放った。「あなたに協力する気がないなら、警察に任せたほうがいいんでしょう。お話からすると、彼は怯えて、情報提供を拒否するかもしれません。でも、あなたが少しばかり手を貸してやれば……」

「心配するな。もし、やつがふざけた真似をし出したら、首をへし折ってやる。有能だろうが無能だろうが、ウェイターなら山ほど見てきたんだ」たるんだ頬に突然怒りが溢れ、目の端が血走った。「知っていることは全部、絞り出してやるさ。しゃべるのを拒否するっていうなら、そうさせておけばいいんだ！」

「では、彼を呼んできてください。ただし、最初はすべて、わたしに任せること。何が起きたのかはわかっていますが、まだ彼の仕業だとは証明できていないんです。ひょっとしたら、人違いなのかもしれません。その場合には——」

「いずれ、わかるさ」マッケヴォイが答える。「座りたまえ。やつを呼びにやろう」宿の主人はドアから首を突き出し、口笛を吹いた。「グラディス！　ヴァルターを呼んでくれ。急ぐように言うんだ。何をやっていても、中断していいと伝えてくれ」

「わかりました、マッケヴォイさん」受付嬢のハイヒールが、音を立ててレセプション・ホールを横切って行く。パイパーの耳には、彼女のブレスレットが立てる音まで聞こえてきた。そして、ドアのスプリングがきしむ音。マッケヴォイが戻って来て、椅子に深く身を沈めた。開いたドアを睨みつけながら、指関節を鳴らし、喘息患者のようにゼイゼイと呼吸を繰り返している。パイパーは壁に背を預け、両手をポケットに差し込んだ。破られた手紙と、財布の中に入っていた帰りの切符の話をホイルから聞いたときの興奮は、すでに消え去っている。自分の推理が希望的観測でしかないことは、パイパーにもわかっていた。それでも、これからの五分が、フォールケンハイムの生死を切り分けてくれるだろう。もう、手遅れなのかもしれない。でも、もし、ステファネクが断崖絶壁に立ち向かう決心を固めてくれたなら……。

躊躇《ためら》うようなノックのあと、男が部屋に入って来て言った。「お呼びでしょうか、社長？」細身で色黒、後退しかけた髪と妙に飛び出た耳の持ち主だった。燕尾服のウェストがきゅっと締まり、ズボンの折り目もアイロンを当てたばかりのように見える。白いチョッキの端からズボンのポケットにかけて、細いゴールドのチェーンが弧を描いて下がっていた。

マッケヴォイが答えた。「ああ。ドアを閉めるんだ」顔つきは険しい。「こちらの紳士が、おまえと話をしたいそうだ」腕を組んで、パイパーに頷きかける。「さあ、どうぞ、パイパーさん。何でもお訊きになってください。こいつが嘘をつき始めたら、口を出すことにしますから」

「ヴァルター・ステファネクさんですね？」パイパーは尋ねた。

「はい、そうです」ウェイターは身動き一つしない。それでも、素早くパイパーを見回し、両手を固く握りしめた。

「あなたがポーランドの方だというのはわかっています。この国で働く許可はお持ちですか？」

「いいえ、ポーランド人ではありません、お客様。わたしはウクライナの出身です。だから――」ウェイターはマッケヴォイに弱々しく微笑むと、申し訳なさそうに咳払いをした。「ご存知のとおり、今ではロシアの一部になっています。だから、わたしはそこにいたくなかったのです。ドイツ人がわたしたちの村を爆撃したとき、家族はみな死にました。一人残らず。知り合いを――探しましたが、みな、散り散りになっていました。それで、わたしはここに来て、仕事を見つけたのです。今はとても幸せです。ここは、とてもよい国です。働く許可を与えてくれました」男はくるりと振り返り、小さく頭を傾《かし》げた。「たぶん――悪いことは何もないと……」

「悪いことは山ほどありますね」パイパーは答えた。男の脇を通り抜け、ドアをロックする。鍵を手に戻って来ると、相手を窺うように見上げた。「ウクライナに送り戻されたいですか?」

一瞬、恐怖の色を浮かべ、ステファネクは唇を舐めた。消え入りそうな乾いた声で答える。「あの国は二度と見たくありません。役所の人、わたしに言いました。真面目に一生懸命働けば……。マックさんも文句はないはずです……ここは、わたしの家。ここに、いられますよね?」

「それは、あなた次第ですね――いくつかの質問に対する答え次第です」

「何にでも答えます」不安そうな笑みを浮かべながら、男は両手を広げた。「ここにいられるなら、いつでも、どんな質問にも答えます。送り返されないなら……何を知りたいですか?」

パイパーは男に近づき、相手の目をじっと覗き込んだ。極めて穏やかな口調で尋ねる。「フォールケンハイム夫人の部屋から盗んだ金はどうしましたか?」

顔でも殴られたかのように、ステファネクは頭をのけぞらせた。二、三度、口をぱくぱくさせ、訴えかけるような目をマッケヴォイに向ける。しばらくして、やっと話せるようになったようだ。「どういうことかわかりません。それは正しくない。わたしは盗んでいません。どうして、そんなことを言いますか?　もし、金が欲しいなら――」

「嘘をついているな」マッケヴォイが割って入った。机の脇をぐるりと回り、男の襟元につかみかかる。「質問はちゃんと聞いていただろう。本当のことを言うんだ。さもないと、これまでにないほどぶちのめしてやるからな。金をどうしたんだ?」

「わ――わたしは、盗っていない。何かの――間違いです」ウェイターは逃げようともしなかった。大きくあけた口でぜいぜいと喘《あえ》ぎながら、パニックに陥ったような視線をマッケヴォイからパイパーへと巡らせている。まるで、すっかり怯え切って、逃げる力も失った動物のようだ。相手が二人とも黙っていると、男はぶるぶると震え出し、目を曇らせた。「信じてくれないですか……?」

マッケヴォイが答える。「おれたちがおまえを信じないというのは正解だ。確かに、間違いもあったんだろうさ――おまえが自分でしでかした間違いだ」相手の襟元をさらに締め上げ、鼻先がぶつかりそうになるくらいまで引き寄せる。「一分くれてやる。それまでに言わないと、本当にぶん殴るぞ」言葉どおりに、マッケヴォイは拳《こぶし》に力を込め、もう一方の手で乱暴に相手を揺さぶった。「殴られたあとは刑務所行きだ。刑務所っていうのがどういう場所かは、わかっているな? 何年も何年も、おまえを閉じ込めておく場所だ。ひょっとしたら、死ぬまでずっとになるかもしれん――おまえが逃げ出して来た強制収容所のような場所さ」

「ノー、ノー、お願いです!」ウェイターはやっと相手の手から逃れ、ドアへとにじり寄った。「そんなことはやめてください! 本当のことを言います。お願いですから、そんなところにやらないでください――」

「ひょっとしたら、刑務所にはそんなに長くいる必要はないかもしれませんよ」パイパーが口を挟む。「代わりに、ロープを首に巻かれることになるかもしれません。人殺しをした場合、この国ではそういうことになるんです。あなたがフォールケンハイム夫人を殺したのと同じように」

「ノー! ノー、ノー、ノー!」男の声はひび割れていた。両腕を広げてドアにへばりついている。「殺してない! 本当です、わたしは殺してない――」同じ言葉ばかりを繰り返す。「お願いです、お願いです」指先で壁を引っ掻く様は、目の見えない生き物が脱出しようともがいているかのようだ。

「もう手遅れになってしまうかもしれませんね」パイパーは追い打ちをかけた。「その金があなたのところで発見されれば、誰も、あなたの言うことなど信用しなくなる。あとは、絞首刑が待っているだけです。部屋を捜索されれば、どんなチャンスもなくなりますよ。フォールケンハイム夫人を殺したのがあなたでないなら、本当のことを話すのに残された時間は、ごくわずかです。だから、急いだほうがいいですよ。同じ質問は二度としません……夫人の部屋に侵入して、コップの中身を飲ませたんですか、飲ませていないんですか？」

「どうして、そんなことを――」男の顔が引きつり、目の周りの骨が白く浮き上がったように見えた。「中に入ったとき、あの人はもう死んでいました。ステファネクは彼女に触っていない。あの人はもう死んでいて、金が鏡台の上にあったんです。誰にもわからないと思って……」重くて支えられないかのように男は頭を垂れ、両手で顔を覆った。「毒を呑んだあの人に、もう金はいらない。誰にもわからない、誰にもわからないと……」

「そういうことか」マッケヴォイは唸った。どさりと腰を下ろし、机を叩く。「これから、どうする？」

「ここまでは、これでいいでしょう」パイパーは疲れを感じ始めていた。掌が汗で濡れ、唇も塩辛い。「まだ、十分ではありませんけどね」ステファネクに近づき、腕を軽く叩く。「お行儀よくしてくれれば、ひどいことはしませんよ。一つ、二つの質問に正直に答えてくれれば、あなたにトラブルが降りかからないよう全力を尽くします。でも、いいですか、もう嘘はなしですよ」

「あなたが――助けてくれる？　本当に？」頬に少しばかり血の気が戻り、ウェイターの震えも治まった。「何でも答えます。お金をあげますから。わたしのお金を全部。貯めたお金が十ポンドあります。わたしのお金です。ほかには何も――」男は恐々《こわごわ》とマッケヴォイを見やり、息を呑み込んだ。

「あなたのお金のことはどうでもいいんです」パイパーが続ける。「土曜の午後のことを説明してもらいたいだけなんですよ。あなたがフォールケンハイム夫人の部屋に行ったときのことを。何を見ましたか？」

「最初に行ったときのことですか——それとも、二度目のとき？」

「どちらもです。あなたが見たり聞いたりしたことを、すべて教えてください」

「わかりました。全部話します。どんな小さなこともすべて」ウェイターは、パイパーが自分とマッケヴォイのあいだになるように、場所を移動した。そして、話を強調するように片手を振る。「こんな具合だったんです……あの人がお茶に下りて来ないので、忘れてしまったのだと思いました。それでわたしは、上階《うえ》に上がって声をかけたんです。『お茶の時間ですよ。冷めてしまいますよ』そのとき、男が出て来て乱暴にドアを閉めました。とても怒っているように見えました」

「もう一度見たら、その人物だとわかりますか？」

「新聞に出ていた人ですよ——フォールケンハイム先生」

「彼のほうは、あなたに気づいたと思いますか？」

「いいえ。わたしとは反対の方向に歩いて行きましたから。先生が行ってしまったので、ドアをノックすると、返事が返ってきました。『どなた？』わたしは答えました。『ウェイターです、奥様。お茶をどうしたらいいですか？』彼女は、『下に下りて行くわ。今すぐは無理だけど』と答えました。泣いているのだと思いました。耳をそばだてていると、紙を破くような音が聞こえました。それでわたしは立ち去り、ほかのお客様のお世話をしていたのです」

「そのころには、フォールケンハイム医師はホテルから立ち去っていたんだろうか？」

「先生が帰るところなら見ています。自分の車に乗って、出て行きました。変だなとは思いましたが、わたしには関係のないことですから」

「で、そのあとは?」

「わたしは奥様が下りて来るのを待っていましたが、なかなか現れませんでした。十五分待っても、下りて来ません。どうすればいいのか、わかりませんでした。こんなことは、初めてでしたから。それで、部屋に戻って、もう一度ノックをしてみたんです。応えはありません。何度も何度もノックしてみましたが、なんの応えもありませんでした」

「ちょっと待って」パイパーが口を挟んだ。「医者が彼女の部屋から出て行ったのが何時ごろだったんだろう?」

「三時半過ぎですよ。いつもその時間にお茶を出し始めますから」

パイパーは独りごちた。「パブから出て来る医者をクインが見かけたのが三時四十五分……時間的には合うな……ここに戻って来る余裕はなかったはずだ。妻を毒殺して、パブに寄り、酒を飲んでから立ち去る。十五分以内にそのすべてを完了させるのは不可能だ」

不安げな声でステファネクが尋ねてきた。「何ですって、お客様……?」

「いいや、何でもない。そのあとのことはわかっている」パイパーはマッケヴォイに頷きかけ、ドアの鍵をあけた。「もう、彼を行かせてもかまいませんよ。逃げたりはしないでしょう。お二人で、どんな話でも好きなようにでっち上げてください。三時半過ぎ、フォールケンハイムが車でこのホテルの敷地から立ち去るところを目撃されたときには、夫人はまだ生きていた。そう証明できる話であれば、わたしは口出ししませんから。ああ、そうだ――もう一つだけ」パイパーはステファネクを振り返った。「警察が鏡台の上で見つけた手紙はどこにありましたか?」

「彼女の――バッグの中です、お客様。バッグは口があいていました。その手紙が見えたときに――一緒にお金も見えたんです。わたしが、もとに戻すのを忘れたんです――」

「彼女が死んでいるのはわかりましたか?」

「死人は前にも見たことがありますから。だから、そのお金を盗んだんです――彼女にはもう、必要ありませんから」

「そして、部屋の鍵も取り出し、内側から錠に差し込んでおいたというわけですか。金がなくなっていたとしても、あなたが室内にいたことを誰からも疑われないようにするために。そんな金が、人生と引き換えにするのに値すると思ったのですか?」

マッケヴォイがしわがれ声で言う。「薄汚い泥棒め。縛り首にできないのが残念だよ。逃げ切れると思っているのか、そんな汚い――」

「彼は約束しました!」ステファネクが叫び出した。「約束しました! 刑務所なんかに入れないでください! どうか、刑務所なんかに……」

「おまえはそれだけのことをしたんだ。刑務所だって十分すぎるくらいだ」マッケヴォイが言い捨てる。「おかしなことをしなければ、十年でも置いてやったのに」

「でも、わたしは本当のことを言いました。本当のことを言って――彼は約束しました。もう二度と、こんなことはしません。警察に訊かれたら、あの医者が奥さんを殺したんじゃないと言います。だから、お願いです、刑務所なんかに入れないでください!」

ウェイターはまだすすり泣いていた。「刑務所なんかに……」パイパーが部屋を出るときにも、マッケヴォイは従業員を口汚く罵っていた。ドアを閉めても、二人の言い争う声は外まで漏れ、ホールを抜けて立ち去るパイパーのあとを追いかけて来た。

第十六章

事務所に戻ってから、パイパーはヴィンセントに電話をかけた。「わたしのことを尋ねてきた人はいますか?」

「ここ二日ほどはいないな。誰かから連絡が入る予定だったのかい?」

「最近、ある女性に名前を残してきたんですよ」パイパーは答えた。「わたしと連絡を取りたいときには、そちらの会社に電話を入れるよう言っておいたものですから」どうして、リン・キャッスルに自分の住所を教えておかなかったのかとパイパーは思った。自分の家の番号は電話帳に載せていない。アングロ・コンチネンタルに問い合わせなければ、彼女にこちらの住所を調べる手立てはないのだ。「金曜か土曜には、連絡があるかもしれないと思っていたんです」

「おっと、今週に入ってからの話だと思い込んでいたよ。ちょっと待ってくれ……うん、確か、電話があったな。思い出したぞ。これは、失敬!」驚いてみせるのに、ヴィンセントはいつもの脂っこく、わざとらしい笑い方をした。「覚えておくべきだったな。土曜のことだったんだよ。週末は普通、出勤しないものだから……かなり感じのいい女性だったな。きみもちょっとしたダークホースなんじゃないか、ジョン? わたしがきみくらいの年のころには、やはり自分のことはあまりしゃべらないようにしていたよ。常に、安全な範囲内で遊んでいたのさ」

「仕事の関係なんですよ」パイパーは答えた。言い訳しなければならないことが腹立たしい。自分がどんな生活をしていようが、彼には何の関係もないはずだ。しかしヴィンセントは、物事の二面性や下卑た言い方を好む男だった――男には〝ちょっとした遊び〟を楽しむ権利がある。しかし、〝道徳から外れた〟行為に耽《ふけ》る女は自堕落。そんなことを当然と思うような人間だ。「彼女は自分の名前を言っていましたか？」愚かな質問だった。キャッスル嬢が自分の身分を明かすことなど、あるはずがない。

ヴィンセントは答えた。「いいや。彼女を責めるんじゃないぞ。わたしとしては、そういう慎ましさが好きなんだ」彼はまた笑い声を上げた。過去にあった数多くの征服を思い出しているような、馴れ馴れしくて自己満足げな笑い声だ。「何とか訊き出そうとしたんだが、答えてくれなかったよ。パイパーさんの住所を教えてくれの一点張りでね。教えていいものかどうか迷ったが、害はなさそうだと判断した。それで問題がなければよかったんだが、ジョン」

「ちっともかまいませんよ」と、パイパー。「そうでなければ、自分の名前を教えたりはしませんから」

「そうだよな。うん、そうだろうとも……ところで、ペインの一件はもう片づいたのかい？　きみの準備が整い次第、次の仕事を頼みたいんだが」

「まだ、もうちょっとですね」ホイルの灰皿で燃やした手紙のことが、まだ鮮明に心に残っている。『……たとえ短期間でも、幸福になるチャンス』。しかし、その時間も尽きてしまった。エスター・ペインを知っている人間には、誰一人として本当の幸福などあり得ない。彼女の死を招いた苦い葛藤は、生き残っている者の犠牲を必要としている。「明日、もしかしたら明後日くらいまでには、お話を聞きに伺いますよ」

「結構。警察はフォールケンハイムを逮捕したんだろう?　つまるところ、彼とペイン夫人に関する噂の中には、何かがあったというわけだ」

「その件についても説明します」パイパーは答えた。「新聞に書いてあるようなことは信じないでください」

「ほう?　まあ、いいさ、ジョン。これ以上、引き留めるのは止めておこう。いつものつまらない仕事に戻らないとな……それにしても、いい天気じゃないか」声を落としながら、ヴィンセントは抜け目なく囁いた。「彼女に妹でもいたら教えてくれ。仕事とはねえ!　いい仕事じゃないか」電話を切る前、彼は声の調子を上げて、もう一度、〝仕事〟と繰り返した。


病院側の話では、ペインの意識はまだ戻っていないらしい。個室に収容され、容態に変化はない。

「もし、また、お問い合わせをいただく場合ですが、その方の病室は二十五号棟の十号室です……いいえ、とんでもない。いつでも、お気軽にどうぞ。八時ごろのほうがいいと思いますよ。そのころには、午後の容態確認書も出来上がっていますから……」

パイパーは不意に思いついて、ホイルの執務室を出てからずっと気になっていたことを片づけてしまおうと思った。睡眠薬のチューブに偽の錠剤を混ぜるための知識と機会を持っていた人間。以前、その点について、四人の名前をリストアップしていた。ペインが倒れる前のことだ。今や、そのリストは縮小されている。フォールケンハイムが除外されたのだ。残るは、ドーリング、リタ・バーネット、エスター・ペインの三人だけ。そして、クインに話したこととは矛盾するが、ペインが自分の妻の死に無関係である可能性もまだ考えられる――あの男が異常であっても、正常であっても。ストリキニーネ入りの錠剤が混じっていなかったと考えていいのは、その四人すべてが、リストから除外される場合だけだ。それまでは、いつまでも疑問が残る――夫が絞首刑になるように、エスター・ペインが自らの死を演出したのか？

ラスキン・テラスへと向かうあいだ、パイパーの頭の中では、いくつもの顔や名前がぐるぐると回っていた。ちらりと向けられた横目使いの視線、中途半端な言葉。そうしたものの上に、あの忌まわしい手紙の文句がぼんやりと立ち現れる。『……たとえ短期間でも……』

ペインが今にも発作を起こしそうなことを、リン・キャッスルはどうして知っていたのだろう？以前にも同じことがなければ、誰にもそんなことは予測できないはずだ。どの新聞の切り抜きにも、病気のことは書かれていなかった。特に、深刻な病気については何も。クリストファー・ペインのような人間が発作で苦しんでいるとなれば、必ずニュースになるはずだ。この十五年間の彼は、少なくとも表向きは、健康な生活を楽しんでいたはずだ。そうでなければ、ゴシップ欄が取り上げている。あの男は愛人に、決して活字にはならないようなことを打ち明けていたのだろうか？　それもまた、ありそうにない。彼自身でさえ、いつの日か自分が脳出血で倒れることになるとは知りようもなかったのだから。しかし……アリスなら、新聞報道以上のプライベートなことについて知っているかもしれない。家政婦は、常に多くのことを知っているものだ。

ドアをあけたとき、アリスにはすぐにパイパーがわからなかったようだ。手庇《てびさし》で日差しを避け、立ったままぼんやりとパイパーを見つめている。ややしばらくして、彼女は残念そうに口を開いた。

「ああ――てっきりノーマンさんだと思ったものですから」

「わたしのことを覚えていらっしゃいますか?」パイパーは尋ねた。「数日前に、ペイン氏に会いに来た者です。お気の毒に、病気で倒れられたとか」

「ええ、覚えています。お入りになりませんか?」彼女の顔には、年齢の窺い知れない表情が貼りついていた。四方の壁と屋根があるだけの空間。彼女にとっては決してそれ以上のものではない家――それも、恐らくは、いくつもあったうちの一軒――で、生涯の大半を過ごしてきた女性の表情だ。他人の感情が関わってくることはない。気持ちの上でも、一人きりで生きてきた。ペイン家を見舞った悲劇も他人事なのだろう。目下の心配事は、新たな拠り所を見つけなければならないことだ。その一部ではあっても、決して奥深くまで関わることのない新たな環境を。アリスはドアを閉め、スカートの皺を伸ばすと、穏やかな眼差しをパイパーに向けた。「ペイン様がいらっしゃらないことをご存知なら、どんなご用件なんでしょう?」

パイパーは答えた。「あなたとお話をするために。もし、お時間がおありでしたら」

「何についてですか?」

「ペイン夫人について」

アリスの目の中に動くものはなかった。ただ、静かに首を振って、ため息をつく。「できれば、あの方のことは考えたくありません。ペイン様がいらっしゃらないので、考えなければならないことがほかにたくさんあるんです。この家のことをどうしたらいいのか、わからないんですよ。お金もあまり置いていってくれませんでしたし――」手の動きが止まる。アリスは困り果てたように話を続けた。「ノーマンさんがいらっしゃれば、どうしたらいいのか教えていただけると思います」

「ペイン氏のご親戚ですか?」

「いいえ、弁護士です。誰かに相談しなければなりませんし、ほかに知っている方もおりませんので」

「親戚は一人もいないのですか?」

「ええ、わたしの知る限りでは、一人も。その点が事態を悪化させたんですわ、あの方と奥様が――あの日のあの方の態度なら、あなたもお聞きになったでしょう?」

「ええ、ひどいものでしたね」パイパーが頷く。「この家には長くいらっしゃるんですか?」

「お二人が結婚される前から。お母様がわたしをお雇いになったとき、クリストファー様は、まだほんの子供でした。もちろん――」青白い唇にかすかな笑みを浮かべ、家政婦は遠い目をした。「そのときにはわたしも、ほんの小娘でしかありませんでしたけれど。みなさん、わたしを家族のように扱ってくださって、十分なお給金も出していただきました。でも、いつも、姉と一緒にカナダに行かなかったことを後悔していたんですよ。未来がどうなるかなんて、誰にもわかりませんものね?」

「どうして後悔なさったんです?」

「こちらが不幸なご家族だったからですわ。常に穏やかな雰囲気ではありましたけれど、何もかもうまくいかない感じで。ペイン様は――クリストファー様のお父様ですけれど――弟さんを列車事故で亡くされ、二人の妹さんも海水浴中に亡くされました。それも、一カ月のうちに立て続けに。それでも足りないと言わんばかりに、今度は一年後に奥様が……。とても親切な方だったんですよ。自分の肉親のように感じるくらい」

「あなたは、クリストファー氏の父親のもとに残ったんですね?」

心の中で過去の映像でも見ているかのように、アリスはぼんやりと頷いた。「そのお父様も、そんなに長くは、わたしを必要とされませんでしたけれど。二年ももたなかったんですよ。奥様を亡くされた直後に体調を崩されて。そして、クリストファー様だけが残されたんです――」アリスの顔が暗く沈む。「ご結婚をなさるまでは。こんなにつらい思いをされてきたんです。幸せになっていただきたいと願っていました。でも、あの方もまた、幸せとは無縁であるように運命づけられていたのでしょうね。不思議ではありませんか？　不幸の星のもとに生まれていない方には、理解できないでしょうね」

何の前置きもなく、パイパーは切り出した。「ペイン氏が奥さんを殺したのだと思いますか？」

アリスはゆっくりと頭を上げ、喉元のブローチをいじりながらパイパーを見つめた。「そんなことは信じられません」やっと、そう答える。「確かに、わたしにだって想像はできますよ。奥様が服毒死なさったときに、世間の人々が何と言うかくらいは。でも、みんな、わたしと同じくらい長く、旦那様のことを見てきたわけではないでしょう？　ひょっとしたら、いつか事が起こる可能性はあったのかもしれません。お二人は、互いに腹を立て合っていましたから。でも、せいぜい、奥様のほうで旦那様を見限るくらいのことだったはずです。だって――」寒気でも感じたかのように、アリスは身震いをした。「旦那様は何もおっしゃいませんでしたけれど、わたしは何カ月も見てきましたから……奥様は旦那様を憎んでいらしたんですよ。何度、ゾッとしたことでしょう。周りに人がいないときに、奥様が旦那様を見る目つきに」

クリストファーもそんなことを言っていた。しかも彼は、さらにつけ加えていたのではなかったか？　「……もし、そうでなければ、こんなことなど起こらなかったんだ」忌まわしい手紙から、別の文句も甦る。『……ほかの誰でもなく、あの女自身の邪《よこしま》さが彼女を殺したのだ』それが、ほかのどんな意味に取れるだろう……極めて慎重に、パイパーは尋ねた。「ペイン氏の主治医はどなただったんですか？」

「主治医などおりませんでした。医者を信用していなかったんです。いつもおっしゃっていましたわ。医者は父親に何もしてやれなかった。得意なのは、人から金を巻き上げることだけだって」

「彼自身が病気になったことはないんですか？」

「普通に病気と呼ばれるようなものはないですね。時々、頭が痛いとおっしゃっていましたけれど、それだけです――これまでは」

「頭が痛いときは何を呑んでいたんでしょう？」

「アスピリンです。一般的なアスピリン。スプーン一杯のブランデーで流し込んでいました」アリスは、記憶からこぼれ落ちてしまったものを思い出そうとでもするかのように、ぐるりと目玉を回した。「少なくとも、普段はそうしていました。でも、少し前に、奥様がずっとよく効くからと言って、新しい薬を買われていました。確か、〝コデイン錠〟とか言っていたような気がします。そんな名前でしたでしょうか？」

「たぶん。ペイン氏はその薬を呑んでいたんですか？」

「ほんの一、二回。旦那様の鏡台の上に、ほとんど手つかずのチューブが、まだ置いてありますわ」

「どうして止めてしまったんでしょう？　このところ、ずっと頭痛で苦しんでいたのではないですか？」

「ええ、そうなんです。最近は、とみにひどくて。頻度も増えていました。最後にひどく辛そうにしていたときには、お医者様に診てもらったほうがいいと申し上げたんですよ。放っておいてくれと言われただけでしたけれど。それで、新しい薬を呑んでみたら楽になるんじゃないかって、申し上げたんです。それでも旦那様は、アスピリンに執着していましたけどね。今までの薬がなくなったら、新しいのを試してみるつもりでいらっしゃったんでしょう。本当に頑固な方でしたから、クリストファー様は。いつも、そうだったんです」アリスは少し間を置き、唇を引き結んで繰り返した。「本当に頑固で」やがて、大きなため息とともに尋ねる。「ほかにも、まだ何かありますか、お客様？」

「ええ」と、パイパー。「でも、あなたは気が進まないかもしれませんね」

アリスは唇をすぼめ、問いかけるようなまなざしを相手に向けた。「どうしてですの？」

「そう面倒なことではありませんし、ペイン氏も反対はなさらないでしょう」パイパーは微笑み、説得するような口調で続けた。「そのコデイン錠にひどく興味があるんです。ペイン氏がそれを保管していた場所を見せていただけないでしょうか？」

「まあ、それは本当に、わたしの権限では――」態度が落ち着かなくなってきた。アリスは一瞬、自分の足元を見つめ、また顔を上げげた。「いいえ、やはり……。誰にもおっしゃいませんか？　クリストファー様に疑われるのは嫌ですから――」

「わたしはただ、彼のためを思ってお願いしているんですよ。あなただって、彼が妻殺しの罪を着せられることはないって確信したいでしょう？」

「もちろんですわ、お客様。あれだけ辛い思いをされてきたんです。それを減らすためなら、何だっていたしますわ」青白い頬に、かすかな赤みが差した。パイパーに一歩詰め寄ってくる。ドアガラスを通った色つきの光が、彼女の灰色の髪をきらめかせる。「お二人が幸せになれなかったのは、旦那様のせいではありませんもの」呟《つぶや》くような声で、彼女はつけ加えた。「たぶん、奥様のせいでもありません」

家政婦の顔に浮かんだ同情の色が、パイパーの胸に奇妙な感覚を呼び起こした。階段を仰ぎ見ながら、彼は言った。「これまでに会った人たちの中で、ペイン夫人のことを悪く言わなかったのは、あなただけです」

「どなたも、わたしのように、この家で暮らしてきたわけではありませんから。それに、あの方がどういう方であれ、今となっては中傷するのも気の毒でしょう。自殺までなさるくらいだったんです。それまで、ひどく苦しんできたのに違いありません」

彼女はもう何も言わなかった。黙ったまま階段を上り、街並みを見下ろす部屋に入る。

家具がほとんどない、修道院の一室のような部屋だった。剝き出しの壁は単調なクリーム色。よく磨かれた板張りの床も、シングルベッドの脇に小さな敷物が一つ敷いてあるだけだ。ベッドのそばに本棚があり、その上に読書灯が置かれている。反対側の壁には、やはりクリーム色のエナメルを引いた棚が二組、組み込まれていた。窓際の中央部分は、背の高いサイドテーブルで占められている。

パイパーの表情を読んだかのように、家政婦が言った。「お金はあるのに、旦那様は決して装飾品には凝らなかったんです。子供のころからそうでした。寝室は寝るための場所だというのが口癖で。寝るときまで贅沢をする人たちのことを話しては、よくわたしを笑わせたものです。シュバリス市民（イタリア南部にあった古代ギリシア都市。贅沢で色好みな生活をする人々のたとえ）だなんて呼んで。そんな言い方をするのが好きな方だったんですよ。ペイン夫人のことも、そう呼んでいました」

パイパーはほとんど聞いていなかった。鏡台の上にあるのは、ブラシとヘアクリームだけだ。彼は尋ねた。「お話していたコデイン錠はどこにあるんですか?」

「しまい込んでいるんだと思いますわ――」家政婦は真ん中の引き出しをあけ、ハンカチやシルクのスカーフや丸めた靴下のあいだを探し回った。「処分したのでなければ、ここに……」

パイパーは、探し物をするアリスの背後にぴたりとくっついていた。彼女の肩越しに、細長いガラスチューブがちらりと見える。その長さいっぱいにラベルが貼りつけてあった。ぎざぎざのついたプラスチックの栓がしてあり、中身は大きな白い錠剤でほぼ埋まっている。

アリスも同時に気づき、そのチューブに手を伸ばした。「ほら、ありましたわ。お話したとおり、あまり使っていないでしょう？　忘れてしまうはずは、ありませんもの」

パイパーは、アリスからそのガラスチューブを受け取った。「ラベルには十錠入りと書いてありますね――と言うことは――」二人は一緒に残りの錠剤を数えた。アリスが頷く。「なくなっているのは三錠ですね。旦那様はこの五、六カ月、一錠も呑んでいませんでしたから」同じ調子で彼女が尋ねる。「この薬が、旦那様の身に起こったことと関係があるなんて、どうしてお思いになりますの？」

「ちょっと思いついただけなんですよ。ひょっとしたら、何の関係もないのかもしれません」パイパーはそのチューブを親指と人差し指でつまみ、振ってみた。「これをちょっとお借りしていってもかまいませんか？　調べてみたいことがあるんです」

「まあ、それは無理ですわ、お客様」アリスは慌てた様子で答えた。「あなた様をここにお入れしただけでも、自分の権限を超えていますもの。旦那様がお戻りになって、この薬を探し始めたら……とても面倒なことになってしまいます――」

「ペイン氏が戻るよりもずっと早く、この引き出しに戻せますよ」パイパーは答えた。「今夜中にはお返しします――もともとあったとおりに、この部屋から持ち出された形跡などかけらもなしに」

「どうしましょう」アリスは薬のチューブを見つめ、その視線をパイパーに移した。「この家で何年もお世話になってきたんです。旦那様の目を盗んで、あの方の持ち物を勝手にいじっていたなんて、思われたくありませんわ。もし、こんなことが明るみに出たら、何と言い訳すればいいんです？」

「でも、彼に知られることはありませんよ」パイパーは説得にかかった。「そんなことは、まず起こりません。リスクなんて存在しないんです。それに、数時間、この薬をわたしに貸してくれることで、あなたは大いに彼を助けることになるかもしれないんですよ。もし、わたしの考えているとおりだったら、この薬がペイン夫人の自殺を証明してくれます。そうなれば、クリストファー氏が疑惑の目で見られることも一生なくなります。そういう意味で、それはとても意義のあることではないですか？」

「でも、どうして――」疑惑の念から、家政婦は小さな皺を口元に寄せた。「わからないわ。前回、いらしたときには、保険会社の方だとおっしゃっていましたよね。それなのに、なぜ……？」

「理解しようなんて、なさらないでください」パイパーは、不安を宥めるような笑みを相手に向けた。「これからしようと思っていることを、お話しましょう。あなたは、わたしがここを出て同じものを買ってくるまで、このガラスチューブを持っている。新しいチューブから三錠を取り出し、そのチューブを引き出しに戻す。そうすれば、たとえわたしがこれを持って戻らなくても、あなたが心配をする必要はなくなります。これで少しは、安心していただけましたか？」

「わかりました」アリスは細いチューブをパイパーの手から受け取り、鏡台の上に置いた。「本当にクリストファー様のためだとおっしゃるなら、協力しましょう。この区画の反対側からさほど遠くないところに薬局があります。なるべく早くお戻りください。ノーマンさんが、いついらっしゃるかわかりませんから。あの方に何を言われるか、わかったものではありませんわ……」

クリストファー・ペインのコデインのチューブをもう一本用意するのに、パイパーは半クラウンを支払った。そのチューブを手に屋敷に戻り、アリスがドアをあけるとすぐに、相手に見せる。「ほら。簡単なことでしょう?」

彼女は一瞬、軽率な判断を後悔したように見えたが、何も言わず、パイパーを再び二階に上げた。彼が薬を三錠取り出し、新しいチューブにキャップをするあいだ、アリスはきつく両手を握りしめて待っていた。パイパーがチューブをつまみ上げて言う。「本物を返しに戻って来ますよ。でも、それまでは、これがあれば安心でしょう。よろしければ、わたしが……?」彼は注意深くそのチューブを引き出しの中に収め、畳んだハンカチを一、二枚かぶせた。最初に見たときにチューブのそばにあった、黄色く変色した象牙質の小さなかけらを、パイパーが掌中に隠したのを、家政婦は見ていなかった。結局は何でもないものなのかもしれない。それでも、どうしてそんなものが欲しかったのかを説明することになれば、恥ずかしい思いをしたことだろう。頭の回転の速くない女性でも、質問はする。それなのに、パイパーには答えの準備さえできていなかったのだ。

アリスの追憶の泉は、パイパーを送り出すころには干上がってしまったようだ。夜には戻って来るという約束をパイパーが繰り返しても、返事の代わりに頭を上下させるだけで、早々にドアを閉めようとする。ドアが完全に閉まる直前、彼女は虚ろな声で答えた。「ひょっとしたら、そんなに重要なことではないのかもしれません。クリストファー様がお戻りにならないのであれば——そうでしょう?」太陽が眩しすぎただけなのかもしれない。しかし、パイパーには、彼女の目に涙が光っているように見えた。

第十七章

古く、天井の高い部屋は、ひんやりとして風通しがよかった。窓の上枠に画鋲で留められた茶色い紙が直射日光を遮り、カウンターの奥を明るい薄闇で満たしている。両側の壁沿いに並んだ大箱には、藁や紙でくるんだ包みが詰め込まれ、それでも収まり切らないものがあふれ出して、雑然とした小山になっていた。部屋の隅には藁の束や梱包用の木屑、紙の切れ端などが散らかっている。

〈保管庫――部外者立ち入り禁止〉と記されたドアの奥から、さまざまな薬品の臭いが流れ出ていた――記憶も薄れた、遥か遠い日々にパイパーを誘《いざな》うような臭い……。物理学の初歩を生徒たちに叩き込もうと躍起になっていたあの教師は、何という名前だっただろう?……ビレル。そう、ビレルだ。鋭い顔つきで、口も悪かった。それに、あの特技――居眠りをしている生徒に音もなく忍び寄り、細い棒で指関節を叩く……。〝体重を空中で測った場合と水中で測った場合では……〟。アルキメデスが風呂から飛び出し、〝ユリーカ〟と叫びながら裸で町を走り抜けたというのは、本当だろうか……?

ドアの奥から、腰の曲がった男が出て来た。サンバイザーをつけ、裾の長い灰色のダストコートを羽織っている。男は、半分口のあいた茶箱のあいだを通り抜け、傷のついたカウンターの上に指先を置いた。「ご機嫌よう。どんなご用件ですかな?」

「これが――」と、パイパーは話し始めた。「どこから剝がれ落ちたものなのか、教えていただけないかと思いまして」ポケットから象牙色のラベルを取り出し、二人のあいだに置く。「あなたの会社の名前が書いてあるのはわかるのですが、あとはチンプンカンプンでして。突き止めるのは難しいでしょうか?」

「たいていのものは――」男が口を開く。「三つ揃えで来るとは、よく言われることですな。これまで実感したことはなかったが、どうやら本当のことらしい」男は唇を鳴らし、小首を傾《かし》げた。「まあ、これほどの短期間に二度というのは、よい兆候でしょう……。これをどこで手に入れたのか、お伺いできますかな?」

「なぜ、お知りになりたいんです?」

「単なる好奇心ですよ。何年も目にしていなかったものですから」男は、あからさまに値踏みをするような目でパイパーの顔を見つめた。ラベルのほうは、ちらりと一度見ただけで完全に無視している。

「少なくとも――そうですねえ――二、三週間前までは。それが、今になって、まったくの別人が二人、同じことを尋ねにやって来た。このラベルにはきっと、とんでもない秘密が潜んでいるんでしょうね」

「どうして、同じものだとわかるんですか?」

「シリアル・ナンバーからですよ。わたしは完璧に記憶しています――M・三一四/一九二二」男がサンバイザーを額に押し上げ、微笑む。「きっと、わたしどもがその装置を売った人間の名前をお訊きになるんでしょうね?」

「まるで、読心術者のようですね」パイパーは答えた。「そのとおりですよ。でも、まずは――最近、ここに来たという人間のほうに興味がありますね。男性でしたか? それとも、女性だったんでしょうか？」

「お答えする前に、わたしからも質問があります。警察関係の方とお見受けしましたが、違いますでしょうか？」

「それで、わたしの求めている情報を、あなたが快く与えてくださると言うなら――」パイパーはホイルの名刺を見せたが、相手に触らせることはしなかった。「そうだと認めたほうがいいかもしれませんね。これで、話を先に進めてもかまいませんか？」

「もちろんですとも」男はラベルを指さし、両足のつま先でバランスを取った。「それは、錠剤成形装置についていたものです。"Tab.Trit.M/c."という表記は、錠剤粉砕機"Tablet Triturating Machine"の省略ですな。最近では、ほとんど製造されていません。大きな工場では、大量生産が可能な電動式の機械を使いますから。しかし、薬屋が独自の錠剤を製造していた数年前には、この種の機械はかなり一般的だったんですよ」

「錠剤というのは、アスピリンのようなものという意味ですか？」

「錠剤の形に調剤するものはすべて、という意味です。似たような手法は、今でも使われています」男は、両手で空《くう》に四角形を描きながら説明を続けた。「パウダー状の薬品を、底にたくさん穴をあけたプラスチックのトレイの上に広げる。その上に蓋をかぶせると、下に置いた容器の中に錠剤が押し出されてくる。もちろん、パウダー状の薬品は、きちんと固体として固まるようにメチルアルコールなどで湿らせてあります。よろしければ、お見せすることもできますよ――」

「ありがとうございます」パイパーは答えた。「でも、その必要はないでしょう。その機械では、さまざまな大きさの錠剤を製造できるんですか？」

「通常は違いますね。だいたい〇・〇三グラムから〇・〇六グラムの錠剤用です。サイズの大きな薬は需要がありませんから。実際のところ、それは今でも変わらないでしょう」

「でも、穴つきトレイがプラスチックで作られているなら、もっと大きな穴をあけたトレイも作成可能ではないですか？」

「もちろんです」男はいとも簡単に認めた。「もう一人の紳士も、同じことを言っておられた」

「では、その人物は男性だったんですね？」

「そうですよ。おしゃべり上手でもありましたな。とても満足していらっしゃるようでした。笑いながら、ここを出て行かれましたから。それで、その方のことはよく覚えているんですよ」

「どんな人物でしたか？」

「あなたほどの背丈はなかったが、ハンサムで、よく日に焼けていました。高級そうな服を着て、大きな腕時計をしていましたよ。きっと、すばらしく値の張る代物《しろもの》なんでしょうな。あんなものは初めて見ました。わたしがそれに目を留めているのに気づくと、わざわざ外して、いろんなことを教えてくれましたよ。その時計がどんなふうに日付や月、その他諸々のことを示すのかについて。すっかり魅了されてしまいました。その紳士が自分の腕に時計を戻すまで、優に十分は話し込んでいたんじゃないでしょうか」

パイパーが口を挟んだ。「言い換えれば、その人物はあなたに、確実な印象を残していったということですね。もし、あとから尋ねられたら、彼や、その時計のことを、はっきりと思い出せるように。話をしているあいだ、その人物は、あなたの名前さえ訊かなかったんじゃないですか？」

「わたしのことを、モファットとかいう人物に似ているとは言っていましたけどね。わたしが、由緒あるケント人家系のモファットと繋がりがあるんじゃないかと訝《いぶか》っていました。わたし自身は、デクスターだと名乗ったのですが――」男は、突然、何かひらめいたかのように、ハッとした目でパイパーを見上げた。「考えてもみませんでした。あの方はどうして、わたしに自分のことを記憶させておきたかったんでしょう?」

「そこが、あなたの錠剤成形装置から剝がれたラベルと関係してくるところなんですよ。彼が、そのモファット一族についての戯言《たわごと》をしゃべり出したのは、あなたからその機械の購入者について訊き出した前のことですか、あとのことですか?」

「ええと……そうだ、あとになってからです。腕時計の話が終わってから」デクスターはカウンターから身を乗り出し、不安げに両手を組み合わせた。「おかしなことに――巻き込まれていなければいいのですが、警部さん? 気持ちのいい方のように見えたんですよ。わたしの見た限りでは……。いろんな問い合わせを受けていますが、こんな単純なことをあの方に教えたことに何の問題があるのか、さっぱり理解できません」

「問題はありませんよ。あるとすれば――」パイパーには、心の中の薄暗い部分で、クリストファー・ペインの常軌を逸した笑い声が響いているような気がした。「自分のことをあなたに記憶させるのに、彼には何の手間もかからなかったということです。ご参考までに申し上げておきますが、彼は単に気持ちのいい男というだけではありませんよ。とてつもなく賢い男でもあるんです。彼があなたを訪ねて来た日を、もう少し正確に教えていただけますか?」

「三週間以内です。日にちまでは特定できませんが、それ以内であるのは確かです」

「間違いないですか? 三月十一日以前ということはないですね?」

「十一日ですか……？　ええと……今日が……」男は鼻の脇を掻きながら、ぐるりと目玉を回した。やがて、自信たっぷりの声で答える。「いいえ、そんなに前のことではありません。ええと——」振り返って、壁に貼ってあるカレンダーを見つめる。「ええ。二十日か二十一日くらいですね。十九日が日曜日で、その週末、わたしたちは棚卸をしたんです。それ以前ではありません」

「結構。その点は解決しました——」段ボール箱や木箱、さまざまな包みが、ある種の規則性を保ちつつも乱雑に散らかった部屋が、突然、不気味なほど静まり返ったようにパイパーは感じた。「これで、もう一つの未解決問題に取りかかれます——例の錠剤成形装置ですが、あなたたちの記録で購入者はわかりますか？」

「記録は何年も前に遡るんですよ」すまし顔でデクスターは答えた。「調べなければ、お答えはできません。いいですか——」男は象牙色のラベルをつついた。「番号のあとの数字は、その機械が一九二二年に製造されたことを示しています。すばらしい腕時計をした男のために、一度調べているんです。ひどく時間はかかりましたが、最後にはわかりました」

「で、その購入者というのは……？」

「ハリントンという方ですな」と、デクスター。「当時、キャムデン・タウンで調剤薬局を営んでいた方です。住所は……ええと……そう、シーモア・ストリートの六二二A番地。今もそこにいるとは思えませんが、調べるのにそんなに時間はかからないでしょう。ここからバスで十分かそのくらいのところです」

「ハリントン氏の居場所を探すなら、もっと簡単な方法がありますよ」パイパーは答えた。「それに、ずっと効率的でもある。サマセットハウス（戸籍本庁などが入った建物）の記録なら、十年以上も前に遡れますから

──何世代もの人間の、誕生、結婚、死の記録がすべて残っています」

「しかし──」

「誰もそんなことはしないでしょうね」パイパーはラベルをポケットに戻すと、ゆったりとデクスターに微笑みかけた。「わたし以外には。時計の講義であなたを楽しませた愉快な男は、大いなる驚きをもたらしてくれるはずですよ──もし、もっと長生きをしてくれれば」

第十八章

四十五年の歳月を埋めるのに、さほどの時間はかからなかった。四時半までには、エスター・ペインの人生を網羅する事実を、パイパーはすっかり手に入れていた。二枚の紙に綴られた数行の文字が、美しく飾られた見せかけの衣装を引き裂き、事実を剝き出しにしていた――すべてとは言えないかもしれない。しかし、不幸な女の陰鬱な人生の足取りを完成させるのには十分だった。不足を埋めることができたのは、彼女自身だけだった。その不足も永遠に、ねじ曲がった心の奥底に埋もれたままになってしまう。そして、今や、その哀れな心には、どんな男の手も届かない。他人を陥れるために掘った穴に自分自身が呑み込まれたとき、彼女の人生の最終ページもまた閉じられたのだ。

『……ウィンブルドン、ヴィクトリア・アヴェニューの独身男性、ジョージ・アーサー・ハリントンと、ケント州ヘイズ、パーク・ヴューの独身女性、メイヴィス・フレッチャーの……キャムデン・タウン登記事務所』

そして、二年後には、『……キャムデン・タウン、シーモア・ストリート六二一A番地のジョージ・アーサー・ハリントンとメイヴィス・ハリントン（旧姓フレッチャー）に、娘エスター……』

すべてがそこにあった――三月十一日の夜に終わった、短い人生のすべてが。雨と風が狂ったように屋敷を打っていた夜、うら寂しいランプの灯のもとで彼女は死んだ。そのとき、彼女が何を思っていたのか、知る者はいない。しかし、今となってはそれも重要ではなかった。

フォールケンハイム医師の調剤室から盗み出したストリキニーネ、憎しみを抱き始めた男を消すための錠剤の準備、錠剤成形装置の破壊――クリストファー・ペインは、どこであの象牙色のラベルを見つけたのだろう？

それもまた、どうでもいいことだ。そのラベルだけで、疑いを呼び起こすには十分だったのだろう。ひょっとしたら、妻に与えられたコデイン錠が、殺人への梯子の第一歩だと、ペインはすでに疑っていたのかもしれない。慎重に調べれば、偽の錠剤がどんな目的で作られたものか、暴くことができたはずだ。クリストファーのような人間にとって、それは決して見逃すことができないチャンスだった。甘ったるい正義感も、彼に訴えかけたことだろう。何の危険もなかった。法に、その力を行使させればいいだけのこと。彼が愛して止まない眩《まばゆ》いばかりの脚光の中で、すべてのゲームが終了したときには、すでにしっかりと用意してある逃げ道を使えばいい。そんなふうに考えれば――もし、ほかに考えようがないのだとしたら――クインが正しかったことになる。いずれにしても、ポケットの中のコデイン錠のチューブが、最後の繋がりを解き明かしてくれるはずだ。


公共分析業者トルベ・アンド・チャップマン社は、トテナム・コート・ロードに近い、食品雑貨店と不動産屋に挟まれた細長い建物の中にあった。縁なし眼鏡に染みだらけの茶色い作業着を着た男は、パイパーが事前に用意した話を、関心もなさそうな顔で聞いていた。やがて、薬のチューブをつまみ上げて、軽く振る。

「お名前をいただけますか？　あなたがご希望の検査は、頻繁に持ち込まれるようなものではありませんから」どうやら、脚の具合が悪いようだ。男は、片脚に体重を乗せると身を折り曲げ、もう一方の脚の膝を摩《さす》った。「もちろん、ご存知かとは思いますが、ストリキニーネがこうしたものに混入することは――」

男はもう一度、チューブを揺すった。照明が眼鏡のレンズに反射し、男の顔に空洞を作る。

「偶然には、決して起こりません。すぐに検査が必要ですか?」

「だからこそ、こちらをお訪ねしたんですよ」パイパーが答える。「身分証明書をお見せしたほうがいいかもしれませんね」ホイルの名刺を見せて、彼は先を続けた。「できるだけ早く、専門家の確認を取る必要があるんです。科学捜査研究所に持ち込む時間がないのは、そのためなんですよ。もちろん自動的に、あとからそちらでの検査もされることになります。でも、今は、こちらの会社で手早く分析をしていただけると、大いに助かるんです。そうでないと……」

「特に問題はなさそうですね、警部さん。どうぞ、お座りになっていてください」男がスイングドアを通り抜ける。上階《うえ》の部屋へと階段を上っていく足音が聞こえた。

五分が過ぎる。さらに五分。壁にかかった電動式時計の赤い秒針が、とてつもない苦労をしながら文字盤の上を移動しているように見えた。太陽が地平線へと傾くにつれ、窓の外の屋根がオレンジ色に燃え立ってくる。もうすぐ、一日が終わってしまう――エスター・ペインの人生の最終幕が、明るみに引き出された一日。彼女が代弁していた悪はその力を失い、彼女の思い出だけが残される。

十五分が過ぎたころ、パイパーは妙に不安な気持ちに捕らわれ始めた。急ぐ必要はない。自分にそう言い聞かせる。長い調査も終わりを迎える。クリストファーが生きようが、死のうが、結果は同じことだ。妻の死を説明するために、彼が法廷に呼ばれることは、もう二度とない。彼女はもう償いを終えたのだ――十分に償ったはずだ。長い時間を経て、やっと、彼女も他人を解放することになる――ドーリング、リタ・バーネット、そして、あの気の毒なフォールケンハイム医師。リン・キャッスルは、何の恐れもなく子供を産むことができるだろう。もしかしたら、子供の父親が……いいや、ひょっとしたら彼は、自分の子供にもっと悲惨な遺産を遺したのかもしれない。いつの日か、彼の精神に根を張っていた病が、再び花を開くことも……。

不安はますます膨らんでいった。パイパーは立ち上がり、垂れ込める雲のように心を覆う不吉な予感を振り払うために、部屋の中を行ったり来たりし始めた。いったい何の因果でこんなことになったのだろう？　今や、すべてがわかっている。これ以上、何も起こらない。すべて終わったのだ――悪夢が、朝の明るい光に包まれた薄い空気の中へと立ち消えるように、完全に終わった。あとは、しつこくつきまとう記憶が残るだけ。それさえもいずれ、必要のない記憶の忘却の渕へと吸い込まれていくはずだ。

それでも、不安は消えなかった。茶色い作業着を着た男が戻って来たときには、凄まじい焦燥感へと変わっていた。

「ご想像のとおりでしたよ」男は言った。「錠剤そのものには、まったく問題はありません――すべての錠剤から少しずつサンプルを削り取っていますから大丈夫です――でも、チューブの表面や、底に残った薬の粉の中に、ストリキニーネの痕跡が少量見つかりました。それに――」男は、チューブの蓋がしっかりと差し込まれているかを確認し、さらに、親指でもうひと押しした。「フェノバルビトンに似た薬の存在を示す形跡も。お急ぎのようでしたから、完璧な検査とは言えませんが、もし、時間をいただけるなら――」

「ご報告の内容で十分すぎるくらいです」パイパーが答える。「違うものが出てきたら、逆に驚いていたでしょうから。料金はおいくらですか？」

「ああ、通常の料金は二ギニーですが、警部さん、こんな状況でしたら、そんなにはいただけませんね。普通、我々は詳細な報告書を作成します。でも、そこまでする時間がなかったものですから」

「望んでいたものを提供してくれたんですから、通常の料金を請求する権利がありますよ。必要な書類なら、科学捜査課の人間がいくらでも作成してくれます」壁の時計は知らぬ間に数分間をスキップしたようだ。すでに五時十五分になっている。五時には電話をする約束をしていたのに……。パイパーは押しつけるように料金を払うと、コデイン錠のチューブをポケットに戻した。あたふたと立ち去る彼の後ろ姿を、分析官は不思議そうな顔で見送った。

三階分の石階段が永遠に続くように思われた。地上に着いてみると、どこかの間抜けが、パイパーの車のすぐ後ろにトラックを停めていて、数インチの隙間もない。運転手を探し出す時間、その男がトラックを移動させる時間、渋滞した道路をノロノロと進む時間——やっと電話ボックスを見つけたものの、すでに先客がいる。自分の体格ほども大きな舌を持っていそうなでっぷりとした女は、心ゆくまでおしゃべりを楽しむつもりで、どっしりと腰を落ちつけてしまったようだ。

車の混み具合からして、ほかの電話を探すのは難しそうだ。そこだって、ふさがっているかもしれない。そのうち、ここも空くだろう。待つ以外、方法はない。

五時三十二分、太った女は三度目の「じゃあね」を言い、大量の荷物を掻き集め始めた。傘に、ハンドバッグに、手袋。ボックスのドアをあけかけて傘を落とす。次いで、魚の臭いのする紙袋。最後には、バンドバッグの中身をひっくり返した。白粉《おしろい》ケースが側溝に転がり、小銭や細々としたものが舗道に散らばる。女の持ち物を掻き集めるのに、気がついた数人の通行人の手助けと、さらに数分を要した。そしてやっと、その女はパイパーに電話ボックスを引き渡してくれた。山ほどの荷物を積んだラクダが砂漠を行くように、女の後ろ姿が遠ざかって行く。

ピール・テイラーの診療室からは何の応答もなかった。決して応える者のいない電話機が立てる音のように、呼び出し音《コール》だけが空しく響く。パイパーの耳に届く〝ブルル……ブルル……〟という音が、抑揚のない低い呟《つぶや》きのように聞こえてきた。〝もう遅い……もう遅い……もう遅い〟。物事は、自分には関係のないところまで達している。しかし、他人事でいられる段階は、もうとうに通り過ぎてしまっていた。ドーリングにつき添われて、裁判官の部屋から担架で運び出されたクリストファー・ペイン。その時の、力なく、ぴくりとも動かない顔しか、もう思い出せない。かつて、あれほどダイナミックだった人間が、今や、闇の中で揺れる風前の燈《ともしび》でしかないのだ。その炎を吹き消すのに、どれだけの力が必要だろう……？

何の希望も持てないまま、セント・マーティンズ病院に電話をしてみる。「……いいえ。調べてみましたが、ピール・テイラー先生は、だいぶ前に帰られています……四時半くらいに……ええ、わたしが聞いたところでは、明日またお見えになるそうです……ああ、そうでしたか……申し訳ありません。こちらには見えたんですか……？　いいえ、火曜の午後には、どなたもお見えになっていません。でも、今夜、七時から八時のあいだでしたら、お越しいただけますよ……わたしにはわかりませんが、ひょっとしたらシスター（セント・マーティンズ病院はキリスト教系の病院なので、院内にシスターがいるものと思われます）が何か……」

救急外来のホールには明かりが灯っていた。車椅子の長い列や、店じまいをした喫茶コーナー近くに置かれたワゴンを、その照明が照らしている。入口近くの待合室からは低い囁き声が漏れ、ゴム張りの床を擦《こす》る柔らかな靴音も聞こえてくる。あちらこちらから、決して止まることのない人々の活動のさざめきが伝わってきた。

入口を入ってすぐの場所に、小さなガラス張りの詰所があった。中では、薄汚れた白衣姿の男が二人、緑と白のカードの束から、厚いインデックスつきの台帳へと、記載事項を転記している。近くにいる男が、台帳の一カ所に指を置いたまま引き窓をあけ、眉を上げた。「何か、お困りですか?」

パイパーが尋ねる。「二十五号棟への行き方を教えていただけませんか?」

「理学療法エリアの反対側にある入口を抜けてください。それから左に曲がる。廊下の突き当たり近くに階段があります」男は窓から身を乗り出し、手振りを交えて説明した。「その階段を下りて、もう一度左に曲がる。二十五号棟は、エレベーターを通り過ぎてすぐのところです。見落としたりはしませんよ。左、階段を下りる、もう一度左……。大丈夫ですか?」

「ありがとうございます。迷わないで済みそうです」

二人の男は事務的に微笑み、自分たちの仕事に戻った。ホールを横切ったパイパーは、リノリウム貼りの長い廊下に出た。不規則な間隔で、廊下の両側に電光板が並んでいる……〝救急用X線室〟……〝この先、第六、七、八、九号棟〟……〝調剤室〟……〝手術室――お静かに〟。階段を下りた先には、高窓の列の向こうにテラゾ（セメントに大理石の砕石を混ぜて磨いたモザイク仕上げ）貼りの廊下が続いていた。暮れ落ちる陽光が、天井に並ぶ照明やエナメル挽きの壁からの照り返しに、最後の負け戦を挑んでいる。前方のどこからか、生ぬるい風に乗って防腐剤の臭いが漂ってきた。目に入る人影は、金属製のワゴンを押している男が一人だけ。皿でも運んでいるのか、そのワゴンはカチャカチャと音を立てていた。

廊下の先に、格子戸つきのエレベーターがある。そのそばの、壁の窪みに置かれた机の背後で、手入れの行き届いた黒髪に濃紺《ネイビーブルー》のスーツを着た女性が、忙しそうに仕事をしていた。パイパーが通り過ぎても、顔も上げない。近くの病室から、はっきりとした声が聞こえてきた。「どこで女を見つけられるか、そのうち、やつにも教えてやるよ」あけ放たれたドアから顔を強張《こわば》らせた看護婦が出て来て、後ろを振り返ることもなく、急ぎ足で立ち去った。その姿が見えなくなってから、パイパーは先に進んだ。

ドア、またドア……左側に奇数番号、右側に偶数番号……四……六……八……。ベッドのスプリングがきしむ音、人が呟き込む声……くぐもったラジオの音も聞こえてくる。「このあとすぐ、田舎に住む人々の生活の物語――『アーチャー一家（英国で人気を博したBBCのラジオドラマ）』のさらなるエピソードが始まります……」

十号室は静まり返っていた。素早く両脇を見渡し、ノブを回す。机に向かっている女性は、まだ忙しそうに働いていた。パイパーが中に入るのを見ていた者はいない。

迫り来る夕闇に、室内は灰色に沈んでいた――薄暗く、空気がこもり、物音一つしない。カーテンを閉じた窓の向かい側にベッドがあった。枕カバーの滑らかな白さに対して、クリストファー・ペインの顔は、ぼんやりとした霞のように見えた。きっちりと巻きつけられた毛布が顎まで引き上げられている。仰向けで横たわる姿は、ぐったりと疲れ果て、深い眠りに落ちている人間のようだ。部屋の奥にはクロミウムのスタンド。ピンク色のゴムチューブを垂らし、透明な液体で満たされたフラスコが、締め金で留められている。ベッドの横に、観音開きのカップボード。その上に、小さな読書用ランプ。明かりは一つもついていない。

パイパーは、ホッとため息をついてドアを閉め、部屋を横切った。近づいてみると、ペインの顔は、担架に乗せられたときのままだった。口が薄くあき、顎の力は抜けている。瞼は静かに彼の目を覆っていた。ただ一つ違いがあるとすれば、日焼けした顔がずっと青白く見えることくらいだ。

パイパーは片手をそっとペインの額に乗せ、寝息を確かめるために身を屈《かが》めた。じっとりと冷たい感触が伝わってくる――不快なほど冷たく、張りがない。それに、息遣いも感じられなかった。ペインの開いた口からは、ほんのかすかな音さえ聞こえてこない。

寒気が腕を這い上がり、胸の筋肉が麻痺したように感じた。手を離し、身体中の骨が固まりでもしたかのように、ぎくしゃくと身を起こす。室内の薄闇が突然、自分をきつく締め上げる毛布にでもなったかのようだ。後ずさり、ジャケットで指を拭《ぬぐ》うパイパーに、想像力が悪い悪戯をしかけてくる。今や、嫌な予感がしっかりと彼を捕らえていた。あの電話の呼び出し音が再び囁きかけてくる。〝もう遅い……もう遅い……〟。頭が破裂しそうなほど、何度も何度も執拗に。が、不意に、冷静さが戻って来た。死んでしまったというなら、ペインは死んでしまったのだ。自分にはどうすることもできない。発作で死んでいく人間は、毎日いる。どうして、クリストファー・ペインだけが特別でいられるだろう？

しかし、彼が死んでから、そんなに時間は経っていないはずだ……病院側がその事実を知っていたら、彼を一人、ベッドに寝かせておいたりはしないだろう……。病院で亡くなった人は、どういうことになるんだっただろうか……？　家族が来るまで、霊安室に移されるのではないか……？　しかし、彼に家族はいない。リン・キャッスルが、葬儀の手筈を整えることになるのだろうか……？　パイパーは、後ろを振り返りもせずにドアをあけ、エレベーター脇のデスクへと走った。

声をかけられた黒髪の女は、不機嫌そうにパイパーを見上げた。諦めた様子でボールペンのキャップを脇に置く。「シスターなら、まだ夕食中だと思いますけど」と、その女は言った。「でも、ここで少しお待ちいただけるなら、探してきますわ。入院中の患者さんのことなんでしょうか？」

「そうです」パイパーはきっぱりと答えた。「それも、かなりの緊急事態です。どうか、すぐに呼んできてください」

「時間はかかると思いますけど——食事中なら特に。でも、できるだけのことはしてみますわ。シスターたちは、いつでも自分たちの思うとおりにするものですけれど。彼女には、あなたのお名前を何と伝えたらいいんでしょう？」

「十号室のペイン氏の友人とだけ伝えてください。それにもし、彼女を急がせるのに役立つなら、ピール・テイラー先生の知り合いだとも」

「ここでお待ちください。そんなに長くはかかりませんから」女は、パイパーを力づけるような笑みを浮かべると、タイトスカートとハイヒールが許す限りのスピードで、音を立てて廊下を遠ざかって行った。

かなりあとになって、パイパーはその女性を再び見ていないことに気がついた。戻って来たのだとしても、気づかなかったのだろう。その後、起こったことを考えれば、驚くことでもない。

シスターが協力的な気分だったのか、ピール・テイラーの名前に〝開けごま〟的な力があったのか。いずれにしろ、シスターは一分もしないうちに事務所に隣接する部屋から姿を現し、取り澄ました顔でパイパーに近づいてきた。両手の指先を押し合わせ、頭を後ろに反らせて立つ姿は、鼻の脇から相手を見下ろすような感じだった。「何事ですか？」シスターは問いかけてきた。「わたしに何かお話でも？」修道服を脱げば、彼女もそれなりに魅力的な女性なのだろう。それでもお勤めのあいだは、誰にも大きな顔はさせない優越の衣で身を固めるのを当然と考えているようだ。

パイパーが答える。「あなたのお姿が見えなかったので、シスター、十号室のペイン氏の部屋をちょっと覗いてみたんですよ。驚いたことに――」

「あなたにそんなことをする権利はありません。実際、七時になるまでは、この棟の近くにいる権利さえなかったんですよ」そうは言っても、彼女の目は怒っていない。耳の後ろまでちゃんと洗わなかったでしょうと、小さな男の子にお小言を言っていた経験でもあるのかもしれない。「お見舞い時間は七時から八時までです。ご存知なかったんですか？」

「これまでの人生で――」もし、自分が、これから先の数週間、ベッドに縛りつけられる患者だったら、どんな気分だっただろうかと、パイパーは思った。「知らないことがたくさんあることを学んできました。でも、一つだけ、知っていることがあります。そうでなければ、ひどい思い違いをしていることになる」

「何を知っていると言うんです？」

「十号室のあなたの患者が、死んでいるということです」

シスターは唇をきつく引き結び、両腕を脇に下ろした。「ばかなことは言わないでください。わたしがあの方の様子を確認してから、二時間も経っていないんですよ。容態に変わりはありませんでした」

「では、この直前に変わったんでしょう。脳出血を起こした男が、呼吸を止め、体温も失って、もう生きていないんですから。ご自分で見に行ったほうがいいんじゃないですか？」

「まったくばかげているわ、でも――」パイパーを後ろに従え、シスターは十号室に駆け込んだ。中はすでに暗くなっていた。シスターが、ドア口にあるスイッチを手探りする。天井の照明がついた。ペインを一目見るなり、彼女はベッドに駆け寄り、患者の左手を求めて毛布の下をまさぐった。

頰の肉が下がり、歯が見えている。パイパーがペインの顔を見てから数分のうちに、患者はさらに深く、枕の中に沈み込んでしまったようだ。以前の艶《つや》やかな髪は、よく合っていないかつらのようにばらけ、顔色もすでに土色になっている――死が、見せかけの美しさをすべて奪い取ってしまったあとの顔だ。

「どうですか、シスター?」パイパーは尋ねた。

「どうでしょう、でも――」シスターは毛布の下から手を引き抜き、ペインの首の窪みに当てた。

「あなたは外で待っていてください。わたしが先生を呼んでくるまで――」彼女はそこで、何かを喉につまらせたかのように黙り込んだ。ただ、じっと、自分の指先を見つめている。パイパーがベッドの反対側に回り込むまで、微動だにしない。時計の針がノロノロと十秒を刻む。その間、ふたりはただ、互いの顔を見つめ合っていた。パイパーがベッドの毛布をめくり返す。

クリストファー・ペインは、血の海の中に横たわっていた。パジャマが血でぐっしょりと濡れ、身体の周りにも大きな血だまりが広がっている。右腕が腹の上に乗せられていた。手首から、まだ血がだらだらと流れ続けている。電子管のキャップが太腿とマットのあいだに押し込まれ、ガラスの割れ口が、照明の光を受けてぎらぎらと輝いていた。

遥か遠くから、パイパーは自分の声が問いかけているのを聞いた。「手を伸ばして読書灯をつかむだけの力を、彼は取り戻したんでしょうか？　自分の身体が麻痺したのを知って、これ以上、生きていたくないと思ったのかもしれませんね」

「わたしが夕食を取っているあいだのことだったんだわ。少し前に様子を見たときには、何の異常もなかったんですもの」シスターはドアのほうに後ずさった。顔からショックの色は消えている。「ピール・テイラー先生は、当分、意識は回復しないだろうとおっしゃっていたんです。でも、いつ何時《なんどき》、こんなことが起こるかなんて、誰にもわからないことです。意識が戻ったときに、患者さんがどのくらい、その事実を悲しむかがわからないのと同じように」講義から書き移したノートを学生が読み上げているような、何の感情も含まない口調だった。その目に憤りが広がっていくのが、パイパーにもわかった。彼女のような職業では、死は日常的な出来事だ。しかし、自ら招いた死は意味が違う。クリストファー・ペインの所業は、型通りのパターン――彼女が受け入れるように教えられている唯一のパターン――を打ち砕くものだったのだ。「面倒なことになりそうだわ」シスターは苦々しげに言った。「でも、どうしてわたしにわかったと言うの？　わたしが見たときには大丈夫だった。間違いなく、大丈夫だったんだから」それ以上は何も言わず、シスターは病室を出て行った。

彼女がいなくなるとすぐに、パイパーはしゃがみ込んで、ベッドとカップボードのあいだの床を調べ始めた。ガラスのかけらは一つもない。再びベッドを調べる。フィラメントがついた棒の一部分と、キャップの内側から剝がれた接着剤のかけらが見つかった。ガラス球の残りは、クリストファーの身体の周りに散らばっていた。

何が起こったのかを理解するのは簡単だった――非常に簡単。クリストファーには、片手だけで十分だったはずだ。身体のほかの部分がいかにひどく麻痺していようと、片手が動けばそれで十分。鋭い一撃、紙袋を割ったような小さな破壊音――それだけで、彼にとっては、生きながら墓穴に埋められているような状態から逃げ出すための手段が手に入る。クリストファー・ペインにとっては、単純な選択だった。そして、彼は、事態がより一層悪くなる前に、その選択肢を選び取ったのだ。そのチャンスがいつまで続くものなのか、彼にはわからなかったのだから――自分の腕が、いつまで自らの意思に従ってくれるのかなんて。最終的には、彼を作家という職業の最高点にまで押し上げた工夫の才が、勝利を収めたことになる。

すべての事情聴取が終わり、慌ただしい問答や大騒ぎが終わると、パイパーはやっと帰宅を許された。彼の背後で、大病院の日常は続いていく。巨大な組織の歯車が止まることは、決してない。患者が一人死んでも、ほかの人々は生き続けなければならないのだから。六百人もの壊れた身体が、癒されるのを待っている。適用されるべき治療や科学技術を邪魔することは、何者にも許されない。一人の男が、もうこれ以上生きていたくないという理由で死んだ。その男が自らの命を刈り取ったベッドは、すぐにほかの人間で埋められる。そして、大いなる宇宙の一部であるこの小宇宙も続いていくのだ。もうすぐ赤ん坊が――クリストファー・ペインが決して目にすることがないよう宿命づけられた赤ん坊が――産まれてくることなど気にも留めず、無視したまま。

パイパーの空っぽになった心の奥底から、女の笑い声が聞こえてきた――エスター・ペインの笑い声が。

第十九章

クインは、この上なく丁寧な手つきで新聞をめくると、机の上に広げた。「ほら、旦那。よーく読んでみな。第一面に、見出し記事が三つだ」予備の椅子に大股を広げて座り、長い脚を投げ出す。「あの変人は、自分が死ぬときまで、おいしい話を提供せずにはいられなかったんだな。あれだけ派手な方法を選んだんだ。世間の注目を集めることを目論んでいなかったとは考えられん」

「それしかなかったんだよ」パイパーは答えた。「あんな状況であれだけの力を掻き集めたんだ、死後の金メダルに値するくらいだ。昨夜集めた情報からすると、身体の半分はまったく動かなかったんだろうな。もし、あのランプがもう数インチ遠いところにあったり、カップボードがもう少し高かったりしたら、できなかったはずだ。あの状態でも、やっと手が届くくらいだったんだから。仰向けのまま、身体が動かせない状況で、片手だけでランプをソケットから引きぬくのは、決して簡単なことでないよ」

「ある能力の欠如は」とクインは言った。「ほかの能力を強化させることで補われるって、よく言うものな。もし、事故で片脚が短くなれば、もう一方の脚が必要に応じて長くなる。まったくもって、シンプルじゃないか。ところで……仕事がひと段落したら、どうするつもりなんだ?」

「この報告書を書き上げたら――」パイパーはタイプライターに挟んだ紙を指で弾《はじ》いた。「二、三日、休暇を取るよ。それに値するだけの仕事はしていないのかもしれないが、とにかく、そうする」

「遠くに行くのか?」

「それは、ぼくと預金残高だけの秘密だな」

「つまり、仕事が嫌でたまらないっていうわけか。誰から逃げ出すつもりなんだ?」

パイパーは答えた。「自分自身から。この頭の中から、ある家族のことを叩き出したいんだ」

「おやおや、かわいらしいエスターちゃんがあんたにも取りついたっていうわけかい? 錠剤成形装置だかのことはもう、ホイルに話したのか?」

「いいや。あとで会う約束をしている。ランチを一緒に取るんだ」

「おれは遠慮しとくよ」クインは立ち上がり、よれよれのネクタイの結び目を締め上げた。「お巡りと飯を食うなんて、絶対にごめんだ。喉が詰まっちまう。あいつらのことなら、よくわかっているんだ。どいつもこいつも、餌をやろうとする手まで嚙みつこうとするんだからな」目を半分閉じて、クインは続けた。「コデインのチューブのことなんかも、話すつもりなのか?」

「クリストファーが死んだ今となっては——」パイパーの目にはまだ、血に染まったギザギザのガラスやペインの手首の裂き傷が見えるようだった。「それも、意味がないだろうな。ぼくが理解する限りでは、エスター・ペインの死は自殺だった。でも、夫を殺人の罪で絞首刑にさせるための巧妙な企みから、彼女がほんのわずかでも満足を得たとは考えたくない」

「おやおや。今度は迷信かぶれっていうわけじゃないよな? 生まれ変わりも信じているのか?」

「生きた人間の邪悪さなら信じているよ。それが決して消えないことも。エスター・ペインが生み出したものは、彼女の死とともに滅びることはなかった。それも今は、やっと消えてくれたけれどね。

彼女はすべてを犠牲にして、自分の思いを貫き通した。自分の夫を愛で繋ぎ止めることはできなかったけれど、憎しみなら、それができたんだ。夫の名をあれほど貶めなくても、彼女には十分うまくやれたんじゃないかな?」

「誕生日が近くなったら教えてくれ」クインが口を挟む。「タンバリン（南アフリカ産の鳥。鳴き声がよく響く）を買ってやるから」にやりと笑うが、目は真剣だ。「心配するな。わかっているよ。余計なことはしゃべらないから。〝千の秘密を守る男〟っていうのは、このおれのことさ……。ところで、保険金はどうなるんだ?」

「弁護士がうまく処理してくれるさ。もし、遺言を残していなかったら――」パイパーは肩をすくめた。「まあ、とにかく、人生は金だけではないからな。ペインだって、あれだけの金を持っていても、幸福は買えなかったんだし」

「これにて、レッスン1の終了」両手をポケットに突っ込み、小首を傾《かし》げながら、クインはパイパーを見下ろした。「あんたは奥が深いな、ジョン・パイパー君。実に、奥が深い。脱帽だよ。そのうち――」クインはドアをあけ、振り返って投げキスを寄越した。「お祝いに、こっそり酒でも飲もう。二人だけでこっそり、なっ? 話の裏側にも興味があるし――」長い鼻先に、小ばかにしたような皺を寄せて、彼は続けた。「あんたが話そうとしなかった裏側にも……じゃあな」

しかし、すぐにまた、クインは戻って来た。「あんたにご婦人のお客様だ。ああ、忘れるところだった。我らが友人C・Pの、血生臭い死についてあれこれ教えてくれてありがとな。おれのコラムにちょっとした彩りを与えてくれたよ。どんな彩りかは、乞うご期待」そして彼は脇に避《よ》け、リタ・バーネットを中に通した。彼女の背後で目を剝き、ありもしない口ひげを捻り上げてから、ドアを閉める。

足音が階段を下りていくまで、リタは口を開かなかった。顔には気まずさが浮かんでいる。気まずさと、何かほかのものも。パイパーが椅子を勧めると彼女は腰を下ろし、何か手にするものができてよかったというふうに手袋を取った。パイパーが何も言おうとしないのがわかると、相手を見上げ、話し始めた。「こんなふうに訪ねて来たりして、お気を悪くなさらないといいんですけど、パイパーさん」

彼は机に背を預け、微笑んだ。「どうして気を悪くする必要があります？　以前は二度も、わたしのほうが押しかけて行ったのに。それに、いつも言われてきたんですよ。女性は、はっきりとした発言を好むって」同じように朗らかな声でパイパーは尋ねた。「フォールケンハイム医師のためなら、わたしが何でもするなんて、どうして思ったんです？」

「どうして、おわかりになったの……？」

「ほかにどんな理由があって、あなたがここに来ます？　何もすることがないから？　わたしと一緒に公園を散歩したかったから？」パイパーは頭を振った。「かわいらしい女性というのは得なものですね、バーネットさん。わたしのような男は思い違いなどしないものです。わたし自身が、自分の魅力で人から求められたことなど、かなり前のことですから――遥か昔のこと」暖炉の上の写真が笑いかけたように見えた。これまで、アンがこれほど親しげに感じられたことはなかった。「一人だけ、仕事以外の理由で訪ねて来たものですけどね……。フォールケンハイム医師の話に戻りましょう。いくら、そうしたいと思ったところで、どうしてわたしに彼を助けることができます？　少なくとも、決定的な事実をつかんでいない限り、警察が人を殺人罪で逮捕することなんて、できないんですよ。彼の場合、それ以上に問題がある。あんなに嘘ばかり並べるべきではなかったんです。その事実だけでも、陪審は彼を有罪と見なすでしょう。それに――」パイパーは笑みを消し、再び頭を振った。「あなたも、嘘などつくべきではありませんでしたね」

「ほかにどうすればよかったんです？　あの人は、これまで知り合った中でも一番親切な人でした」バーネット嬢は手袋をねじり、背筋をすっと伸ばした。「あの人が、彼女を毒殺したと疑われてもいいなんて、わたしが望んでいたとお思いなんですか？　戸棚からストリキニーネがなくなっているのは、わかっていました。他人は、いとも簡単に無責任なことを言い始めたでしょう、彼女があの人の……」

「でも、実際には違っていたんでしょう？」パイパーが尋ねる。「彼女はその特権を、もっと若い男のために取っておいた。エスター・ペインがその男と寝ていない夜には、あなたが一緒に出歩いていた相手のために。彼女が知っていたら、どうなっていたでしょうね――」パイパーは口元を固くし、語気を強めた。「あなたに自分の地位を奪われていることを？」

「ドーリング先生とわたしのあいだに、何か関係があったとおっしゃりたいんですか？」椅子をきしませて、バーネット嬢は立ち上がった。「遠回しなことは言わないでください、パイパーさん。そう思っているなら、はっきりおっしゃればいいじゃないですか。あなたは、わたしがペイン夫人と同じだと思っていらっしゃる、そうなんでしょう？」

「わたしの意見が重要ですか？　ドーリング先生のことが気に入らないので、わたしも偏見を持っているのかもしれません。他人の妻とねんごろになる男は好きではありませんので」

「そうですか」バーネット嬢は手袋をつけ始めた。「もう何もおっしゃらなくても結構です。一、二度、彼を誘い出したことがあるから、わたしは彼の愛人というわけなんですね？　そう思っていらっしゃるなら、かまいませんわ。あなたがどう思おうと、それがどうだって言うんです？」

「誰もあなたが愛人だなんて言っていませんよ。でも、そう言われて思い当たるふしがあるなら、ご自分のことだとお思いになるといい。個人的には、とても残念ですね。こんな素敵なお嬢さんが、あさましい情事に関わるなんて」

「堕落した女を更生させようとしているなら、時間の無駄ですわ」辛辣な口調でバーネット嬢は答えた。「それに、わたしも、お説教を聞きに来たわけではありませんし。あなたのようにご立派な主義をお持ちの方なら、わたしなんかではなく、本当に助けを必要とする人に手を差し伸べるでしょうに」

「そうしたつもりなんですがね」

「何もなさっていませんわ！　ご自分が奉《たてまつ》る相手を崇《あが》めるのに、ずっとお忙しかったんでしょう」

「それは聞き捨てなりませんね。でも、まあ、今は置いておきましょう。フォールケンハイム医師が妻を殺していないことを警察に納得させる役割をわたしに期待するのは、いったいどういうわけなんです？　忘れないでください。わたしは、弁護するための調査の許可さえ、彼から得ていないんですよ」

「はぐらかさないでください！　調査費をもらう約束をしていないって、はっきり言えばいいじゃないですか」

「そうでしょうか？　調査員だって生活していかなければならないんですよ」リタに触れたいという以前の欲求が、パイパーの胸中で膨らんでいた。彼女はとてもクールで慇懃で魅惑的だ。ドーリングはリタにとって、退屈な夜の相手以上の存在だったのだろうか――楽しみたい気分のときに、つき合ってくれる魅力的な若者？　あの医者はリタのことを、決してそれ以上の存在ではないと言い張っていた。二人が互いにとってどんな存在だったのかが、どうしてこんなにも気になるのか？　当の二人にとっても、どんな重要性があると言うのだろう？　数カ月も経たないうちに、二人は何の関わりもない存在になる――キャビネットの引き出しを埋める、カーボン複写の名前。エスター・ペインでさえ……。

「フォールケンハイム先生には生きる権利もないとおっしゃるんですか？」鋭い口調で彼女は尋ねた。「いくら欲しいんです？　調査料をおっしゃってください、わたしが払いますから。わたしのような人間から支払いを受けても、あなたの名前に傷がつくことはないでしょう？」

パイパーは答えた。「あなたには、わたしの請求額など払えませんよ。それにわたしは、〝確実性を請け合う〟ようなスタンスでは仕事はしないんです。失敗する可能性だってありますし、そうすればあなたは、無駄金を払うことになりますから」

「それでもわたしは、それに賭けてみたいんです。料金を言ってください。払えるかどうかの判断は、わたしにさせてもらえませんか」

「五百ポンド――望む結果が出ても、出なくても」相手が大きく目を見開くのを見て、パイパーは先を続けた。「一部を人から借りることもできるでしょう。あるいは、ドーリングが、共同経営者の命を心配してくれるとか？」

バーネット嬢は再び腰を下ろし、両手を膝の上に落とした。「わたしがそれだけお支払いできれば、あなたも好きなことを楽しむことができるでしょうね！　わたしにそんなお金の用意などできないことは、あなたにもわかっているはずです。ドーリング先生に相談することもできません」

「どうしてです？　彼は、あなたにも飽きてしまったのですか？」

「あなたはとことん、わたしを安っぽくて、汚らわしい女にしたいんですね……。それがいったい何の役に立つんです？　確かに、わたしがしてきたことは、愚かで物笑いの種になるようなことばかりですわ。もっと、分別を持つべきだったんです」バーネット嬢はバッグの留め金をいじり、自分の足元を見つめている。「五百ポンドなんて、どうすればいいんでしょう？　手に入るなら、今すぐにでもお支払いしますわ。それ以下のお金では受け取らないとおっしゃるんですか？」

「受け取るなんて、一言も言っていませんよ」と、パイパー。「あなたがおっしゃっていたご立派な主義が、そんなことを許しませんから。つまり――」すべての疑問が一気に晴れた。バーネット嬢を傷つけたかったのは、ひとえに子供じみた嫉妬のせいだったのだ。パイパーはその事実を恥じ、自分自身に腹を立てた。「すでに終わってしまった仕事に対して、報酬を受け取ることなんてできないということです。フォールケンハイム先生のことは心配しなくていいですよ。彼は、奥さんを殺してなどいませんから。警察は、彼の無罪を証明する新たな証拠を入手しています。この午前中には、法廷で無罪が言い渡されるでしょう。ここに来るのを一時間かそこら遅らせていれば、戻って来た彼を迎え入れることができたでしょうに」

「本当ですか――？」ぱっと明るくなった表情に、パイパーは思わず顔を背けた。「警察は本当に突き止めたんですか――」息もつかず、そう問いかけてくる。「先生が何もしていないことを？　お願いですから、からかわないでくださいね。本当なんですか？」

「間違いなく、本当ですよ」パイパーは答えた。窓辺に寄り、狭い通りに降り注ぐ埃っぽい陽光を見下ろす。かつて抱いた考えが、また甦ってきた。フォールケンハイム医師は、エスター・ペインに惹かれてなどいなかった。遥かに心を魅了するものが、もっと身近に存在した……そして、今や彼は独り身だ。ストリキニーネを盗んだのが妻だと疑ったときに抱いた願望が、うまく実現したのだ。リタ・バーネットもそれを知っていたのではないのか？　だから、調剤室から薬がなくなったことを黙っていた。しかし、それが真実だとして、何の違いがあるというのか？　パイパーが入り込む余地など、どこにもない。ほんの少し前まで、彼らは見知らぬ同士だった。すぐにまた、何の関わりもない他人に戻る。

リタの声が聞こえてきた。「警察は、どうやって突き止めたのかしら？　先生に有罪を宣告したのは、つい昨日だったのに。それが、今日はもう……」彼女は黙り込んだ。通りでは花売りが、チューリップを段状に並べた二輪車を押している。花の色が虹色に燃え上がっているように見えた。パイパーは、その色が見えなくなるまで見つめていた……。「ご婦人に、かわいい花はいかがですか……かわいい花は……」花など久しく買っていない。二人に花束などを贈ったら、頭がおかしくなったと思われるだろうか。二人にとって、めでたく事が運んだ暁《あかつき》に……。

すぐ後ろから、囁くような声が問いかけてきた。「突き止めたのは、あなたではないんですか？」「警察が彼を釈放するなら」パイパーが答える。「どうして、そんなことを気にする必要がありますか？　誰が突き止めようと違いはないでしょう？　結果は同じ、違いますか？」「それでも、わたしには気になります」バーネット嬢は言った。「それに、意味は大きく違ってきますもの。今までずっと理解できなかったことが、わかりかけてきたような気がします」「それは、わたしも同じです」相手に目を向けることなく、パイパーは窓枠に肘を預け、リタが漂わせる香りを無視しようとした。初めて会った日から、ずっと彼を悩ませてきた香りだ。「わたしとしては、その理解が、わたしに与えるよりもずっと大きな満足をあなたに与えてくれることを望むばかりですよ」

「たぶん、そうなるんでしょうね——最終的には。でも、まだ完全とは言い切れませんわ。もっとしっかり確信できると思うんですけど、もし——」バーネット嬢の声には、新たな感情が入り込んでいた。「あなたの後頭部を見ながら、お話をするのでなければ。誰かに言われたことはありませんの？女性に背中を向け続けるなんて、とても失礼なことだって？」

パイパーはゆっくりと振り向き、リタと視線を合わせた。そのきらめく瞳のせいで、耳の奥ではどくどくと血が轟《とどろ》き、喉にも硬いしこりができたように感じた。味気のない年月、抑え続けてきた欲求が、出口を求めて押し寄せてくる。相手の顔に浮かんでいるものを壊してしまうのが怖くて、パイパーは、動くことも話すこともできなかった。長く続かないのはわかっている。でも、それは、有意義なものをたくさん生み出してくれるのではないか。

パイパーは、初めて見るような目でリタを見つめ、立ち尽くしていた。しかし、もはや、見知らぬ他人ではない。ほかのことはどうでもよかった。ただ、彼女のことだけが重要だった。

リタの手が肩を這い上がってくる。パイパーは彼女の腰に腕を回し、頭を下げた。リタの目の中に、青空を背にした自分の顔が見える。さまざまな考えも希望も恐れも、一瞬のうちに、その青空の奥に吸い込まれていった。長くは続かないのかもしれない——それでも、それで十分だった。

バッグが床に落ち、リタの腕が首に巻きつく。彼女は囁いた。「もちろん、あなただって生活していかなければならないわ。でも、こんなふうに料金をお支払いしてもかまわないでしょう——お金のない娘からなら？」

第二十章

ホイルが言った。「きみが自分のことを利口だと思っているといけないから、一言、言わせてもらうよ」警部はパイプを取り出し、目を細めて火皿を見つめた。それから、混み合っている店内をぐるりと見回す。「〝高貴な身分の者が払う義務〟というやつだな」そう呟《つぶや》いて、ホイルは使い古したパイプをポケットに戻した。「これほど高級な場所を有害な黒い煙で汚すなんて、もってのほかだ。代わりに、きみの紙巻タバコでも試してみるとするか……。何だって、こんな場所を選んだんだ？　二倍の金がかかるだろうが」

「贅沢を楽しみたい気分なんですよ。装飾品にも目がないほうですし」パイパーはテーブル越しに煙草の箱を押しやり、火を差し出した。「たまには、いつもの飼葉桶のようなランチより上等なものを出す店で食事をするのも、いいものですよ。払うのはわたしなんですから。あなたはせいぜい、紳士淑女とのつき合いに慣れているような顔をして、楽しんでください」

「それは間違っているな。払うのはわたしのほうだ」ホイルは目の前のスペースを片づけ、デザート皿を灰皿代わりに使った。「同じくらい向こう見ずな気分で、きみと賭けをしたことがあっただろう？　我々はフォールケンハイムを有罪にできると。あのとき、かけ金は設定していなかったが、わたしはいつも、負けた分はきちんと払うことにしているんだ。正直者のウェールズ人、ハリー・ホイルが負け分を踏み倒しているなんて、絶対に言われたくないからね。何か飲むかね？　酒代を払うくらいは稼いでいるよ。どうする？」

　二人は酒を飲み、煙草をふかし、似たような好みを持つ人間同士の気楽さで、音楽についての話に興じた……好評を博したコンサート、最新のレコード、オーストラリアからやって来た新進気鋭のヴァイオリニスト。時はすばらしく快適に過ぎていった。ホイルが、どちらにとっても気がかりな問題にやっと話題を戻したのは、店内の客がまばらになり始めたころだった。「さっき、言いかけたことなんだが」と、会話が途切れたのをきっかけに話し出す。「きみは、自分が利口だなんて思えないぞ。最初っから、うちのかみさんが言っていたんだ。すべての問題の根源はエスター・ペインにあるってね。距離を置いた場所からの推理にしては、ホイル夫人の推理はピカ一だ。私服警官の部署に、もっと女性の知恵を組み入れる必要があるんじゃないかな」ホイルは、哀れっぽく微笑んだ。「うちのかみさんも時々、警察にはもっといろんな種類の知恵が必要だって言っているし。きみも賛成なんじゃないか？　ただ、意地悪くそんなことを口にするほど無作法ではないだけで？」

「わたしが利口だったわけではありませんよ」パイパーは素直に認めた。「ラッキーだっただけです。たまたま、自分のオフィスのドアにも、同じような錠がついていただけのことなんです。違うタイプの錠だったら、あなたと同じように、真実には近づけなかったでしょうね」

「きみが慎み深い男でよかったよ。しかし、それでは、きみがペインのところの引き出しから見つけたラベルを、うちの人間が見落とした説明にはならない。あれは、まずかったな」ホイルは煙草をもみ消し、上着に落ちた灰を払い落とした。「フォールケンハイムの話に戻ろう。我々が夫人の鏡台の上で見つけた手紙の件だ。あれは、彼女が家を出たすぐあとに、やつが受け取っていたものだったという話はしていたかな？　あの医者はライゲートまでその手紙を持って行って、自分の妻に投げ返したんだ。彼女がどうして、ほかの書類と一緒にその手紙も破り捨てなかったのか、説明はできなかったがね。わたしにもその点はわからないが、今となっては心配する必要もないだろう。ただ――」ホイルは、残っていたブランデーをすすり、伸びをした。「その手紙に、やつの指紋が残っていたことの説明にはなる。あのばかが、最初っから本当のことを話せばよかったんだ」

「今ごろは、彼もそう思っていることでしょう。でも、あの医者を責めることはできませんね。ここだけの話ですが、彼が何を打ち明けたところで、誰がそれを信じたと言うんです？　ステファネクが白状するまでは、話せば話すほど、フォールケンハイムの立場は悪くなっていたはずです」

「たぶん、そうだろうね。どこから見ても、彼の立場は悪かったからなあ」ホイルはナプキンをたたんで立ち上がった。「ちょっと散歩でもしていかないか？　少し運動をしないと、仕事に戻っても居眠りをしてしまいそうだ。自分の部屋のドアに吊るすのに、ペインのところから警告カードを持ってくればよかったな。四十回、瞬《まばた》きをするあいだ、誰も部屋に入れないようにするために」髪を撫でつけ、ホイルは何気ない調子で続けた。「カードと言えば……きみがピール・テイラーに会いたがったとき、わたしの紹介は役に立っただろう？　きみが別の機会に――それも、私的に――わたしの名刺を使うことがないようにしておかなければ」

「警部！　どうして、そんなこと思うんです？」

「警官の第一の役得は、大っぴらに人を疑えることだからね」ぬけぬけとそう答える。「どうも。いつの日か、きみに警官を騙《かた》らせるようなことになったら大変だからな」ホイルは名刺を細かくちぎり、煙草の灰の上に落とした。「これは、もうよし……。その満足げな顔はどういうわけだ？　落ち合って以来、ずっと、満腹な猫みたいな顔をしているぞ」

「わたしにその資格はないですか？　事件は見事に解決し、正義が勝利を収めた――そしてわたしは、魅力的な女性とディナーの約束というわけです」

「きみが？」クロークに立ち寄り、帽子を受け取る。小銭を探すあいだ、ホイルは妙な目つきでパイパーを窺っていた。「グラマラスなバーネット嬢かね？」

「何か、ご不満でも？　彼女はフリーで、潔白で、二十一歳以上ですよ。自分がどれだけ悪い人間か、懇々と説明したんですけどね、彼女は危険を冒すつもりでいるようなんです」

「フリーか、確かにね。少し前までは違ったようだが」外に出ようとするホイルの顔が、突然、厳《いか》めしくなった。「彼女がいつまでも、あんなことをしているとは思っていなかったが。好きでこんなことを言うとは思わないでくれよ。でも、言っておかなければならない。彼女とドーリングが一緒に出歩いていたことは、知っているのか？」

「ええ。それが何か？　わたしが知る限り、女性と外出することを禁じる法律はないと思いますが」

「確かにね。それと同様に、あの男が人妻と遊び回ることを禁じる法律もない――男が医者で、その相手が自分の患者でなければね。医師会はかなり批判的なんだ――患者が、その医者の調剤室から盗まれた毒で死んだとなれば、なおのこと」ホイルの口調には、何の含みもないようだ。しかし、口元は険しい。「きみが錠剤成形装置のラベルを見つけたのは、彼にとってもバーネット嬢にとっても、都合のいいことだったな。フォールケンハイム夫人が捜査陣の気を逸らすことがなければ、面倒な質問に答えなければならなかっただろうから」

「でも、今となっては」と、パイパー。「終わりよければすべてよし、ですよ。ペイン夫人の死は自殺だった、ということでいいでしょう？」

「ちっともよくない。きみが納得している以上のことがまだ潜んでいるんだ」ホイルは立ち止まり、捕らえどころのない目をパイパーに向けたが、また歩き始めた。「何もかもが胡散臭い。夫が殺人罪で死刑になるように見せかけて、その妻が自殺を企てた。そんなアイディアは、クリストファー・ペインの小説の中でならいいさ。しかし、わたしの経験では、そんなことは実際には起こらない。ペインにストリキニーネを盗むチャンスがあって、あの機械を使えたことは、わたしたちのどちらにもわかっているんだ。ペインは新しい恋人を見つけ、妻が邪魔になった。ほかのどんなごまかしより、まともな動機になるんじゃないか？」

「今となっては誰が気にします？　たとえ、それが真実だとしても、彼が行ってしまった場所からは、もうどこにも送還できないんですよ。それに、もし、あなたがそう信じているなら、ドーリングとバーネット嬢に対する陰湿な疑いはどういうわけなんです？」

「気質だよ」打ち明けるようにホイルは言った。「嫌な気質さ。幸福じゃない、それだけのことだ。何にも増して、きみがわたしをからかっているという鋭いご意見も頂戴していることだし」

「気をつけないと、被害妄想がひどくなってしまいますよ」

「わかった、わかった。忘れてくれ。しかし、『終わりよければすべてよし』だの、『正義の勝利』だの、そんなふうに言うのはやめてもらいたいな。さもなきゃ、どんな暴言を吐いてしまうことか……それに、そのニヤニヤ笑いも止めてくれ。働きすぎの警官の先を越すのは、賢明なことじゃない。そのうち、そんな態度には何の未来もないことを思い知ることになるぞ」

「それは失礼。クリストファー・ペインを逮捕する楽しみを奪われたことでご機嫌斜めなんじゃないかと、ちょっとおかしくなってしまったものですから。初めて会ったとき、あの男も、まったく同じ理由で癇癪を起こしていましたよ」パイパーは手を差し出し、顔をしかめた。「彼が脳卒中を起こしたのは残念でしたね。二人とも満足できたかもしれないのに」

「それ以上、図に乗る前に、さっさと姿を消して、一人で大笑いするといい」ホイルはしっかりと手を握り、微笑みかけてきた。「すてきな美人と楽しい時を過ごしたまえ。今夜の予定なのかい？……彼女がうまくきみを魅了してくれるといいんだが。女房だと、気力を搾り取られるだけだからな……。たまには顔を見せに寄ってくれよ」


ドアを閉めたとき、リタ・バーネットの香水の香りがまだ漂っていた。パイパーは上着を脱いで、事務所の中を行ったり来たりし始めた。彼女の唇に触れたときの瞬間を夢見るように思い出しながら、行ったり来たり……。リタのことを、どれだけ長く知っているというのだろう……？　以前にも、どこかで会ったことがあるのだろうか……？　ホイルは間違っている——二人のあいだに未来は存在する。エスター・ペインの憎しみの灰の中から、新たな人生が膨らんでいくなんて、不思議なことだが。

あの手紙は何と言っていたんだっけ？『……あの女が生きている限り、誰にもいいことは起こり得えなかった……』でも、彼女はもう死んでしまった。過去は終わっている……。『誰一人として、苦しむのは正しくない……』それは、真実だと言える。クリストファーでさえ、もはや苦しんではいない。彼の死は早く、苦痛もなく訪れたはずだ。ぼんやりとした意識の火がついに消えてしまうのも、ほとんど感じなかったことだろう。彼の病める心にも休息が訪れたわけだ……。『不幸の星のもとに生まれた人たち……』と、アリスは言った。今や、その星も沈んでしまった。唯一残っていたエスター・ペインとの繋がりも、そこで絶たれることになったのだ。

炉棚の写真を照らす光の中の塵のように、時間が押し流されていった――暗闇がのしかかる前に、知っていた女性の写真。彼女がいなくなってから、どれだけの月日が経ったのだろう……？　これから先の生涯、ずっと一人で生きていくことを彼女は自分に望んだだろうか……？　写真の中の顔は微笑んでいる。その笑みの中に、パイパーは答えを見つけた。

出かけようとしているところに、クインが電話をかけてきた。「やあ。ちょいと頼みをきいてくれないかな？」

「内容によるね」

「簡単なことさ。その道の大家にはひらめきが働くんだ。おれが記事を書けるように手伝ってもらいたいんだよ――〝本質と引用〟のための記事で、タイトルは『ラスキン・テラスの邸宅』。死からひと財産を作り出した男の劇的なやつ……あーっと……完璧にはちゃめちゃだが、頭を捻らせるようなやつじゃなくて、ほろっとさせるようなやつをさ」

「どこに、ぼくが関わってくるんだ？」

「まあ、こんな具合さ」クインは説明を始めた。「あんたはあの家の家政婦に、ちょっとしたコネがある。おれを紹介するなんざ、朝飯前だろう？　一度中に入ってしまえば、おれはそこの空気を残らず汲み取って見せる。やつのペン拭きをくすねるとか、女房が死んでいたそばのベッドを観察するとか、それに――」

「自分で行って、直接、家政婦と話せよ。ぼくなんか必要ないだろう？」

「行ってみたさ――それなりの手段を講じて。懇々と説明しても、まったく役に立たなかったんだよ。

どこぞの詩人みたいに。費用なら、いくらかかってもかまわない。あの鼻の鳴らしようからすると、静かに一人でいたいんだろうな。どっぷりと悲しみに浸ってさ。でも、あんたはまた別の部類の人間だろう？　あんたの友だちとしてなら、ひょっとしたら彼女も、すんなり中に入れてくれるかもしれないじゃないか。もう一つの〝本質と引用〟――『悲劇の家』の世界に」

「あの家なら十分に見ているんだ」パイパーは答えた。「今、望むのは、忘れてしまうことだよ」

「お茶の前にもう一度見たって、悪夢のもとにはならないだろう。くどくど説得する必要がなくてよかったよ。三十分以内には迎えに行く。じゃあな」

　ポケットに入れたままになっていたコデイン錠のチューブのことを思い出したのは、電話が切れたときだった。今となっては、アリスにも何の必要もないだろう。しかし、返すと約束していたのだ。彼女のもとを去ってからのあれやこれやで、すっかり忘れていた。彼女のほうでも忘れているかもしれない。でも……訪ねて行くには都合のいい口実にはなるだろう。それにクインも、全体として見れば悪いやつではない。表面的には少しばかりおちゃらけているが、心根はまっすぐなやつだ。もし、彼が、違うタイプの人間だったら……。ホイルは、調査が必要となる疑惑以上のものを抱いていたかもしれない。そんなことは、考えたくもなかった。エスターもクリストファー・ペインも死んでしまった――二人を掘り返したいと思うのは、グール（墓を暴いて死体を食べたとされる、東洋の伝説中の食屍鬼）くらいなものだろう。

『お茶の前にもう一度見てたって……』でも、それは、お茶ではなくてディナーだ――ディナー、そして、未来へのドアをあけること。写真を机の引き出しにしまい鍵をかけたとき、その笑顔は暖かな理解に満ちていた。

第二十一章

パイパーにとっては、時計の針が逆戻りしたような感じだった。あの日、真鍮類に反射してきらめいていた陽光が、同じように板張りの壁で照り輝いている。炉棚に飾られた春の花は、今や満開に近い。もしかしたら、想像力の悪戯なのだろうか。煙草の煙のかすかな記憶を追いやるほど、その香りは強く漂っている。ラジオから流れる音楽や、それに合わせた歌声が聞こえたように思ったのも、想像力の成せる業なのもしれない——底なしの穴の奥から響いてきたような、いつまでも止むことのない笑い声も。

二人を招き入れた家政婦の目にも笑みはなかった。パイパーがおざなりの紹介をすると、光を背にして立った彼女は口を開いた。「はじめまして」突然の訪問を詫び続ける彼に家政婦は頭を振り、表情のない目で相手を見つめた。「少しも迷惑なんかではありませんわ。ずっと一人でいたんです。クリストファー様をご存知の方とお話をするのは、わたしにとってもいいことなのかもしれません。お越しいただいて、ありがとうございます。もう必要とされない場所に留まっているのがどんなことか、誰にもわかってもらえませんもの」顔はむくみ、もう何日も眠っていないように見えた。

パイパーは説明を始めた。「友人が、ペイン氏の仕事部屋を見たいと言っているんです。もし、よろしければの話ですが。長年のファンで、あなたも許可してくれるだろうと、彼は——」

「ええ、かまいませんとも。今となっては、クリストファー様のご機嫌を損ねることもないでしょうし。あの方は、お客様を迎え入れるのがお嫌いだったんですよ。本を仕上げようとしているときには、特に。でも……わたしが上階《うえ》までご案内しましょうか？　一番上まで上がるのは結構大変なんですよ。お二人も、わたしの脚にご辛抱いただかなくてはなりませんけれど」家政婦は、パイパーからクインへと顔を巡らせ、その視線を床に落とした。「旦那様は上階《うえ》にいらっしゃるのがお好きでした。静かでしたからね。ちょっとでも雑音がすると集中できなかったんです……。人がリンゴをかじる音以外なら、どんな音にでも我慢できるなんて、おっしゃっていたことがありましたけど、本当ではありません。あの方は、どんな音にも我慢できなかったんです。かなり以前、田舎にコテージを買ったことがあったのですが、それでもだめだったんですよ。二、三日で戻って来てしまいました。鳥のさえずりで頭がおかしくなりそうだって」

「どうか、わたしのためにご無理はなさらないでください」クインが口を挟んだ。「自分でわかると思いますから。ほんの数分で済むことに、ご足労をかけては申し訳ない」いつもとは違うクインだった――沈んだ様子で、居心地の悪そうな顔をしている。訪ねて来たことを後悔しているのだろう。

「本当にそれでよろしいのでしたら……」彼女は言い淀み、青白い手を落ち着きなく動かした。「あの方のお母様がいらしたころほど、わたしも若くなくて……。本当に、何ていい方だったんでしょう！　奥様が知らずに済んでよかったと、ずっと思っていたんですよ。お気の毒なクリストファー様が、こんなにも早く、同じように……」自分とパイパーしかいないような口ぶりだった。クインの存在はすでに忘れ去られていた。

躊躇《ためら》ってはいたものの、クインはやがて、足音を忍ばせて階段を上って行った。踊り場の折り返しで振り返り、人差し指を唇に押し当てる。そして、姿を消した。

クインが見えなくなっても、家政婦はしばらくのあいだ、石板のかけらのように生命力のない目で、ぼんやりと虚空を見つめていた。陽の光さえも、彼女を暖めることができないようだ。ずっと両手を擦《こす》り合わせ、震えている。彼女にしか感じられない寒気の中で肩をすくめる。一週間も経っていないのに、老いが頬を落ち窪ませていた。パイパーは、自分の判断が間違っていたことを悟った。彼女は単に、用済みになった家の一部だったわけではないのだ――かつて、そこに住んでいた人々の一員だった。そこの住人の苦しみは、彼女にとっても苦しみだったのだ。今や、その重荷を、彼女はたった一人で背負っている。

遥か上階《うえ》から、クインの足音とドアの閉まる音が聞こえてきた。クリストファーの書斎だろうか。あるいは、エスターが死んだ寝室かもしれない。妻が張った蜘蛛の巣に捕らわれながらも、精力的で傲然としていたクリストファー。彼は、真実を知っていたのだろうか？　それとも、引き出しの中のコデイン錠のチューブに秘密が隠されていることなど、疑いもしなかったのか？　気づいていたと考えるほうが妥当だろう。病院のベッドで出血死することがなければ、どんな人生を送ることになっていたのだろうか？

ガラスチューブを掌で包んで、パイパーは言った。「これは、あなたのものですよ。昨夜にはお返しするはずだったのですが、ここまで来ることができませんでした」家政婦のそばに寄り、手を差し出す。「クイン氏が戻って来る前に受け取ってください。わたしたちが帰ったら、薬を処分して、きれいに洗っておくんです。理由は、おわかりですね？」

「ええ……もちろん。クリストファー様には、もう必要ありませんから」アリスはガラスチューブを受け取り、きつく握り締めた。「もう、頭痛で苦しむことはありません。だから、自分にも言い聞かせたんですよ。泣くのはおかしいって。苦しみはもう、すべて終わったんです。苦しみはもう、すべて……回復の見込みはありませんでしたもの——お気の毒なお父様と同じように。あの方はよくならなかった。衰弱したからという理由で、ご家族はあの方を家に閉じ込めた。絶え間ない心労と頭痛の連続……。あの方が亡くなったとき、ご家族は誰も旦那様に会わせませんでした」

頭上の足音が止まった。外の物音は、世界中の静けさを集めた要塞の壁を、波が静かに洗っている音のように聞こえた。

声を落としてパイパーが言う。「コデインを保管しておいたのはまずかったですね。ガラスにストリキニーネの痕跡が残っているとは、思わなかったんですか?」

アリスは指を一本ずつ開いて、自分の手の中を見つめた。「そのことについては考えませんでした……あなたが、これを持ち去るまでは。直《じき》に……どうでもいいことのように思えて……わたしにはもう、大事なものは何もありませんから。ご家族はもう、わたしを必要としていません。クリストファー様が亡くなられて……大切なものなど、もう何もありませんもの」

「怖がる必要はありませんから——」パイパーは、はっきりと言った。「教えていただけませんか——その薬がペイン夫人を殺したと思ったのですか?」

アリスは疲れ果てたような目を上げた。底知れぬ虚ろさの中に、諦めの色が見える。「自分の考えに疑いなど持ちませんでしたわ」感情を交えぬ声で彼女は続けた。「かなり前のことですが、わたしは偶然、見てしまったんです。ある日、奥様が……これを——」彼女は、重くて仕方がないというふうにコデインのチューブを持ち上げ、また、掌で包んだ。「あとで錠剤を調べてみました。一錠だけ、ほかの錠剤と違っているのがわかりました……。奥様がクリストファー様を憎んでいるのは知っていましたから、わたしは……」彼女の声は、擦り切れたレコードのように物憂く、単調に続いた。

「奥様の睡眠薬の残りは一錠だけでした。だから、わたしは、その一錠を例の錠剤とすり替えたんです……。そのときには、当然のことをしたのだと思っていました。わたしの望みは、クリストファー様をお守りすることだけでしたから……。あの方のお世話をすると、お母様と約束したんです。でも、この家で彼女と一緒にいたのでは、あの方の身の安全は保証できません。それで——そうしたんです。わたしは満足です。他人がわたしをどうしようと、そんなことはかまいません——わたしは満足しています……たとえ、長く生きられなくても、あの女と離れて、ほんの少しでも幸せになってもらいたかった。あの女は邪《よこしま》でした。本当に、邪だったんです。自分があの方の死の原因だなんて思っていません。あの方は、自分の邪さのせいで死んだんです……人がどう言おうと、わたしは、あの方がクリストファー様にしようとしたことを、あの方にしたまでのことです」

　パイパーは階段の下に近づき、声をかけた。「クイン？　いつまでそこにいるつもりなんだ？」

　ドアがかちりと音を立て、クインの怒鳴り声が返ってきた。「ここにいるよ。何だって？」

「もう終わったのか？　ぼくは帰るからな」

「すぐ行くよ。もうちょっと待ってくれ」

「急いでくれ」パイパーが怒鳴り返す。「一日中、暇なわけじゃないんだから」パイパーは家政婦のもとに戻り、やさしく腕に手を置いた。「弁護士たちがすべてを片づけ終わったら、ここを離れて、みんな忘れてしまうことです。わたしのことを恐れないでください。決して口外はしませんから。いずれにしろ、証明できることは何もないんです」相手が無言のまま顔を上げると、彼は続けた。「あなたが、入院中のクリストファーを訪ねたことを証明できないのと同じように」
「ご存知だったんですか……?」
「ええ、わかっていました。読書灯は、ベッドから手を伸ばしても届かないところにありましたから
ね。それに、ガラスのかけらも毛布の下に散らばっていました。あなたが、音を立てないように電
球を割った、そのままの場所に」パイパーはやさしく腕を摩《さす》って、微笑んだ。「なかなか勇敢な行動
でしたね。彼を父親のように苦しませたくなかった。それで、敢えてあんな危険を冒したんですか
ら。あなたがこの一家からどれほどの負債を負っていたとしても、今はもう清算済みですよ——それ
も、完全に。すべて、終わったんです。誰にも知られることはありません」

通りの反対側から、クインは後ろを振り返った。ドアの前を車の列が走り抜けても、古い屋敷は
降り注ぐ陽光の中で、静かにうたた寝をしている。上階《うえ》の窓の一つに、さっと人の顔が浮かび、すぐ
に消えた。「あの家は幽霊の棲み家なんだ」クインが言う。「イングランド銀行中の金を積まれたって、
あんな家には住みたくないね」
パイパーは頭を振った。「でも、最後の幽霊も葬られてしまった。ラスキン・テラス十六番の家は、
四方の壁と屋根で囲まれた建物でしかないよ。誰がここに住んでも、夜中に脅かされることはない
さ」
「さあ、どうだかね」クインは顔をしかめ、向き直った。「おれなら、悲しむよりも安全なほうがい
い」
「まったくもって安全だよ」パイパーは答えた。「エスター・ペインはもう、誰も煩わせたりしない

から」

訳者あとがき

本書は、一九五三年に刊行されたハリー・カーマイケルの長編 *Deadly Night-Cap* の全訳です。二〇一五年に、やはり論創社から出版された『リモート・コントロール』と同様、〈パイパー&クイン〉の名コンビが活躍するミステリーなので、長くお待ちいただいていた読者の方も、多いのではないかと思います。

刊行年は、『リモート・コントロール』より十七年も前に遡ります。従って、パイパーもクインも、前作よりはかなり若い設定になっているのでしょうか。クインが相変わらずの酒飲みで、ヘビー・スモーカーである点は変わりませんが……。〝おちゃらけ度〟が高いのも、もしかしたら、そのせいなのかもしれません。ストーリーの陰鬱さを、彼のハチャメチャぶりがいくらか和らげてくれているような気がします。それでも、前回の翻訳を担当された藤盛千夏さんが「訳者あとがき」でおっしゃっているように、「そこはかとない知性と博学な面」は、このころからも伺えます。さすがは新聞記者。表面的にはいくらふざけた人間に見えても、酒に溺れた不健康な生活を送っていても、陰ではしっかり古今東西の書物に目を通し、知識人としての土台を培っているのでしょう。

今回の主人公であるパイパーのほうは、この時点ではまだ再婚前の独り者です。事故で失った妻のアンに心を乱されることはもうないと言いつつも、まだまだ彼女の面影を引きずっている様子。物語の終わり近くで、登場人物の一人、リタとの恋愛がスタートするようですが、『リモート・コントロール』を読むと、残念ながら、パイパーの再婚相手は彼女ではないようですね。作中で本人も言っているとおり、「長くは続かないのかもしれない――」（本書二五八頁）ということだったのでしょうか。

さて、本作は、有名なスリラー作家クリストファー・ペインの妻エスターが、彼の最新作のストーリーと同じように、毒物を摂取して死亡する事件から始まります。周りの者すべてに憑《と》りつき、不幸に陥れる邪悪な存在。彼女の死は自殺だったのか、他殺だったのか？　その謎に輪をかけるように、彼女の主治医であったフォールケンハイム医師の配偶者も服毒死を遂げます。これもまた、自殺なのか他殺なのか、はっきりしません。エスター・ペインの配偶者に支払われる死亡保険金の正当性を調査するのがパイパーの任務でした。しかし彼は、仕事を進めるうちに、関係者の人々にどんどん感情移入をしてしまいます。

謎解きのみならず、パイパーのこの心の動き、感情の綾もまた、本作品の読みどころだと思われます。周りの人間すべてから忌み嫌われていたエスターに対してさえ抱かれる同情心。それが、彼の判断をぐらぐらと揺り動かし、読み手の推測をもふらつかせます。

そして、衝撃のラスト。作品全体を覆う陰鬱さは、最後の数ページで頂点に達しているのではないでしょうか。パイパーの最後の台詞は思いのほかサッパリしています。でも、誰にでも同情してしまう彼が、これだけの秘密を抱えてこれからの人生を生きていくことになるのです。それを考えると、こちらの胸まで塞がれるような気がします。

本作品が、〈パイパー&クイン〉コンビの再登場を心待ちにしておられた読者の方々にご満足いただけたら幸いです（もちろん、今回初めて、この名コンビに出会われた方々も）。
また近いうちに、この二人に再会できることを、皆さまと一緒に期待しております。

「湿り気」のマジック

絵夢　恵（幻ミステリ研究家）

1. はじめに

二〇一五年七月に刊行された『リモート・コントロール』で、遂に我が国に上陸したハリー・カーマイケル。初紹介にも関わらず、なんといきなり『2016本格ミステリ・ベスト10』（原書房刊）で海外部門第五位にランクインする好評を得た。これまで我が国唯一のカーマイケル・ファンを自称していた筆者にとっては望外の喜びであった。その筋の強者の面々からいただいたコメントを若干引用すると……「こんな作家がまだ残っていたとは！」、「シンプルな盲点をつくしかけが絶妙」、「抜群の切れ味にまいった」、「最小の力で最大の効果。ベスト・オブ・シンプル・イズ・ベスト」、「騙される快感を味わう」、「これからもどんどん翻訳してほしい作家」などなど。皆さん、筆者が最初に味わったと同じような印象を受けた模様である。

この『リモート・コントロール』の帯には「D・M・ディヴァインを凌駕する英国の本格派作家」と謳われていたが、前掲書『2016本格ミステリ・ベスト10』で海外部門第1位に選ばれたのは、そのD・M・ディヴァインの『そして医師も死す』。まあ今回はディヴァインを凌駕するには至らなかったようだが、既に十冊近くもの訳書が文庫で刊行されている人気作家と、前評判なしでハードカバーによるデビューとなった作家を比べてもね……などと負け惜しみを言いたくなるところでもある（実際に手に取った読者の絶対数に大きな差があることは間違いないであろう）。五名の方がこの二作をランクインさせているが、うち三名は『リモート・コントロール』の方を上位に挙げているのもうれしい限りである。このような読者からの暖かい後押しがあって、晴れて再登場となったのが、本作『ラスキン・テラスの亡霊』ということになる。

2.「湿り気」の魔術師

カーマイケルの略歴や作風等については、既に『リモート・コントロール』の解説で触れているので、そちらを参照いただきたいが、一九〇八年にカナダで生まれ、一九七九年に亡くなるまでに、ハリー・カーマイケルとハートリー・ハワードの二つのペンネームを操り、二十八年間に合計八十五冊ものミステリ長編を生み出した英コリンズ（Collins）社の看板スター作家である。カーマイケル名義の作品のシリーズ・キャラクターは、本作にも登場する保険調査員のジョン・パイパーと新聞記者のクインのコンビ。知的で内省的なパイパーと短絡的でややお下品なクインの独特の掛け合いは、まだ本作ではこなれていないが、年月を重ねるにつれて深みを増していくことになる。

前回も書いたとおり、カーマイケル名義の作の特徴としては、

①トリッキーなサプライズ・エンディングが待ち受けており、フェアな手掛かりに支えられた健全なフーダニットになっていること

②基本プロットは、家族間のしがらみや不倫、愛憎劇、職業倫理等を題材にすることが多いこと

③シリーズ・キャラクターが確立しており、感情移入が可能な生身感あふれる人物達であること
④ストーリー・テリングは、イギリスらしいウェットな筆調で内省的であり、心理的特殊技法に秀でていること
⑤陰惨なテーマや事件の割に、最後には、謎解きミステリとしてのカタルシスが得られ、読後感もさわやかなこと

以上の点が挙げられる。これらの特徴は、本作においても見事に当てはまるわけであるが、ここでは、②及び④について更に詳述してみたい。

筆者は学生時代からイギリスびいきで、音楽なら当時流行っていたブリティッシュ・ニューウェイブ（特にポジティヴ・パンクやネオ・サイケ）、SFならこれまたニューウェイブやワイドスクリーン・バロックが大好きであった。ミステリにおいては、本格謎解き系であれば、アメリカンB級本格も射程内にぴったり収まるのではあるが、やはり英国本格派への思い入れには深いものがある。これは、イギリスの地形、気候、人種がもたらす独特の湿り気、あるいは暗さに起因するものであるように思える。筆者は北国の出身であるが、英国に住んだ二年間もイングランドよりはスコットランド、ロンドンよりはエジンバラの方がフィットした。北国ならではの暗さ、重苦しさ、霧に代表される湿り気が妙に居心地よく感じられたのであるから不思議なものである。開放的で直截なアメリカンよりシャイで控えめだけれど深みのある英国人の方が筆者にとっては馴染みやすく思えたのも同様の理由によるものであろう。

イギリス独特の重さや暗さといえば、D・M・ディヴァインの専売特許のようにも思えるが、ディ

ヴァインの場合には湿度90％越えのジメジメ感があるのに対して、カーマイケルは湿度60％〜70％の「湿り気」が心地よい。暗い話をとことん暗くしてしまわないのは、異色のキャラクターといえるクインの存在と文章の軽さに起因するものであろう。ディヴァインの本質がやや高踏的な純文学味にあるとすれば、カーマイケルの特質はあくまでエンタテインメントの枠内に収まる適度の「湿り気」ということになる。

ウェットで内省的なミステリということになると、やはりその題材も家族間のしがらみや不倫、愛憎劇を取り上げることが多くなる。一九三〇年代を始めとする本格黄金時代以降、イギリスにおいては、この種の専門家を多数輩出している。複雑な恋愛関係と人間模様を取り上げた最初の作品と言われる『ゴア大佐の推理』（未訳。"The Deductions of Colonel Gore"）が処女作となったリン・ブロックは、その後も『醜聞の館』（論創社刊）を始め多数の同種作品をものにしたし、『九つの解決』や『レイナムパーヴァの災厄』（いずれも論創社刊）など近年続々と代表作が訳出され始めたJ・J・コニントンも、その作中の登場人物は浮気に勤しむパターンが多い。

もっともこれらの作家の時代には、愛憎劇のセンセーショナル感や相続問題等と絡めた動機の形成のためにこのような題材を用いることが多かったが、五〇年代以降のカーマイケルやディヴァインは、人物描写や性格描写により重きを置き、人間の本性自体を描き出そうとしている点に大きな進歩がみられるように思う。これは、謎解き本格ミステリといえども、事件とトリックのみならず人間を描かなくては高い評価を得られないという時代の流れを受けたものでもあったのであろう。リン・ブロックやコニントンの作品においては、その探偵役や登場人物がでくの坊に見えるとか人間味が感じられないといった批判をよく聞くところであるが、特にカーマイケルの作品は、シリーズ・キャラクターとして感情移入が可能なパイパーとクインの名コンビを固定した点が大いに評価できる。そして、このような、ウェットな感性、複雑な人物描写、豊かなトリック&サプライズエンディングのゴールデン・トライアングルは、その後、ジル・マゴーンに引き継がれていくことになる。

なお、カーマイケルの場合には、特殊な職業に就く人物を主人公に持ってくる作品が多く、特に医師はお気に入りのパターンである。本作においてもそうであるが、医師や法律家、聖職者などは、その専門領域が人の生死を扱うものであるだけに、犯罪と結びつきやすいうえに、プロフェッションとして高い職業倫理を要求されることからも、湿り気のある深い人物造形を描くのに適切な素材ということがいえるのであろう。

3. 本作について（以下の記述では、本作のトリックや結末について明らかにすることはほとんどありませんので、安心してお読みください。ただし、内容も相変わらず希薄です。笑）

本作は、初期作（一九五三年刊行の第三作）ではあるが、これまでに指摘したこの作家の特色（複雑な心理描写、登場人物の人間臭さ、ロマンスの香り、サプライズ・エンディング）が既に溢れている。後期作の『リモート・コントロール』がそのシンプルさで高い評価を得たのに比べると、本作は若書きなだけあって、未整理の多くの素材を詰め込みすぎた感は否めないし、筆がこなれておらず、洗練された大人の魅力や職人芸には欠ける面はある。ただそれだけに、この作家の生の魅力が荒っぽく展開しており、作家の原点を見出すには最適の作品である。

ミステリ作家の妻がその最新作の内容と同一のシチュエーションの下で怪死するという、何とも魅力的なオープニングから始まり、自殺か殺人か事故か分からない怪死が立て続けに起こる中盤、最後の数ページで明かされる驚愕の真相（「ノックスの十戒」に反している面はあるが、伏線は張られ、事前の書き込みも十分なので不満はないでしょう）まで、様々な事件を盛り込んで、息をつく暇も与えない。アイデアに満ち溢れていた若かりし時代のエネルギーを感じる野心作である。

また、後期作のような、登場人物の意識の流れをイタリック体で文中説明する技法は用いられていないものの、パイパーが、死別した最初の妻の写真を眺めて感傷にふけりつつも、新たな恋愛に期待を強めていくシーンが繰り返し描かれるなど、早くも複雑な心理描写を作中に盛り込もうとする作者の意欲が見て取れる。

前作の刊行からしばらく間が空いてしまったのは残念であるが、論創社からは、近く第三弾として中期作（"Alibi"）が訳出刊行されるようであるから、お楽しみはまだ続く。

今後更に翻訳が続くか否かは、ひとえに読者の皆様の反響次第といえよう。ぜひ手に取ってお読みいただきたいものである。著作権の関係で、秀作が相次ぐ最後期の作品が訳出されることは難しそうであるが、本作同様、一九五〇年代、六〇年代の作品でも、よい出来のものはまだまだある。願わくばハートリー・ハワード名義の作品（特に第一作の"The Last Appointment"）まで訳出が続くことを祈りたい。

〔訳者〕
板垣節子（いたがき・せつこ）
北海道札幌市生まれ。インターカレッジ札幌にて翻訳を学ぶ。訳書に『白魔』、『ウィルソン警視の休日』、『J・G・リーダー氏の心』（いずれも論創社）、『薄灰色に汚れた罪』（長崎出版）、『ラブレスキューは迅速に』（ぶんか社）など。

ラスキン・テラスの亡霊《ぼうれい》
——論創海外ミステリ 188

2017年2月20日　初版第1刷印刷
2017年2月28日　初版第1刷発行

著　者　ハリー・カーマイケル
訳　者　板垣節子
装　画　佐久間真人
装　丁　宗利淳一
発行所　論 創 社
〒101-0051 東京都千代田区神田神保町2-23 北井ビル
電話 03-3264-5254　振替口座 00160-1-155266

印刷・製本　中央精版印刷
組版　フレックスアート

ISBN978-4-8460-1598-5